野蠻
야만의 바다

野蠻
야만의 바다

와일드 와일드 퍼시픽 Wild wild Pacific

하동현 장편소설

예미

추천사

　조지프 콘래드는 범선시대가 세계해양문학의 전성기라고 하였다. 그가 증기선이 등장하면서 해양서사가 급격하게 줄어드는 현상을 경험한 탓이다. 하지만 한국은 20세기 중반에 대양으로 나아가면서 원양어선이 해양문학을 발흥하는 주요 미디어가 되는 특이성을 보여준다.
　하동현의 장편『야만의 바다』도 원양어업계에서 '캡틴 Q'라는 별명으로 전설처럼 알려진 '이광조 선장'의 실화에 가까운 이야기를 서술한다. 그의 부음을 접하면서 생애를 후경으로 드리우고 작가가 항해사로 그의 배에 승선한 실제 경험을 전경으로 내세워 소설화하였다.
　20년 전성기를 마감하고 뭍에서 사업을 열었다 실패한 '이광조 선장'이 다시 바다로 나갔다 좌절하는 과정이 주된 서사를 형성하는데 달라진 조업환경을 고려하지 않고 지난 성취와 영광의 기억을 따라서 자기의 욕망을 투사하다 한 선원의 죽음을 기화로 만선의 꿈을 이루지 못하고 회심하며 귀환하는 내용이다.
　소설은 전지의 시점으로 '이광조 선장'을 중심에 두지만 그에 못지않게 일등항해사 '황승현'을 초점화자로 배치하고 있어서 여러 인물과 사건의 맥락을 통합하여 읽을 수 있게 한다. 프롤로그와 에필로그로 열고 닫는 사이에 출항에서 퇴선에 이르는 18장의 박진감 넘치는 해양서사가 펼쳐져 있는데, 항해와 조업의 과정에 처한 인물의 행위와 사건을 서사의 주요 벡터로 하면서 여기에 개입하는 기업의 자본 논리와 초국가적인 여러 네트워크 장치들을 부차적인 얼개로 삼아 리얼리티를 더

하였다. 특히 전성기를 뒤로하고서 달라진 노동조건이며 해양법협약이 채택되어 발효를 기다리는 1980년대 말의 사회적 상황과 더불어 날로 쇠퇴하는 어장과 어황의 현실이 잘 드러나 있다.

작가의 경험 사실에 충실한 서사를 의도하였기에 소설 속에서 흥미를 유발할 수 있는 멜로 드라마적 사랑 이야기는 삽화로 축소된다. 이는 우리 해양소설이 사실 전달이라는 계몽주의를 여전히 더 많이 요구하고 있음을 웅변한다.

하동현의 장편『야만의 바다』는 천금성, 김종찬, 김부상, 이윤길로 이어지는 본격적인 한국 해양소설사의 전통을 잇는 또 하나의 중요한 성취이다. 인물 전기에 기반한 이 소설을 매개로 대양의 감각이 우리의 풍요로운 미래임을 웅혼하게 그려내는 새로운 서사로 나아가리라 믿는다.

구모룡(문학평론가, 한국해양대 명예교수)

하동현 작가의 장편 해양소설『야만의 바다』출간을 축하드린다. 작가는 한국 원양어업이 세계 정상권 위상을 자랑하던 시절, 원양어선 항해사와 선장으로 청춘을 바다에 바친 인물이다. 적지 않은 나이로 문학에 입문해 바다와 원양 산업의 가치와 의미를 알리는 해양 문학가로 활동하고 있다.

원양어업은 월남전 파병, 파독 광부, 간호사들과 함께, 동란 후 빈한한 국가 재건에 고도성장기 마중물이 되었던 외화벌이 첨병 역할을 수행했다. 1970년대 수출입국 시절 전체 수출액 5%를 감당했던 위상도 지니고 있다.

또한 국민 식생활 개선과 국가 경제에 이바지하며, 오대양 육대주를 무대로 해양 주권 확립과 선제적 민간외교 역할까지 수행해 온 국가 전략 산업이다. '국민 미래 식량 확보'와 '해양영토 확장'이라는 사명감으로, 한국 원양어선들은 가장 멀고도 험한 바다에서 가장 오래 머물렀으며, 수많은 젊은이가 수중고혼으로 산화한 아픈 희생의 역사도 있다.

바다는 인류 개발의 보고이자 마지막 남은 미래이며, 원양어업은 그 바다를 가장 넓게 활용해 온 산업이다. 시대 의식과 산업 체계 변화로, 원양에서의 일상과 노동이 기피되는 현실, 경제성장의 본류임을 인식하지 못한 의식 지체에 따라 원양어업의 역사와 가치가 폄훼됨은 통탄해 마지않을 일이다.

이에 본 '한국 원양어업 역사보존회'는 잊혀 가는 원양어업의 역사를 복원하고, 다양한 방식으로 그 가치와 희생을 알리고자 노력하고 있다. 그 일환으로, KBS와 협력하여 광복 80주년 기념 특집 다큐멘터리 「대양의 영웅들」을 기획, 합동 제작해 전국적 네트워크를 활용한 방송과 관련 도서 출간 사업을 펼친 바 있다.

그런 가운데 본 위원회 구성원이자 현장 경험이 풍부한 하동현 작가가 본격 해양소설을 발간했다.

질풍노도 원양 어장 개척 시절, 오대양을 무대로 펼친 숱한 원양 선원들의 희생이 담보된 전방위적 역사는 픽션이 가미된 몇몇 문학 작품으로 절대 완벽히 담아낼 수는 없다.

하지만 해양화, 세계화 정책으로 바다 개척에 국운을 걸었던 대항해 시대 마지막 승자 영국의 예처럼, 해양 강국의 국민 정서를 반영한 문학이 바다를 알리는 포괄적이고 경제적인 수단이 될 수 있음을 인식해야 한다.

하여 단편적이나마 원양어업 종사자들의 꿈과 좌절, 희생과 노력을 생사가 교차하고 문화가 교섭되는 삶과 죽음의 현장인 바다를 무대로 그려냈다는데 그 의미가 적지 않다고 하겠다.

원양어업의 의미와 가치를 알리고, 경직된 사고의 틀에 갇힌 작금의 세대에 글로벌적 기개와 야망을 회복하는 데 일조하리라 믿으며 많은 이들에게 일독을 권한다.

2025년 가을
한국 원양어업 역사보존회

회장 이상조(전 원양업체 경영인, 전 3선 밀양시장)

위원 고영탁(전 원양어선 선장, 현 대성교역 대표)

강일권(전 원양어선 선장, 전 부경대 교수)

박병수(전 원양어선 선장, 현 경상대 명예 교수)

정성진(전 원양어선 선장, 전 동원수산 부사장)

홍진근(전 원양어선 선장, 현 동원 LOEX 냉장 대표이사)

전성황(전 원양어선 선장, 현 만수 대표)

하동현(전 원양어선 선장, 작가)

"설령 바다가 무섭게 굴거나 재앙을 끼치는 일이 있어도
그것은 바다로서도 어쩔 수 없는 일이려니 생각했다.
'달이 여자에게 영향을 미치는 것처럼
바다에도 영향을 미치지' 하고 노인은 생각했다."

어니스트 헤밍웨이 『노인과 바다』

차 례

추천사	4
프롤로그 - '캡틴Q'를 추모하며	10
출항出港, 다시 바다로	22
대양大洋항해 - 새로운 인연들	37
와일드 퍼시픽 1 - 그림자 해적海賊, 핏물바다	47
적도 무풍지대를 지나 남십자성南十字星을 향하여	65
동상이몽同床異夢 - 나비와 날개	73
갈등의 시작	87
와일드 퍼시픽 2 - 첫 조업	108
리틀턴Lyttelton부두 - 항구는 떠나는 곳이다	129
타니화Taniwha - 바다의 정령精靈	147
와일드 퍼시픽 3 - 옵서버의 승선, 갈등의 연속	156
거미여인의 입맞춤	172
음모陰謀	186
와일드 퍼시픽 4 - 경비정과의 조우	194
와일드 퍼시픽 5 - 실종失踪, 야만野蠻의 바다	207
와일드 퍼시픽 6 - 바다에서 죽다	219
와일드 퍼시픽 7 - 귀항歸港, 바다는 갈매기를 붙들지 않는다	244
보헤미안 랩소디 - 사랑은 없다	258
쓸쓸한 퇴선退船	276
에필로그	286

프롤로그 - '캡틴Q'를 추모하며

1.

It is not down in any map ; true places never are.
I love to sail forbidden seas, and land on barbarous coasts.

- Herman Melville

그곳은 어느 지도에도 나타나지 않는다. 진정한 장소들이 결코 표시되지 않듯이.
나는 금지된 바다를 항해해서, 야만野蠻의 해안에 상륙하고 싶다.

- 허먼 멜빌

그날 바다의 전설傳說 '캡틴Q'의 부음訃音을 들었다. 헤어진 지 30년, 그가 세상을 떠난 지 10년이 지난 시점에. 바다 근처에서.

2.

"목적지 부근입니다. 안내를 종료합니다."

내비게이션 음성 안내가 바다 초입에서 끝났다.

한적한 해안도로를 달려 도착한 기장 바닷가, 멀리 방파제 끝으로 희고 붉은색 등대가 마주 보며 우뚝 서 있었다. 소형어선의 궤적이 부챗살로 해면을 갈랐다. 과일 껍질을 그을린 것 같은 냄새가 났다. 바다를 마주 보며 심호흡을 했다.

10여 년 몸을 담았던 선박회사에서 자의 반 타의 반으로 물러난 지 두 달째였다. 알바 삼아 틈틈이 신조 선박 시운전 요원으로 바다를 접하지만 언제나 바다는 새로운 모습으로 다가온다. 마치 우리 인생에서 똑같은 날이 반복되지 않듯이.

"봄 멸치, 가을 전어라 하잖아. 봄바람에 며칠 전부터 멸치 생각이 나더라고. 제자들 잘 둔 덕분에 맛난 음식이라, 고마우이."

스승께서 봄볕에 눈이 부신 듯 손칼로 햇살을 가리며 차에서 내렸다. 오랜만의 나들이가 즐거우신 표정이었다.

각고의 노력을 기울여 정리한 '조선통신사' 관련 자료들로 유네스코 세계기록유산 등재 신청을 마친 날이었다. 그저 묻혀 지날 뻔했던 사실史實을 연계해 장편 역사소설까지 탈고하신 후였다. 일을 도왔던 후배에게 연락을 넣었다. 뜸했던 문안도 드리며 식사라도 한 번 모시려는 자리였다.

퇴임 10여 년이 훌쩍 지났음에도 형형한 눈빛과 유머를 잃지 않으셨다. 걸음마저도 젊은 날의 절도를 유지하고 있었다. 옛날 교양과

목 강의실에서 카랑카랑한 음성으로 시를 낭송해 주시던 모습 그대로 였다.

"문학 나부랭이 한다면 다들 창백한 실루엣, 담배 연기, 나지막한 목소리, 이런 걸 떠올리잖아. 난 체질적으로 그런 이미지가 싫어 건강한 삶을 유지하려는 노력을 했어. 요즘 유명한 무라카미 하루키? 그 친구도 마라톤 마니아라며. 기자 출신에 본업이 선생이었고, 바다 개척 학문이 주를 이루던 대학에서 패기 넘치는 젊은 학생들 기氣를 받은 것도 있었지…."

해안도로를 달릴 때였다. 운전을 자청한 후배 박朴이 곧 팔순을 맞이함에도 여전히 건강을 유지하신다는 덕담 같은 인사말을 건넸다. 울컥가는 세월이 한탄스러운지 창밖을 한참 내다보다 주신 대답이었다.

말이 횟집이지 기업형 레스토랑처럼 거대한 건물이었다. '단체 손님 환영, 멸치 정식 코스요리 전문'이라 쓰인 현수막이 너풀거렸다. 탁자에 죄다 흰 종이 상보가 깔려있었다. 단체 예약을 받아두고 준비에 바쁜 모양새였다.

박이 조선족으로 보이는 여인을 손짓으로 불렀다. 전채 요리 삼아 멸치회 작은 접시 하나에 소주 한 병을 주문했다.

"총장님. 약주 한잔하시겠습니까? 황 선배는 여전히 말술이시고, 저야 운전 때문에…."

"그러지. 나도 오늘은 몇 잔 해야겠네."

스승이 물컵을 들어 목을 축이고 말했다.

"조선시대 말에는 열여섯이면 주민증처럼 호패號牌를 착용케 해 어른 대접을 했다네. 춘원 이광수의 어떤 소설에 김 첨지인가? '그는 사십을 넘긴 단아한 노인이었다.' 이런 구절이 나오듯 조로현상이 보편화되어 있었지만 지금은 다르잖아. 자신의 나이에서 스물을 빼서 살면 요즘 세상에 순응이 될 거야. 나는 오십 대 후반으로, 자네들은 삼십 대 후반으로 여기고 산다면…."

어찌 들으면 슬플 법도 한, 젊게 살아보자는 투의 말씀이 가슴을 두드렸다. 가는 세월 앞에 우리는 얼마나 무력한가. 바다에서와 달리 뭍의 시간은 빨리도 흐른다는 생각을 했다.

멸치회는 부드러웠다. 내려주신 첫 잔은 달고 시원했다. 탁 트인 창밖으로 바다가 한눈에 들어왔다. 윤슬이 잔잔히 드리누운 바다 표면에 물비늘로 일렁거렸다. 새들이 낮게 날았다.

젊은 날을 송두리째 바다에 바쳤던 내 뱃놈으로서의 이력이 생각나셨는지 문득 스승이 화제를 바꿨다. 대개의 남자가 그러하듯 자신도 바다를 동경했으며 지금도 바다에 관한 글을 써보려 하지만, 일방적인 짝사랑처럼 바다와 함께한 체험이 부족해 엄두를 못 내고 있다는 말씀이었다.

자신의 소설 속, 통신사 선단의 악천후 항해술에 관한 대목에서 자문을 구하듯 여러 질문을 던지셨다. 바다와 항해에 관한 대화는 자연스레 원양산업의 암울한 현실로까지 이어졌다. 내가 말했다.

"저희는 원양어업 황금세대 마지막과 몰락이 겹치는 시절에 바다에 있었지요. 총장님 세대 선배님들은 어업 기술이나 선박 공학적으로는 그야말로 목숨과 바꿀 만큼 위험한 시절이었지만, 반면에 그만한 보상도 따랐지 않습니까?"

"그럼, 원양어업 개척기에 우리 동문들 활약이 대단했지."

여기까지 말한 그가 잠시 어떤 기억을 끄집어내는 표정을 지었다.

"참, 자네 아는가? 이광조라고. 바로 바다의 전설이었지. 오십 년 대 끝 학번 내 동기야. 나야 수산 경제가 전공이었고 그 친구야 자네처럼 어로漁撈학과지만 나하고 절친이었어. 연락이 끊겼다가 떠도는 소식 편으로 작년에 부음을 들었네만…."

아, 캡틴 이광조. 술잔을 움켜쥔 손에 움찔 힘이 들어갔다. 까마득하게 잊고 있던 그 이름이 불리는 순간 짧은 섬광이 눈앞을 스치며 약하게 가슴이 두근거렸다. 숨을 골랐다. 혼자서 입 모양으로만 그 이름을 중얼거렸다. 삼십 년 전 그와 함께했던 배에서의 일 년여, 그 시간들이 캄캄한 극장에서 어둠을 뚫고 조명이 내리비치는 무대처럼 선명하게 떠올랐다.

단체 손님들이 들이닥쳤다. 안내하는 종업원들 고성이 뒤섞여 횟집 내부가 떠들썩했다. 스승은 아랑곳하지 않았다. 문학에 대한 열정으로 기자직을 버리고 국문학 강사로 진로를 바꿨을 때, 친구인 이 선장으로부터 경제적인 보탬을 많이 받았다는 회상을 했다. 잠자코 듣고 있던 나는 한잔 술을 삼키고 고백하듯 말했다.

"…팔십 년대 중반에 제가 항해사로 이 선장님을 모신 적이 있습니다. 참 옛날 일이 되어버렸네요. 그때 불행히도 결과가 좋지 않아 계약 파기로 중도 귀국하셨고, 헤어진 후 소식을 듣지 못했습니다. 총장님, 아시는 대로 말씀해 주시지요."

스승의 눈이 휘둥그레졌다. 하지만 공통된 화제가 나타난 반가움이 아니라, 세상을 버렸다는 친구에 대한 씁쓸한 연민이 먼저였다. 나는 다시 한번 중얼거리듯 입 모양으로 그의 이름을 되뇌어 보았다.

모든 지나간 것들은 추억이 된다는 말과 같이, 고통스러웠지만 역설적으로 황홀한 기억을 남기며 자신을 도약시키는 어떤 시절이 있다. 그때 나는 스물여섯 피 끓는 젊은 항해사였다. 더 블루. 그 시절을 돌이킨다면 온통 사위를 둘러싸고 있던 푸른색 바다가 먼저다. 당대를 풍미했던 전설적인 기행과 수덕水德, 그물만 던지면 어디서든 고기가 들끓는다는 샤머니즘적인 풍문까지 달고 다녔던 캡틴 이광조. 그와 함께했던 시간들도 내 뱃놈 운명의 한 축을 이루는 시간이었다.

"…그랬었구먼. 허허, 이광조, 한평생 바다에서 풍운아처럼 살았지."

스승이 몇 잔 술로 친구 이 선장을 추억했다.

삼십 년 전 어느 월간지에서 북양北太平洋 개척사를 다룰 때, 원양어업사에 길이 남을 발자취를 가진 그를 수소문했으나 연락이 닿지 않았다고 했다. 추측건대 나와 뉴질랜드 해역에 동승 했던 시간과 겹치는 것 같았다. 마감에 쫓긴 기자들이 자료를 찾아 완성한 기사를 보내 자신에게 감수監修를 의뢰했었다는 기억을 떠올렸다.

찢어지게 가난했던 시절이었다. 변변찮은 수출 품목도 없이 가발이나 봉제품에 의지하던 나라 살림에 그나마 원양어업이 효자 노릇을 할 때였다.

그는 출항만 했다면 계속되는 대어 만선으로 금덩어리 같았던 명태를 한 뱃짐씩 싣고 돌아왔다. 당시 온 국민의 인기를 얻고 있던 영화배우 신성일을 밀어내고 국내 개인소득세 납부 순위 부동의 1위를 고수했다. 급여로는 세계 최고로 짐작되어 기네스북 등재를 시도했으나, 미국 프로야구선수들 연봉과 단순 비교가 불가해 이루어지지 못했다는 이야기들.

엄청난 양의 물고기를 포획하고 살상해야 했지만, 그에 대한 죄책감이었던지 물을 신성시 해 바다에서는 절대로 씻지 않고 이도 닦지 않았다는 기행. 악천후로 다른 어선들이 모두 피항할 때 폭풍우 속에서 혼자 억척스레 고기잡이를 밀어붙였다는 담대한 기질….

말단 공무원 봉급이 1만 원 남짓일 때였다. 선풍기 바람에 만 원짜리 돈다발을 날려 술집을 아수라장으로 만들고, 통금시간을 넘겨 붙잡힌 경찰에게 만 원권을 내밀어 간첩으로 몰려 투옥되었다는 에피소드같이, 바다와 풍운아들의 삶을 동경하는 사내들이라면 감탄으로 숨이 막힐 추억담들이 줄을 이었다.

"그 친구가 몇 달 만에 입항할 때마다 날 더러 대학 선생질 하려면 입성이 깨끗해야 한다며 양복을 한 벌씩 맞춰줬어. 그리고 트럭에 명태 몇십 궤짝을 집으로 실어 보내는 거야. 온 동네가 잔치를 했지. 고깃살은 나눠 먹고 아낙들이 모여 내장을 긁어 젓갈을 담그고, 김치 깡통에 걸러 담은 명란을 수십 개씩 대학에 가져와 교수들께 선물하고, 밥 한 그릇 크게 사고 가기도 했어."

서둘러 멸치회와 술 몇 잔으로 입맛을 다스려 버린 터였다. 찌개와 해산물이 깔린 밥상은 더 이상 식욕을 자극하지 못했다. 문화부 기자 출신 후배도 추임새를 넣었다.

"언젠가 총장님 글에서 '선장 이광조'라고 읽은 기억이 있습니다. '선장 이광조에게 물어도 바다는 언제나 하늘과 같다.' 였던가, 그런 구절이 있었지요."

스승이 한숨을 한번 뱉어내고 말을 이었다.

"그런데 말이야, 바다에서 벌어들인 피 같은 돈으로 향수며 샴푸 같은 걸 생산하는 공장을 차려 사업을 시작했어. 먹고 사는 문제가 급할 때인 당시로선 시대를 앞섰던 아이템이었지. 게다가 지금도 그렇잖아, 돈 벌어 내린 뱃사람 주위에 이리저리 부추기는 사기꾼도 들끓었을 거고….”주변이 너무 소란했다. 자리를 옮기자는 박의 제안에 몸을 일으켰다.

다시 해안도로를 조금 달렸다. 바다가 내려다보이는 언덕에 자리한 카페로 들어섰다. 건물 옆 소나무군락지에 봄 햇살이 쏟아지고 있었다. 바닷바람에 섞인 솔숲 향기가 은은했다.

헤이즐넛과 아메리카노 두 잔을 주문했다. 왜 아까 마저 나누지 못한 이야기를 재촉하지 않느냐는 표정으로 스승이 다시 입을 열었다.

“그 친구 사업이 망한 건 사회 경험 없이 시류에 어두웠다는 건 기본이고, 다이내믹한 특유의 성품과 뱃놈 기질 그대로 밀어붙이는 돈키호테적인 행태도 한몫했을 거야. 바다에서처럼 나는 천운을 타고났다, 이런 이해할 수 없는 자부심 같은 것 말이야. 이 나이까지 살아보니 세상에 자신을 과신하는 것처럼 위험한 게 따로 없는데….”

그분을 모실 때 기억을 떠올리려 애써 보았다. 가슴이 서늘해졌다. 나이가 들며 자연스레 터득한 너그러움으로 나를 스쳐 간 사람들을 회상해 보더라도, 젊은 항해사 시절, 그분을 모셨던 시기는 암울했고 결코 유쾌한 추억거리는 아니었다.

“이제 보니 자네와 함께 나섰다는 뉴질랜드행이 그 친구 인생에서 마지막 돌파구였던 셈이네. 결국 돌아갈 곳은 바다라는, 어찌 보면 서글픈 명제인데 그래 거기서 결과가 안 좋았었다고? 뱃놈으로 가졌던 명성에도 상처가 생기고 많이 방황했겠다는 생각이 드네.”

전화기 진동음이 울렸다. 박이 목례를 하고 휴대폰을 들고 밖으로 나갔다. 스승이 나를 물끄러미 건네 보며 말을 이었다.

"그리고 지나는 말에 종교에 심취해서 러시아다 중국, 심지어 북한에까지 선교활동을 했다고 들었네. 워낙에 대담했던 기질 그대로였을 거야. 온갖 위험들을 감수한 밀입북으로 근 사십 일 억류되는 고초도 겪었다나 봐. 종교적 관점이 아니라 마케팅 시각으로 본다면 정말 멋지고 힘이 실리는 활동 아니었겠어? 예를 들면 유명한 여성 여행가나 전복싱 세계 챔피언, 세계기록을 가진 전직 선장이 선교활동을 한다면 파급력이 컸겠지…."

몇 남지 않은 대학 동기들 모임에서 흘러들은 부음에 애통해했다는 스승의 회고도 끝이 났다. 따사로운 봄날 오후가 저물고 있었다. 박의 약속으로 일어설 시간이었다.

얻은 것이 적지 않았다. 나이가 들수록 잃지 않으려는 학자로서의 기품과 자기관리, 인연을 가졌던 동반자들에게 던지는 따뜻한 시선, 우리도 중년 대접을 받는 시점에 연로한 스승의 언행과 처신은 귀감이 되기에 부족함이 없었다.

"…자네들 만났다가 친구 생각에 옛날이야기만 한껏 들춰냈네! 그려, 다음엔 내가 한번 삼세. 언제든지 또 불러 주게."

집으로 돌아와 씻지도 앉은 채 컴퓨터를 열었다. 오후 내내 나를 붙들었던, 생경한 단어인 선교사, 혹은 목사 이광조라는 검색어를 입력해 보았다.

여러 선교사 활약상을 소개하는 기사들이 눈에 들어왔다. 몇 칸 아래 바로 그분과 관련된 기사를 찾을 수 있었다. 묘한 느낌이었다. 긴 세월 잊다시피 했던 인물의 행적을 이토록 쉽게 접할 수 있다는 게 신기하기도 했고 왠지 착잡한 마음이었다. 십 년 전쯤 기사들이었다. 그분과 연결되어 선교활동을 했던 사람들이 올린 내용들이었다.

-선교사 이광조. 원양어선 선장 출신으로 늦은 나이에 주님의 부름을 받았다. 러시아 농아인 대상 선교를 시작으로 중국에서 활발한 선교활동을 펼쳤다. 조선인북한인들 대상으로 활동하다 전도의 열정으로 밀입북해서 한 달 넘게 구금당했고, 장백의 중국 공안에 인계되었다.
교계의 노력으로 가까스로 석방된 후, 러시아 마가단과 하바롭스크 농아교회를 오가며 열정적인 선교활동을 계속했다. 중국 단둥에서 사역하던 중 뇌출혈로 쓰러져 한국으로 후송되어 요양 중이시다.

아, 사진 속 인물은 바로 내가 모셨던 이 선장님이었다. 잿빛 양복에 신앙 간증이라도 하는 듯 두 팔을 휘젓는 사진이 검색되고, 기사와 댓글 내용들은 스승께서 일러주신 소식과 별반 다르지 않았다. 세월로 인해 나잇살이 불었지만 다부진 골격에 검붉은 얼굴, 하얗게 귀를 덮은 구레나룻, 완강한 턱선에 미소로 살짝 끝이 치켜 올라간 입술.
이익과 세력을 담보로 외연을 넓히려는 선교 세계에 경종을 울리는 내용들이었다. 일체의 사심 없이 몸과 마음을 던지다시피 했던 선교활동에 크게 감명받은 사례들이 줄지어 소개되어 있었다.
그리고 다시 찾아본 날짜가 지난 소식 난에서였다. 중국에서 뇌출혈로 인한 중풍으로 고생하다 이듬해 국내 한 요양원에서 하늘나라로 떠났다는 기록이 나왔다. 손끝이 떨렸다. 가슴 속에 아련한 것이 치밀어 올랐다.

온갖 믿음과 사랑, 거기다 미움이나 시기 같은 것들이, 그러니까 애증들이 뭉뚱그려지며 단순한 이해로 녹아들어 버리는 인생의 어느 지점, 나도 그만한 나이는 먹은 셈이다. 바다를 호령하던 그의 투박한 사투리가 환청처럼 귀에 들리는 듯했다. 뱃놈 노릇을 접고, 지금의 나보다 몇 어린 나이에 그가 바다와 육지에서 겪어낸 온갖 세파의 물결들이 안쓰러웠다.

나 또한 마찬가지 아니었던가. 바다에서 송두리째 보낸 젊은 날을 지나 덜컥 마주했던 육지에서의 그 생경함, 속수무책이던 세상사에 무수히 흔들리지 않았던가. 나도 모르는 사이 세상을 떠났다는 대선배 선장님의 소천召天이 가슴 쓰리고 먹먹했다.

다음 날 새벽, 선잠에서 깬 나는 황망한 기억 들을 더듬어 그와 함께 했던 바다에서의 시간을 기록하기 시작했다. 그와 헤어졌던 삼십 년 전 배에서의 풍경을 떠올려 보려 했다. 어떤 기억은 선명했고 어떤 것들은 흐릿하게 실마리조차 떠오르지 않았다.

'캡틴Q', 맨 먼저 같은 배를 탔던 우리 항해사들이, 당시 유행하던 애꾸눈 선장 그림이 인쇄된 위스키 호칭에 빗대 불렀던 별명을 떠올렸다. 잘 기억나지 않는 부분은 나를 초조하게 했다. 갑자기 나 자신에게 그 시절을 반드시 떠올려 내기로 약속해 버린 기분이었다. 청춘을 던졌던 바다와, 가슴 아팠던 그때로 돌아가 젊은 날의 나를 다시 만나보고 싶었다. 눈을 감아야만 그제야 다 보일 것 같은 그 시절 바다를 찾기 위해 눈을 감았다. 그리고 다시 한번 그의 이름을 되뇌어 보았다.

편히 쉬세요, '캡틴Q'….
이승에서 질풍노도 같았던 삶의 고단함을 접고, 뒤늦게 찾았다는 안온한 믿음과 나눔의 세상인 하늘나라에서 평안하시라 전하고 싶었다.

출항(出港), 다시 바다로

'부우웅---.'

트롤 어선Trawler-그물을 끄는 어선 DS 호가 출항의 여운이 담긴 뱃고동을 길게 울렸다. 안전 항해를 기원한다는 인사를 남긴 도선사가 유도선에 옮겨 타고 육지로 되돌아갔다. 선장이 엔진을 전속으로 올리라는 오더를 내렸다.

"엔진 풀 어헤드Full ahead-전속 전진."

연돌煙突-기관실 불길 유도 굴뚝에서 먹구름 연기가 울컥 피어올랐다. 배가 힘차게 물을 차내며 바다를 가르기 시작했다. 선미 쪽 소용돌이 물거품이 깨진 파도처럼 솟구쳐 올랐다.

이무류가 깔렸다. 덥고 습한 공기가 해면에 맞닿아 수증기가 식으면서 일어나는 옅은 안개. 안개는 산발한 여인네 머리채같이 이리저리 나부끼며 흩어졌다. 갑판에서 선원들이 어둠이 내리는 부산항을 아쉬운 듯 돌아보고 있었다.

행여 출항 전야에 미 귀선이나 사고가 있을지 몰라 배는 어제저녁부터 묘박지_錨泊地_로 옮겨 닻을 내리고 있었다. 출항제 때 짙은 화장의 회사 앞 다방 아가씨들이 보온병 다발을 들고 통선으로 배에 올랐다.

"엄마야, 별꼴이야, 이 아저씨가 어데를 만지노."

"아니다, 김 양아. 미끄러질까 봐 내가 잡아준다 아이가."

한두 번 태워준 게 아닌 모양이었다. 통선 선장이 위태롭게 배에 오르는 아가씨들과 장난하며 키득거렸다. 마담이 아가씨들을 시켜 이 선장을 필두로 갑판에 도열한 선원들에게 시원한 냉커피 한 잔씩을 돌리게 했다.

아직 낭만이 남아있던 시절이었다. 선원들 밀린 빨래며 늦은 시간 귀선할 때 라면을 끓여 야식까지 챙겨주던 정든 아가씨들이었다. 외상 긋고 몇 달간 마셔댄 커피며 거기서 시켜 마신 술값이 문제가 되었으나 회사가 먼저 대납하고 급여에서 일정액씩 감해나가는 방식으로 합의를 봤다. 한복차림 마담이 담배 연기를 내뿜었다.

"선장님, 나 이래 봬도 통 큰 여자예요. 몇 달간 미운 정 고운 정 다 들었는데 이 배 선원들 먹고 마신 외상값 20프로 깎아드리리다."

선장이 말없이 덤덤한 웃음을 흘렸다.

"다들 먹고 살자고 하는 짓거리지만 배에 올라올 때면 괜히 코끝이 시리네. 선장님 고기 많이 잡으소. 주무시던 용왕님도 이 선장님이 인사드리면 고기 거저 퍼 담도록 내려주신다며?"

짙은 눈썹이 인상적인 실루엣이었다. 그녀가 그윽한 눈매로 선원들을 돌아보았다.

"그리고 말야. 삼촌들 다들 죽지 않고 살아남으면 좋은 날 올 거야.

모두 고기 많이 잡아서 돈 보따리 하나씩 둘러메고 이 년 뒤에 다시 우리 집에 들러. 그때까지 이년들 도망 안 가고 있으면 공짜로 한 번씩 줘라 할게."

그녀가 웃음을 삼키며 말을 이었다.

"뭐하냐 이년들아, 항해사 오빠들하고 젊은 친구들에게 본명들 다 일러 줘. 혹시라도 편지 오면 답장 잘해주고. 이것 봐 명자야, 네 이름 초희라고 믿는 사람 여기 아무도 없어. 그냥 그대로 가르쳐주고 이것도 인연이었는데 오빠들 돈 많이 벌라고 니들도 빌어 줘야 해…."

시골뜨기 신규 선원들이 아가씨들이 건넨 냉커피를 두 손으로 받아 들었다. 큰 선물이라도 받은 듯 감격해하는 표정이었다. 몇 달간 고락을 같이 한 수리업체며 납품업체에서도 소주 몇 박스씩을 출항선물 삼아 실어줬다. 어떤 헤어짐이라도 아쉬움이 남는 법이다. 아가씨들이 뱃전에 묻고 간 화장품 냄새는 쉬 사라지지 않고 잔잔한 여운을 남겼다.

갈매기들이 배웅하듯 뱃전을 맴돌며 끼룩거렸다. 슬며시 일어난 더운 바람에 출항 깃발이 너풀거린다. 석양에 물들어 가는 부산항의 웅크린 모습은 쓸쓸했다. 배는 미끄러지듯 바다를 가르며 어느새 탁 트인 외항으로 들어섰다.

오렌지빛 노을이 바다에 스며들듯 내려앉았다. 선장 이광조는 브릿지Bridge-선교, 조타실 의자에 앉아 수평선에 눈길을 주며 깊은 감회에 빠져들었다.

-내가 다시 배에 올라 고기잡이에 나서다니. 근 육 년만이구나. 그래, 다

시 시작해 보는 거야. 육지에서 아픈 기억일랑 말끔히 수장시켜 버리고, 나를 반갑게 품어주는 바다, 가장 익숙하면서 내 능력을 펼칠 수 있는 바다에서 다시 시작하는 거야. 내 시대는 아직 가버린 것이 아니야.

생의 막다른 추락에서 벗어날 탈출구 같은 뱃길이었다. 자신을 쓰다듬고 북돋우는 다짐을 몇 번이고 되뇌어 보았다. 자못 비장한 기분으로 질풍노도같이 바다를 헤집던 젊은 시절을 회상했다.

북태평양 명태어장을 맨몸으로 일구어내다시피 한 그였다.

가난한 농부의 아들로 태어나 겨우 고등학교를 마칠 때 피 끓는 혈기를 주체할 수 없이 장래에 대해 고민했었다. 가진 것이라고는 튼튼한 몸 하나뿐이었다. 수산대학 교수들의 학생 유치 설명회에 우연히 참석한 그는 바로 가슴이 뛰는 신천지를 발견했다.

-젊은이여, 바다로 가자-

홍보 요원인 교수 한 사람이 칠판에 일필휘지로 갈겨 쓴 글귀였다. 베이지색 제복에 장교 헤어스타일의 선배들이 양 허리춤에 손을 얹었다. 좌우 반동으로 리듬을 맞추며 군가 같은 노래를 우렁차게 합창했다.

-해운대 저녁달 돛대 등지고
밤마다 꿈을 꾸는 바다의 왕자
어린 넋 불태워 이 배를 밀어가리

동트는 수평선 새날이 밝아오네

올려라 높이 돛을 올려라

파도야 치든 말든 바다는 좋은 곳

새 나라 깃발 아래 우리는 가리-

후에 약간 변형되어 대학의 교가로 자리 잡은 어로漁撈학과 응원가였다. 빡빡머리 고교생 이광조는 자신도 모르게 주먹을 불끈 움켜쥐었다. 가슴 속에 뭔가가 꿈틀거렸다. 마도로스의 낭만에다 큰 돈벌이가 될 수 있다는 희망에 주저 없이 그 자리에서 자신의 진로를 바다로 결정해 버렸다.

상아탑이니 학문 탐구니 하는 허울보다 바다와 배를 다루는 다소 경직된 생계형 전공이 주를 이루는 대학이었다. 4.19 학생의거와 5.16 군사혁명을 거치는 질풍노도의 대격변기였지만 그에게는 혁명이니 데모니 눈앞의 이데올로기들은 강 건너 등불이었다. 그를 송두리째 붙들고 있는 관심사와 목표는 오로지 바다뿐이었다. 럭비 서클에서의 운동과 말술로 뱃놈 기질을 키워내며 대학 시절을 보냈다.

그가 졸업했던 1962년에 경제개발 5개년 계획이 실시되었다. 정부는 국가기간산업에 원양어업을 포함시켜 집중 육성하기 시작했다. 후진국형 산업구조에서 국민들을 먹여 살릴 단순 1차 산업부터 정비해 도약하자는 취지였다.

'하면 된다.'라는 슬로건 아래 밀어붙이기식 추진으로, 수산개발공사는 이태리, 프랑스에서 1,500톤급 트롤 어선 두 척과 300톤에서 600톤급 종선 6척을 들여왔다. 이 배들을 차관으로 들여온 목적은 두말할 것도 없이 식량자원 확보와 외화획득에 있었다.

쉽지 않은 일이었다. 미국은 자신들 이익에 침해가 된다고 여겨 원양어업에는 원조할 수 없다는 입장이었다. 어쩔 수 없이 다른 나라와 접촉해 배를 들여오는 대단한 모험이었다. 이 배들은 대서양조업에 투입되었다. 1957년 우리 최초 원양어선인 참치선 '지남호指南號'의 인도양 조업에 이어, 스페인령 라스팔마스에 베이스캠프를 차리고 원양어업 전진기지를 구축했다.

'자상한 아버지'보다 '식솔들을 굶기지 않는 아버지'라는 덕목이 우선시 되던 시절이었다. 그때부터 한국어선들은 가장 위험하고 먼 바다로 나갔으며, 만선 때까지 가장 오래 바다 위에 머무는 배들이었다. 대서양 바닥을 쟁기질하듯 긁어대는 용맹한 독고다이特攻隊, 일본어 발음식 고기잡이는 단언컨대 세계최강이었다. 조업 결과를 주시하던 외국 선주들에게 깊은 인상을 남겼다.

스페인이나 모로코 같은 나라들은 배를 제공하며 저들이 죽었다 깨어나도 따라잡을 수 없는 악과 깡, 다시 순화시켜 패기와 절박감으로 똘똘 뭉친 한국인 선원들을 인력송출 형태로 용병처럼 태우기 시작했다. 다른 나라 선원들이 죽어도 못 타겠다는 위험하고 낡은 배라도, 한국 선원들이 올랐다면 며칠 만에 새 배로 환골탈태해 멀쩡하게 고기잡이에 나서는 '대서양 드림' 신화들이 탄생했다.

정부는 농림부 산하 수산국을 수산청으로 개편 발족했다. 수산대학에서도 실습선 백경호를 건조해 북태평양 시험조업을 진행했다. 총톤수 390톤에 850마력의 주기, 길이 42미터 폭 8미터 작은 배였다. 학생과 선원 60여 명을 태우고 출항하기에는 사전 준비가 너무도 미비한 상황이었다. 일본과 미국의 보이지 않는 방해까지 극복해내야 했다. 경험 부족과 참고할 만한 자료도 없다시피 했으니 그 고초가 말할 수 없을 정도였다.

당시 원양 업체 S 수산이 1천 톤급 냉동 모선으로 진출했다가, 알류샨열도에서 호된 저기압을 만나 침몰하는 바람에 선원 29명이 실종되는 아픈 역사도 있었다.

과감한 출어로 짙은 해무海霧와 얼어붙듯 추운 날씨, 거친 파도를 맨몸으로 이겨내야 했다. 천신만고 끝에 유자망어업과 트롤어업에 대한 귀한 경험과 자료를 가지고 백경호는 석 달 만에 귀환했다. 시험조업 결과 특히 트롤어법은 미래가치가 아주 유망한 것으로 판명되었다. 원양 명태의 채산성과 수출 차원에서 수지가 맞아떨어졌다.

이를 계기로 국내 민간 회사의 1,500톤급 H 호 등이 앞다투어 출어를 감행했다. 운때가 맞았던지 학생 시절 실습과 북태평양 개척 경험을 가진 이광조가 명태어장을 호령하는 명 선장으로 이름을 떨치는 계기가 된 것이다.

대부분 염장해서 국내로 들여왔는데, 바로 황금알을 낳는 거위에 비견될 만큼 채산성이 좋았다. 곧바로 알을 품은 포란태抱卵太는 명란 채취용으로, 또한 연육練肉 Surimi, 어묵, 맛살용 으깬 순살 어육과 사료용 어분魚粉 제작용으로 수출 판로까지 트였다. 연안국들이 배타적경제수역을 선포하기 전이라 별다른 제약도 없었다. 선원들 목숨값이라는 섬뜩한 농담이 따라붙었지만 자유로운 조업에 호황이 이어졌다.

"큰 배나 작은 배나 파도에 흔들리기는 마찬가지 아이가. 바다에 널 짜놔도 사람이 그리 쉽게 안 죽는다. 이순신 장군도 그랬다카제, 살라 카믄 죽을끼고, 죽을라카믄 산다꼬."

비유가 적절한지는 몰라도, 악천후 속에서 전투를 방불케 하는 그의 용맹한 조업방식은 유명했다. 시도 때도 없이 덮쳐오는 집채만 한 파도 와 폭풍우 속에 피항도 하지 않고 조업을 강행했다. 다른 나라 배들이 걱정과 비아냥이 반반씩 섞인 어투로 도대체 한국 선원들은 목숨이 몇 개나 되냐 물으며 혀를 내둘렀다.

개척 시절 북태평양은 물 반 고기 반 노다지 어장이었다. 맹장 밑에 는 약졸도 없었다. 선원들도 땅에서는 언감생심 구경도 못 할 돈벌이 에, 살을 에는 추위와 거친 파도마저 응원가로 여기며 그를 따랐다. 회 사에 떼돈을 안겨주고 선원들 생계를 멋들어지게 책임졌다.

통치자의 행동반경 외에는 마땅한 뉴스거리도 없던 시절이었다. 기 간산업을 일으킨 산업역군으로 부각된 그는 온갖 신문과 잡지의 취재 대상 1호가 되는 유명세를 치렀다. 배에 동승해 르포형식 원양어업 개 척 관련 기사를 써보겠다는 기자들 요청이 쇄도했다. 너무도 위험한 환 경이라 동승시킬 수 없다며 그들을 따돌리느라 직원들이 진땀을 흘려 야 했다.

입항 때마다 기자들이 줄지어 대기하고 있었다. 턱수염을 휘날리며 친구 강 교수에게 부탁해서 얻어 내 암기했던 시 한 구절로 인터뷰를 열었다. 존 메이스필드John Masefield 의 해수海愁-Sea Fever였다.

…I must go down to the seas again,

   to the vagrant gypsy life….

…나는 다시 바다로 가련다.

   정처 없이 떠도는 집시의 삶을 찾아서….

당시 귀하기 짝이 없던 커피를 벌컥대며, 몇 번이고 연습해 준비한 원고를 외듯 호탕하게 말했다.

"바다라는 기 말이요, 아수라장 같은 세상 다 버리고 도 닦는 심정으로 만나야 되는 기라. 불교에서 말하는 출가 같은 것 말이요. 배Ship의 어원이 고문실이라는 말도 있더라마는, 자신이 바다가 되고 싶어 하는 나 같은 놈들한테는 바로 놀이터지. 바다가 내 집이고 고향이고 파도가 내 애인 아이가. 나는 거꾸로 육지에 내리면 바로 비틀비틀 땅 멀미를 한다니까네…."

외화벌이를 위해 독일에 파견되었던 광부와 간호사들, 그들의 송금액 스무 배가 넘는 액수에, 계산 방식에 차이가 있겠지만 단순 순위 수치로 전체 수출액 5퍼센트 정도를 원양어업에서 벌어들일 때였다. 술자리에서 거나하게 취할 때면, 내가 나라를 일으키는데 제법 역할을 했었지 하는 농담 반 진담 반 자랑이 가능했던 시절이었다.

돌이켜 보면 신명 나는 추억들이 수도 없이 많았다.

한겨울에 만선 후 회항할 때는, 북태평양 눈보라를 갑판에 그대로 가두어 얼음 잔해를 청소도 하지 않고 그대로 입항했다. 볕 좋은 날 찌엉쩡, 소리를 내며 외판에 들러붙은 얼음을 부산항에 떨어뜨렸다. 빙벽이 허물어 무너지는 소리였다. 목숨을 걸다시피 했던 악천후 조업을 상기

시키듯, 흉물스러운 해적선같이 그로테스크한 모습 그대로 입항해 마중 나온 회사 직원들과 선원 가족들을 뭉클하게 했다.

"어허, 이러지들 마소. 일어나소 그마."

그를 따라 한 항차만 갔다 오면 산동네 집 한 칸은 마련할 정도였다. 선원들 안사람들이 부두 바닥에 엎드려 절을 해댔다. 일국의 제왕이 따로 없었다. 대기업에 입사한 친구들 봉급 서른 배가 넘는 급여와 수당이었다. 돈의 가치를 잊을 만큼 자유로운 세상을 살았다.

어느 누구도 그 앞에서 술이며 밥값 계산을 주저했다. 구세군 모금 냄비에 지갑에서 손에 집히는 대로 적선한 금액에 모두가 눈이 휘둥그레졌다. 자신의 가족처럼 품었던 선원들에다, 일가친척에 사돈의 팔촌까지 그의 신세를 한 번도 져 보지 않은 사람을 찾기 힘들 정도였다.

"암말도 하지 말고 그냥 마 받아 넣으소."

선원들 자녀나 온 동네 대학에 입학하는 애들이라도 있을 때면 등록금 한 번 정도는 잔푼 용돈 주듯 선심을 썼다. 그것이 베푸는 것이라 여겼고 어려운 동기들이나 친구들 보살핌도 당연히 그의 몫이었다. 입항 때면 본사 직원들과 선원들 선물용으로 명태 수백 궤짝을 뿌려댔다. 자연스레 안면을 튼 부둣가 조폭들이나 경비업체며 하역업체에도 고기 선물을 잊지 않았다.

더불어 떼돈을 벌어들인 회사는 그를 신 모시듯 했다. 그가 쓸고 지나간 술집 계산은 당연히 회사 몫으로 바뀌었고, 집안 길흉사와 심부름을 전담하는 말단 직원을 따로 둘 만큼 극진히 예우했다.

하지만 세상에 영원한 것은 없고 다 때가 있는 법이다.

20년 가까이 바다에서 쉼 없이 보낸 세월이었다. 입항 때마다 한 뼘

씩 자라는 아이들이 몇 달 만에 들러 술에 절어 다니는 아비를 서먹해했다. 이놈들이 언제 걸음마를 뗐는지 기억도 가물거리는 자조 섞인 한탄에, 자랄 때 함께하지 못한 시간들이 안타깝다는 생각이 언뜻 들었다.

때마침 입항 턱으로 벌어진 질펀한 술자리에서 꼬꾸라지는 바람에 얼굴을 긁히고 들어온 날, 사춘기로 들어선 아들 녀석이 불량배들과 어울린 일탈로 학교에 불려 갔다는 아내 말이 뒤통수를 후려쳤다. 명 선장입네 어쩌네 떠들고 다녔지만, 정작 가족을 위해 마음 쓴 적이 없었음을 깨달았다. 집안과 가문의 대소사를 홀로 챙기며 외로웠을 아내에게도 불현듯 미안한 마음이 들었다.

쳇바퀴 돌듯하는 고기잡이와 입항해서 끝없이 이어지는 술추렴 같은 것들이 문득 싫증나기 시작했다. 늙어 죽을 때까지 바다에만 떠 있을 수 없다는 생각이었다. 미련 없이 후배 초사^{수석 1등항해사}에게 선장직을 물려주고, 박수칠 때 떠나듯 불혹의 나이를 얼마 넘기고 과감히 배를 버렸다.

"바다에서 그만큼 고생했는데 땅덩어리 어디서 내가 뭐라도 못하겠는교?"

육지에서 새로운 인생을 열고 싶었다. 회사는 아쉬워하며 선원 관리를 겸하는 수산부장직을 제안했다. 턱없이 적은 월급과 윗사람 눈치 보는 게 싫어 일언지하에 거절했다. 천성이 이재에 밝지 못해 흥청망청 뿌려대기만 한 것 같아도, 뱃놈 노릇으로 벌어들인 게 워낙 많았던지 집 몇 채와 두둑한 은행 잔고에, 종친회 권유로 마련해 둔 땅뙈기도 든든했다.

하지만 뱃놈 돈은 눈먼 돈이며 먼저 보는 놈이 임자라는 게 만고의 진리였다. 종친회며 동창회며 불알친구들이며, 신선하고 획기적이라는 사업 아이템을 들고 그를 알현하고자 하는 사람들이 순번을 다투며 기다리고 있었다.

-여관 몇 개를 지어 임대료를 받자, 아니, 차라리 배를 한 척 사서 선주와 선장을 겸해라, 곧 자가용 시대가 올 터인데 도심에 땅을 사서 주차장을 지으면 땅값도 오르고 현금 수입도 있어 금상첨화다. 개소리들 집어쳐라, 장사의 꽃은 먹는장사다. 교외에 가든 형태 보신탕집을 몇 개 열자….

"니는 마도로스가 신식 물도 마이 무봤을 낀데 샴푸를 잘 모른다꼬? 금방 빨랫비누로 대가리 감는 시절 지나갈끼다. 신문지로 밑구녕 닦다가 수세식 화장실 들어서면서 봐 바라, 펄프라카제, 화장지 공장이 떼돈 번다 아이가. 바로 이런 건 기라."

여관이니 주차장이니 보신탕집이니, 바다를 호령했던 선장 품격에 맞지 않다 넘겨짚기하고 있을 때였다. 일본 유학을 다녀왔다는 먼 친척 형님뻘이자 고등학교 선배 말에 귀가 솔깃 열렸다.

"세상 살기 좋아지믄 여자들이 찍어 바르기 시작할낀데 화장품은 벌써 큰 공장들이 버글버글 하니까네 치아뿌고, 향수공장을 샴푸 공장 옆에 낑가가 여는 기라. 내 말 단디 들으래이, 개소리 꼬시는 잡놈들 다 쫓아내고 내 믿고 함 밀어봐라. 내 말 들어가 손해 볼 것 없을끼다. 미래 시장을 선점해야지."

자신과 별반 다를 것 없이 화끈한 기질을 가진 선배가 마음에 들었다. 단순한 성품 그대로 바로 의기투합이었다.

애초부터 기업경영 쪽은 문외한이었지만, 모두가 실질적 대표인 이광조의 바다와 얽힌 독특한 이력에 관심을 보였다. 세간에 소문이 났다. 그를 기억하는 기자들이 '1차 기간산업'에서 출발한 '미래가치를 읽은 기업인' 운운하며 신문 매체에 광고까지 거들어 줬다.

하지만 전 재산 털어 넣고 창대하게 출발했던 사업은 준비기간 포함 삼 년 만에 쪽박을 찼다. 선배의 예측은 반은 맞고 반은 틀렸다. 시기가 겹쳤다. 국내 굴지의 대기업이 'XX생활건강'이란 이름을 내걸고 비누, 치약, 샴푸에다 여성용 세정제까지 생산하는 전국적 네트워크를 가진 기업을 출범시켰다. 애당초 경쟁 자체가 안 되는 다윗과 골리앗의 싸움이었다. 공장 가동 1년 반 만에 문을 닫아야 했다.

인심들 한번 고약했다. 싹수가 노랗게 사업이 가망 없다고 판명되자 선배는 한마디 말도 없이 잠적해 버렸다. 파리처럼 들끓던 주변 인물들이 삽시간에 그를 멀리하고 이리저리 피하기 시작했다.

돈 빌려 가라며 찾아왔다 술대접까지 받을 때는 언제고, 낯짝 바꾼 은행들은 단 한 번 통지 후에 집 안 구석구석 압류 딱지를 붙였다. 이런 저런 직함을 덮어썼던 선후배들과 얽힌 맞보증으로, 온갖 대부 금융에서도 채권추심으로 달려들었다. 세간살이마저 모두 날아가며 그야말로 풍비박산이 났다.

더 가슴 쓰린 게 있었으니, 입방정 호사가들의 무성한 뒷말들이었다. 도움을 받거나 술이라도 얻어 마실 때와는 판이하게 달랐다. 은근한 질시가 깔린 빈정거림이었다.

"세상이 그리 호락호락할 줄 알았던 모양이지. 무식한 뱃놈 주제에 사업은 무슨, 내 이럴 줄 알았다. 하기야 잘 나갈 때 천지 분간도 못 하고 좀 건방졌지, 술이야 좀 얻어먹었다만 어찌 잘난 척을 해대던지 배알이 꼴려서 원. 돈이 휴지 같았더니 간이 부었던 거야…."

하늘이 노랗고 오금이 저렸다. 세상에 얼굴 내놓기가 부끄러웠다. 깡소주로 시간만 죽여 없애며 무위도식하는 시간이었다. 다시 배라도 타고 싶다며 원양 업체 문을 두드리기에는 낯이 서지 않았고, 후배들 보기도 민망해 주저하던 차였다.

동기생 최 상무가 근무하는 DS원양선사에서 모양새 그럴듯한 추대 형식으로 승선 제안이 왔다. 귀가 번쩍 뜨였다. 불감청이언정 고소원이었다. 젊은 날 기자들 앞에서 배를 타는 것은 도를 닦는 것이라며 깊이도 없이 말장난처럼 떠들어 댔던 기억이 났다.

"옳거니, 이제야 뼈저리게 알겠구나. 정녕 이제부터 도를 닦는 심정이어야겠구나…."

회사에서 배려해 준 전도금으로 당분간 가족들이 먹고사는 문제는 해결될 것이었다. 빚더미에 날아간 집이며 재산이야 어쩔 수 없이 감내해야 할 지난 일이고, 남은 채무도 회사가 보증 형태로 관여해 차차 탕감해 나가기로 했다. 적어도 한 어기 2년간은 마음 빼앗기고 정신 사나울 일은 피한 것 같았다.

자신을 불러 준 회사가 고마웠다. 기질대로라면 전 직원들을 모아놓고 거하게 술이라도 한잔 사고 출항해야겠지만, 어기를 마치고 목돈을 쥔 후에라도 늦지 않다며 생각을 고쳐먹었다.

뉴질랜드어장 고기를 죄다 쓸어 담아 보리라. 배의 엔진 마력에 비해 끝기에 무리라는 회사 의견이 있었으나, 강력하게 밀어붙여 망고網高-수중에 펼쳤을 때의 그물 입구 높이 40미터가 넘는 대형 중층용中層用 그물까지 실었다.

이광조는 어둠에 잠기는 바다 위로 밤하늘을 올려다보았다. 촘촘한 별 무리가 영롱하게 빛나며 바다에 쏟아질 듯했다

'산골 물'이라는 제목의 짧은 시 한 편을 떠올렸다. 실패의 쓰라린 마음을 곱씹으며 세상과 담을 쌓고 지낼 때, 친구 강 교수가 마음을 다잡으라며 쥐여줬던 '윤동주 시집'을 뒤적이다 찾은 시였다. 자신의 상황과 맞아떨어진다 싶어 단번에 암송해 낼 수 있는 글이었다.

괴로운 사람아 괴로운 사람아
옷자락 물결 속에서도
가슴속 깊이 돌돌 샘물이 흘러
이 밤을 더불어 말할 이 없도다.
거리의 소음과 노래 부를 수 없도다.
그신 듯이 냇가에 앉았으니
사랑과 일을 거리에 맡기고
가만히 가만히
바다로 가자,
바다로 가자.

안개가 완전히 걷혔다. 바다를 가르는 거친 엔진소리에 덩달아 자신의 맥박이 힘차게 뛰는 것 같았다. 그래, 이제 다시 출항이다.

대양大洋항해 - 새로운 인연들

1982년, '국제해양법협약'에서 실질적인 '배타적경제수역'이 선포되었다. 70년대 중반부터 기왕에 제기되어 오던 협약 사항이었다. 연안기점으로부터 200해리海里까지 바다에서, 어업활동과 해양자원 탐사에 따르는 개발, 이용, 관리에 연안국의 주권을 인정한다는 제도였다.

이에 따라 한국 원양어업에 주력을 차지했던 북양 명태잡이 어선들이 베링해에서 쫓겨날 시점이 도래하고 있었다. 일명 '도너츠 홀'이라 일컫는 좁은 공해公海 수역에서 연명해야 할 상황이었다. 다른 어업 전진기지도 마찬가지였다. 자국 어장 보호 개념에 눈을 뜬 연안국들의 규제강화로 원양 산업이 난관에 봉착할 때였다.

중견 원양 업체 DS 사는 뉴질랜드어장 입어로 활로를 찾으려 했다. 아프리카의 예처럼, 눈앞의 이익에 급급해 입어허가를 남발하는 후진 연안국들과는 판이하게 다른 어장환경이었다. 어자원 분포와 자원 총량에 대한 탐사자료를 토대로 해역별, 어종별 총 어획 허용량TAC-Total

Allowable Catch을 산정하고, 정부 차원에서 철저한 관리 감독으로 잘 보존된 '지속 가능한 착한 어업'을 모토로 하는 매력적인 어장이었다.

때마침 도산 직전인 대만 선사로부터 트롤 어선 한 척을 헐값에 인수했다. 가오슝高雄항과 부산항을 오가며 석 달간 내부 수리를 거쳤다. 선명도 회사명을 그대로 붙여 DS 호로 명명하고, 9월 말에 시작될 뉴질랜드어장 새 어기에 맞춰 야심 차게 출항시켰다.

대만 측 관리가 엉망이었던지 인수 당시 배는 그야말로 엔진만 겨우 살아있는 껍질뿐인 형편이었다. 위생과 환경보존을 최우선시하는 뉴질랜드 내규에 맞게 배 전체를 수리하기에는 시간상으로 무리였다. 촉박한 일정에 쫓겨 먼저 배를 출항시켜야 했다. 이십여 일 걸릴 항해 기간 중 보충 수리와 현지 도착해서도 보완 작업을 병행한다는 계획이었다.

새로운 어장에는 경험 있는 선장의 인선이 필수였다. 하지만 회사는 사업 실패로 은둔하고 있던 이광조를 택했다. 주먹구구식 원양어업 운영의 잔재가 남아있고, 인맥에 줄을 댄 인사들이 성행할 때임을 감안하더라도 그의 인선은 의외였다.

나날이 획기적으로 발전하는 항해와 첨단 어업 기술을 오래된 인물이 다시 재빨리 습득하겠느냐는 의문이 먼저였다. 영어 구사 능력이나 현지 경험을 배제했고, 젊고 능력 있는 항해사들 진급을 가로막는 낙하산식 인선은 썩 유쾌하지 못한 모양새이기도 했다.

대학 동기 최 상무가 그의 선장 낙점을 강력히 주장했다. 인선 회의에서 침을 튀기며 열변을 토했다.

"마, 원양어업이라 카는 기 바로 1차 노가다 산업 아닙니까? 어업 기술이 발전하니 어쩌니 해도 선장의 감感으로 고기 잡는 게 전부 다라 해도 과언이 아닌데, 바다하고 찰떡궁합에 대한민국에 이광조보다 용왕님하고 친한 인물이 어디 있겠는교? 영어다 뭐다 업무는 똘똘한 그 어장 출신 젊은 항해사 두어 명 건져 오면 될 거고, 내 동기라서가 아니라 이 친구 수덕水德을 함 믿어봤으면 합니다."

좌중의 눈치를 살피며 잠시 뜸을 들였다가 말을 이어 나갔다.

"쫄딱 망해보기도 했으니, 우리가 손 내밀어 다시 멍석 깔아주면 고마워서라도 죽을 둥 살 둥 고기 잡아 올릴 건데 내 말 대로 함 해 보입시다. 밑바닥까지 자빠진 인물한테 다시 기회를 준다 하면 회사 이미지도 좋아질 거고, 그 친구 고기잡이 실력이야 모두가 아는 사실 아닙니까?"

사장은 잠자코 그의 이야기를 듣고 있었다. 과당경쟁으로 어가가 떨어지는 바람에 겨우 선원들 임금 정도 건지는 수준인 다른 어장에 비해, 최 상무가 만들어 올린 사업계획서에 따르면 제법 알찬 수익이 기대되는 새로운 어장이었다.

이미 심정적으로 추가 기울어져 있었다. 고기 한 마리 없는 텅 빈 어장에서, 엉터리 그물이라도 그가 던지기만 하면 어디서 오는지 없던 고기가 몰려와 만선을 밥 먹듯이 한다는 이광조가 아닌가. 사장이 피우던 담배를 재떨이에 눌러 끄고 말했다.

"오케이, 이광조로 간다. 최고 대우에 최고 계약으로, 요즘 프로 야구 흥행이 좋잖아. 거기 최고 감독 모시듯이 대접해. 해달라는 것 다 해 주고. 문제없이 어기 마쳤을 때 다른 회사 선장들 정산금보다 두 배는 되게 추산해서 계약해. 선원들도 이 회사 배 타서 하꼬방 집은 면했다는 소리 듣게 하라고. 이광조까지 데려올 거라면 최 상무 말대로 이 기회에 회사 이미지도 살려야지…."

북태평양의 호랑이, 이광조의 명성은 죽지 않았다. 옛날 명태잡이 트롤선에서 호흡을 맞췄던 배襄 기관장이 제 발로 찾아와 승선을 희망했다.

"저 양반이 성질머리는 개떡이라도 고기 하나는 잘 잡았거든, 말단 선원들도 이광조 따라 배 탔다가 쬐끄만 담배포 정도는 하나씩 열었지. 두들겨 패든 우짜든 잘 처믹이고 고기 잡아 돈 되면 그기 바로 명선장 아이가."

소문은 빨라서 원양 업계에서도 화제가 됐다. 쫄딱 망해 거지꼴이 된 이광조가 다시 바다로 나간단다. DS원양이 도박을 벌이는구먼. 한물가버리고 육지에서 기氣가 다 빠져버린 퇴물 선장이 똑소리 나는 젊은 선장들하고 섞여서 제대로 해낼 수 있을까. 북태평양 공해에서 아무런 제약도 없이 명태만 쓸어 담던 선장이, 일일이 현지 정부 규제를 받는 조업시스템을 잘 받아들여 헤쳐 나갈 수 있을까.

다른 회사들은 이광조와 DS 원양의 이면 계약 내용을 알아보려 촉각을 곤두세웠다. 행여 월등히 좋은 계약임이 알려진다면, 자기 회사 선장들과 선원들 사기에 영향을 미칠 것이 두렵기 때문이었다.

항해사들의 진용도 화려했다. 초사로 대서양 선장 출신 십 년 후배 박동수가 승선을 희망했다.

"집구석도 골 아픈데 눈 딱 감고 바람 쐬러 간다 치고 선배님 따라가겠습니다. 다음 어기 선장 자리 물려주시면 좋고, 한 어기 뉴질랜드 어장 경험 한번 해 볼랍니다. 딴 배 선장들도 젊은 후배들이 많던데 상관없습니다. 이 판국에 체면이고 뭐고 찬밥 더운밥 가릴 때가 아니지요….”

긴 병에 효자 없다고 아내 병 수발에 배 타서 번 돈 다 까먹었다. 이제 월급쟁이 벌이로는 병원비와 애들 교육비를 감당할 수 없을 지경이었다. 그에게도 바다가 마지막 희망이었다.

차석 1등항해사는 늦게 합류한 황승현이었다. 스물여섯 젊은 나이지만 앞 어기 뉴질랜드어장 경험이 있고, 대양 항해와 남미 포클랜드어장까지 섭렵해 나이에 비해 경험이 풍부한 항해사였다. 군 복무를 대체할 선박 특례기간이 남아 당장 어떤 배라도 승선해야 할 형편이었다.

게다가 대선배 이광조의 명성을 익히 알고 있었으며, 그를 모시면서 얻거나 배우게 될 뱃놈 운명에 큰 기대를 지니고 있었다. 야전 사령관 격인 갑판장도 뉴질랜드 경험자였다. 앞 어기 정산 건으로 합류가 늦어져 출항 직전에 배에 오르기로 했다.

이등항해사와 삼등항해사는 승현이 출항 한 달 전쯤 후배 둘을 수소문해 태웠다. 기관장이 인연이 있는 기관사들을 긁어모아 일사천리로 고급 사관 구성이 이루어졌다. 실항사견습사관는 수산고등학교 졸업을 앞둔 취업준비생 하나를 태웠다.

대만 가오슝高雄항에서 시작한 수리부터 고난의 연속이었다. 지독한 더위였다. 수리요원들의 작업거부부터 문제가 시작되었다. 기관장을 포함한 기관 부원들이야 제집이라 여기고 작업을 계속한다 치더라도, 한국에서 파견된 조선소 기술자들이 억만금을 줘도 못 하겠다며 귀국해 버렸다.

항해일지나 조업일지, 심지어 기관 당직일지 같은 최소한의 자료도 폐기해 버렸는지 온 배를 뒤져봐도 찾을 수 없었다. 손전등을 켜고 더 듬어 들어가 손에 잡히는 대로 각종 계기며 집기들을 들어내 분류하고, 성능도 자체시험으로 결과를 도출해내야 했다. 낮에 달궈진 강철 외판이 밤에도 식지 않았다. 선내 온도가 30도를 넘겼다. 선풍기를 틀어도 더운 바람을 토해내는 바람에 잠을 이룰 수 없었다. 배를 기웃거리는 노숙자나 좀도둑과의 싸움도 하루 이틀이 아니라 지긋지긋할 지경이었다.

"타 본 배 중에 제일로 고생보따리네. 헛, 우짜노, 나중에 괴기잡아 돈 냄새 함 맡아보자. 선장이 바로 이광조 아이가…."

기관장이 수리 작업에 지쳐 입에 단내가 나는 선발대들을 독려했다. 하지만 기술자들 수당과 달리 대기기간으로 간주해 계약서상 생계비 70퍼센트만 지급하자 선원들도 작업을 거부했다. 기관장이 가까스로 진정시켜 닷새 걸려 배를 부산항으로 끌고 와야 했다.

회사는 선원들에게 생계비 100퍼센트 지급을 약속했다. 부산항도 역시나 뜨겁게 삶아대는 한여름이었다. 쓸 만한 선원을 선발해 투입 시키면 하루 일하고 태반이 도망가 버리는 악순환이 계속되었다.

회사는 속이 탔으나 되레 이 선장은 느긋했다. 공무 감독 김 부장이 지체되는 작업에 한숨을 내뱉으면, 며칠에 한 번씩 들러 진행 상황을 챙겨보던 이선장이 말하곤 했다.

"이 배하고 궁합이 맞는 놈들은 어찌 됐건 오게 되어있고, 택도 없는 놈들은 지랄발광해도 안 되는 거요. 오는 놈 막지 말고 가는 놈 잡지 마소."

출항 시점이 임박했다. 결국 시쳇말로 인신매매단이라 일컫던 용역업체 힘을 빌릴 수밖에 없었다. 촌구석을 벗어나지 못해 좀이 쑤시던 농사꾼들과 이런저런 이유로 제도화된 세상을 살기 힘들게 된 낙오자들이 태반이었다. 억지 선원 구성으로 정원 45명을 겨우 끌어모아 숫자를 채웠다.

승현이 뒤늦게 합류했다. 배 내부와 수리 사항을 둘러보자마자 눈썹을 찌푸리며 고개를 가로저었다. 이미 현지 시스템을 경험한 그로서는 현재의 수리 상황이란 게 한심하기 짝이 없는 수준이었다.

"그쪽은 다른 어장하고 시스템이 완전히 다릅니다. 환경과 어족자원 보호가 우선이라 배에서 녹물 한 방울 튀어도 안 되고, 화장실과 거주 시설도 한국 스타일로 닭장처럼 해서는 큰일 납니다. 선상 호텔까지는 아니더라도 좌우간 청결해야 합니다."

피쉬 폰드fish pond-연못의 의미를 가진 어획물 집하대를 스테인리스 철판으로 교체하는 정도 시늉만으로는 아예 조업 허가도 받지 못하고 쫓겨나기 십상이었다. 검사관들이 어획물 처리실 내부 어느 곳이라도 면장갑 낀 손으로 문질러 조그마한 그을음이라도 묻어나오면 바로 위생 검사에 퇴짜를 놓는 나라였다.

첫째가 안전이고 뒤이어 환경 보호였다. 이민이든 입어 허가든 자신들 생활권으로 받아들일 때, 환경과 사회적 시스템에 해를 가할 가능성을 애초에 차단하려 했다. 종일 시내를 휘젓고 다니다 손을 씻어도 구정물 한 방울 흐르지 않는 청정구역이었다.

아무리 설명해도 공무 감독이나 기관장을 비롯한 선원들은 뭐 그 정도까지일까 하며 건성이었다. 회사는 일단 출항해서 도착하면 현지 기지장과 상의해 처리해 보라는 식이었다. 아직도 개발 시절 밀어붙이기식 잔재가 남아있고, 거기도 사람 사는 곳인데 적당히 뒷돈이라도 찔러 주면 될 거라는 낙관이 도사리고 있었다.

목이 터져라 현지의 까다로운 규정을 강조하던 승현은 홧김에 승선을 거부하고 배로 출근하지 않았다. 하지만 아무런 새로운 전환점도 마련하지 못하고 다시 배에 오를 수밖에 없었다. 어떤 배로든 두 달 내 재승선하지 않을 시 군에 입대해야 한다는 절박한 여건이 발목을 붙들었다.

그는 후배 3항사의 미 귀선으로 출항 이틀 전날부터 대신 당직을 서는 바람에 홀어머니와 생이별을 해야 했다. 3항사가 애인인 간호사를 만나러 나간 지 이틀째 귀선하지 않았다. 첫날은 술에 취해 여관방에서 뻗어버렸고, 둘째 날은 배에 오르기가 두렵기도 해 남포동 거리를 어슬렁거리다 다시 여자를 만나 또 취해버린, 철없는 신임 항해사의 객기가 빚은 일이었다.

제일 머리 아픈 경우가 선원들의 미 귀선이었다. 어디라고 찾으러 갈 수도 없거니와 선박 특성상 고유 업무에 기반한 소수정예의 인선에서, 한 명이라도 이탈하게 된다면 남은 선원들 고충이 이만저만이 아니었다.

다행히 출항 전날 밤 3항사는 눈물이 그렁그렁한 채 머리를 긁적이며 나타났다. 벌칙을 내리거나 질책도 하지 않았다. 피 끓는 청춘에 사랑하는 여자와의 긴 시간 이별과, 막상 처음 시작하는 2년간 해상 생활에 대한 두려움 같은 것을 잘 알고 있는 선배의 배려이기도 했다. 선장과 회사에는 알리지 않고 항해사들끼리 얼렁뚱땅 묻어버린 일이었지만, 애꿎게도 승현이 입막음용 대리 당직을 서야 했다.

야간에 VHF^{Very high frequency-초단파 선박용 무선전화}로 해양무선국을 호출했다. 집 전화번호를 불러 주고 위성 통화를 시도했다. 간신히 연결된 무선 통화는 잡음이 심했다. 자신의 말이 끝나면 손잡이 버튼을 떼고 상대의 말을 기다려야 하는 작동 방식에 어머니와의 소통은 힘들었다.

"…그래, 건강하고 …2년 뒤니까, 그때…."

간신히 뵙지도 못하고 떠나게 되었다는 소식을 전하고 통화를 끊어야 했다. 짙은 허탈함이 밀려왔다. 바다가 운명이라고 치부해 왔지만, 이런 식의 이별이 있을 때면 어쩔 수 없이 느끼게 되는 감정이었다.

아버지의 이른 죽음으로 일찍이 가장 노릇을 떠맡았다. 잦은 사글셋방 이사에 노가다판을 전전하며 등록금을 조달해야 하는 고단한 대학 생활이었다. 병역특례로 군 면제를 노린 것도 생계유지를 위한 절체절명의 숙제를 위해 선택한 길이기도 했다. 속수무책인 현재의 번민과 고뇌를 벗어나고, 도무지 가늠할 수 없는 미래에 대한 불안을 의탁해야 할 곳은 바다밖에 없었다.

곡절 끝에 출항을 했다. 부딪혀 보면 답이 나올 거라 느긋한 이 선장과 다른 사관들과는 달리, 까다롭다 못해 화가 날 지경으로 원칙을 고수하는 뉴질랜드 내규를 경험한 승현은 현지 도착 후의 고생이 훤히 보이는 것 같았다.

남쪽으로 향할수록 기온이 오르기 시작했다. 후덥지근한 열기들이 바다에서 몰려왔다. 좁은 침실에서 잠을 이루지 못하는 선원들이 갑판에 모여 앉았다. 벌써 향수에 젖은 듯 배급된 한 병씩의 맥주로 뒤숭숭한 심사를 달래고 있었다.

배를 처음 타는 신규 선원들 몇이 멀미로 괴로워했다. 적응훈련이라는 절차가 있어야 했다. 2항사가 낯빛이 핼쑥한 선원들을 갑판으로 불러올렸다. 억지로 노래를 부르게 하고 갑판을 가로지르는 뜀뛰기를 시켰다. 고참들이 그 광경을 지켜보며 껄껄 웃음을 흘렸다.

기관실 내부는 찜통이 따로 없었다. 조업이 시작되면 절대로 발생해서는 안 될 엔진 트러블을 방지하기 위해, 미리 주기主機와 보기保機 운전 상태를 점검하느라 모두가 땀 범벅이었다.

와일드 퍼시픽 1
- 그림자 해적^{海賊}, 핏물바다

북반구에서 남반구로 향하는 대장정이었다.

오키나와를 스쳐 필리핀 쪽을 향해 수직으로 내리긋고, 적도를 넘어 파푸아뉴기니를 비껴 지나 솔로몬 해를 가르며 남하하는 항로였다.

출발지와 목적지 항해 거리를 최소화한 대권항법^{大圈航法}-Great circle sailing과 지구가 구체^{球體}인 개념에 반해 평면화한 위치들로 펼친 사각 해도에 따르는 점장항법^{漸長航法}-Mercator's sailing을 병행한 항로를 잡았다.

선원들이 침실 벽면에 가족사진을 붙였다. 힘들고 지칠 때 바라보며 자신을 옥죄고 용기를 북돋우기 위함이리라. 한 젊은 선원은 여자 나체사진으로 한쪽 벽면을 도배하다시피 했다. 며칠 지나지도 않아 벌써 달력에 지나간 날을 가위표로 지우며 귀국 일자를 셈하는 친구들도 있었다.

허가받지 않은 침실구조 변경을 감시하려 각 방을 돌며 순시했다. 가족사진들을 일별한 승현은 대학 시절 읽었던 책 한 페이지를 떠올렸다.

2차 대전 노르망디 상륙작전에서라 했다. 해안에 접근 중이던 미국 군함에서 한 해군 병사가 갑자기 물에 뛰어들었다. 겁을 먹은 수병이 도망친다 판단한 상사들이 부랴부랴 그를 건져 올려 군법회의에 회부시켰다. 황금 같은 시간을 허비하고 작전을 방해해 동료들 사기를 떨어뜨린 죄목이었다.

철모를 바다에 실수로 떨어뜨렸고, 철모 안쪽에 부착해 둔 어머니 사진을 건지기 위해 바다로 뛰어들었다는 그의 진술이 나왔다. 해군 장성인 재판장은 무죄를 선고하고 판결문에서 이렇게 말했다.

"어머니를 사랑하는 것은 해군이 바다를 사랑하는 것과 다름 아니다."

바다를 내려다보며 생각했다. 바다는 과연 우리를 품어주는 어머니 같은 존재인가. 바다는 말없이 아득하게 누워있었다.

잔잔한 해수면이 따갑게 쏟아지는 태양 볕을 튕겨내며 반짝거렸다. 정기선 항로가 아닌 어장이동을 위한 독자 항로라 마주치는 배도 없었다. 적막한 남지나 해를 내리그을 때, 망망대해에서 만나는 것이라고는 날치Flying fish떼의 군무 같은 비상飛上뿐이었다.

등은 푸른색에 배는 흰 빛을 띠고, 개체 크기가 두 뼘 정도인 날치들이 가슴지느러미를 날개 삼아 퍼덕이며 수면을 박차고 날아올랐다. 겉으로야 멋진 그림이지만, 물속에서 덮치려는 다랑어나 삼치 같은 포식자들에게 잡아먹히지 않으려는 필사적인 몸부림이었다.

하지만 산 넘어 산이었으니, 공중에서 이를 기다리고 있던 해적 새로 불리는 군함조軍艦鳥나 갈매기들에게 잡아먹히기 십상이었다. 날개를 펼친 길이가 2미터가 넘는, 시속 400킬로미터를 난다는 군함조는 난폭했다.

새들은 끈질긴 기다림으로 먹잇감의 일탈을 노렸다. 몇 번의 실패에 진저리를 치고 눈을 부릅뜨며 숨을 골랐다가, 결국에는 낚아채 게걸스레 삼키며 의기양양해하듯 느긋한 비행을 했다.

실수로 방향감각을 상실해 배의 갑판으로 추락하는 몇 마리도 있었다. 결국 그것들도 선원들 입맛을 돋우는 별미 반찬으로 생生을 마쳐야 할 처지였다. 이곳 바다도 살아남기 위해 먹고 먹히는 사투가 벌어지는 약육강식의 세상이었다.

연한 하늘빛, 코발트, 인디고블루, 흐린 날은 암청색, 바다색은 날씨와 수온에 따라 시시각각으로 변하고 있었다.

"1항사님, 저것 좀 보이소, 우현 세시 방향에….”

쌍안경으로 바닷새들의 날치사냥을 구경하던 3항사가 해도 테이블에서 위치를 점검하던 승현에게 황급히 외쳤다. 출항 일주일째 날, 일몰이 가까워 오는 시각이었다. 필리핀 민다나오섬을 서쪽으로 50마일 정도 거리를 두고 항해 중일 때였다.

의심스러운 소형선 두 척이 출몰했다. 레이더상에 좌표도 찍히지 않는 고무나 FRP강화 섬유 플라스틱 재질 보트 같았다. 잔잔한 해역이라 제법 멀리 떨어진 위치까지 항해해 나올 수 있었겠지만, 1마일 정도 떨어져 접근하는 배들 내부는 쌍안경으로도 확인할 수 없었다. 그저 검은 점처럼 빠르게 접근하는 작은 배들이었다.

위치상으로 상어나 고래를 잡을 수 있는 어장도 아니었다. 불길한 예감으로 선장에게 보고한 승현은 기관장과 갑판장을 브릿지로 불러 올렸다. 배들의 동태를 좀 더 살펴야 했다. 선원들 동요를 일으킬 섣부른 호들갑은 자제했다.

DS호의 속력은 일반적인 중급 트롤 어선 최대 항속인 13노트Knot-1시간에 1마일, 1,852미터를 달리는 속도 정도였다. 만약 해적선이라면 20노트가 넘는 스피드를 가진 쾌속정일 것이었다. 배들이 빠른 속도로 접근하고 있었다.

긴장감이 감돌았으나 선장은 웃음부터 터뜨렸다. 얼떨떨한 상황이지만 애써 담대함을 보여야 한다고 생각했을까.

"해적? 허허. 그럴지도 모르지. 비린내만 진동하는 고깃배에 와봤자 허탕이지, 어찌 움직이는지 좀 더 살펴보자."

노을이 바닷새들 날개 죽지를 물들이며 내려앉고 있었다. 상선을 탈때 동남아 항해 경험이 많은 기관장이 마른침을 삼키며 말했다.

"해적들이 나타날라믄 민다나오 서쪽 바다라야 맞는데…. 이쪽은 해적 출몰 지역이 아닌 곳으로 아는데 이상하네."

실력은 의심한 바 없으나 조금은 경망스러운 성품을 가진 기관장과 달리 진중한 기질의 갑판장이 덧붙였다. 해병대 출신 베트남전 참전용사였다.

"모르지요. 해적이라면 나름대로 정보도 가지고 있을 건데, 한국어선들이 사람을 많이 싣고 다니는 것도 알 거고, 가진 무기나 태워 나온 대가리 숫자가 우리를 제압하기에 충분한지도 머리를 굴려 볼 건데요…."

주로 동남아 해적들이 창궐하는 곳은 인도네시아 수마트라와 말레

이반도를 지나는 말라카해협 쪽이었다. 하지만 기관장 말대로 민다나오 서편 모로 만Moro 灣 쪽은 잔인하기로 유명한 해적 출몰 지역이기도 했다. 또한 이슬람 반군 세력들이 '아부 사야프Abu Sayyaf'라는 국제 테러 단체를 결성한 지역이었다. 홀연히 시야에 들어온 작은 배 두 척에 긴장을 늦출 수 없었다. 곰곰이 생각을 가다듬던 갑판장이 입을 열었다.

"…이리 해 봅시다. 보통 해적들이 덩치만 컸지, 사람 몇 명 안 타는 상선이 장악하기 쉽다는 것도 알 건데, 가까이 접근하면 저 새끼들이 보기에 우리가 사람도 많고 만만찮다는 식으로 도로 겁을 주는 거라요…."

어찌 보면 일리가 있는 말이었다. 빙긋이 웃으며 대화를 듣고 있던 선장이 오더를 내렸다.

"좋다, 그리하자. 해적인지 뭔지, 똥인지 된장인지 무 봐야 될 것 아이가. 됐다. 갑판에서 회식 삼아 모여 한 판 놀아라 해라."

무료하던 차에 난데없는 회식이라 영문도 모르고 선원들의 입이 귀에 걸렸다. 갑판에서 저녁 식사를 겸한 술판이 벌어졌다. 갑판의 조명등을 모조리 밝혔다. 브릿지와 기관실 최소 당직자를 제외한 40여 명 선원들이 러닝셔츠 바람으로 줄지어 모여 앉았다. 두당 한 병씩 소주가 나눠지고 드럼통을 갈라 장작불에 고기를 구웠다. 일촉즉발일지도 모를 긴박한 상황에 어울리지 않는 술판에다 노래자랑까지 시작했다.

무리에 둘러싸인 군중심리에 뱃놈들의 호승심이 발동했다. 해적일지 모르네 어쩌네 순식간에 입으로 전해진 상황에도 술 한 잔씩 걸친 선원들은 오히려 들떠서 즐거워했다.

"씨팔놈들, 제발 우리 배에 올라 오라캐라. 안 그래도 한 많은 뱃놈 따라지 인생, 내 몇 놈 목을 따 줄끼다. 아니지. 해적도 우리 같은 뱃놈이라 치면 그냥 쥑이기는 그렇고 잡아서 한 어기 일이나 개 같이 부려 먹자. 안 그렇나?"

1갑원의 호탕한 말에 모두 브라보를 외치며 건배를 했다. 전쟁에 나서는 군사들 출정식을 방불케 하는 우렁찬 목소리로 '돌아와요 부산항'을 목 터지게 합창했다.

장대에 식칼이며 보망칼같이 무기 대용으로 쓸 수 있는 것들을 죄다 매달아 갑판을 굴렀다. 망치며 쇠붙이들로 외판 현측을 두드렸다. 배를 따르던 갈매기들이 화들짝 놀라 하늘로 솟구쳐 올랐다. 갑판장은 용의주도했다. 술판 속에서도 몇 선원들을 지휘해 동키 호스Donkey hose-해수공급용 호스로 뽑아 올린 바닷물을 양쪽 현측으로 뿜어내며 물대포를 쏘듯 하는 동작을 반복하게 했다.

빈 소주병에 시너와 윤활유를 채우고 헝겊 심지를 꽂아 화염병 몇 개도 준비했다. 1갑원이 과녁 위치를 가늠하듯 어둠 속 점들을 노려보고 있었다. 팔을 들어 수류탄 투척 동작을 몇 번이고 반복하며 빙그레 웃었다.

젊은 선원 하나가 밤하늘에 폭죽을 터뜨려 쏘아 올렸다. 생일잔치에 쓸 요량으로 준비해 왔다 했다. 또 몇은 우산만 한 야광봉을 흔들어 대며 팬티 바람으로 막춤을 췄다. 모두 박수를 치며 웃었다.

계속 쌍안경을 들고 선 3항사가 눈알이 빠질 지경이었다. 젊을 때 술을 많이 마셔 속을 버렸다는 기관장과 독실한 교인인 통신장이 술판을 제쳐두고 자청해서 배들의 동태를 살폈다.

어둠이 뱃전을 스쳐 내리며 바다에 축하고 늘어졌다. 자체 조명이라고는 전혀 없는 듯 두 척 소형선은 불빛 하나 밝히지 않고 반 마일 정도까지 접근했다. 쌍안경으로 확인해도 겨우 배의 존재만 알 수 있을 뿐 어떠한 낌새도 예측할 수 없었다. 손잡이 전등이라도 켜는지 반딧불이 같이 미약하게 깜박거리는 불빛이 언뜻 보인 것 같기도 했다.

"확 배 돌려서 들이받을 듯이 저놈들한테 접근해 보면 어떻겠노?"

선장이 불쑥 농담 같은 말을 던졌다. 브릿지에서 간이 술상을 받고 가볍게 한잔 씩하며 정황을 살피던 중이었다. 장난을 거는 어린아이처럼 미소까지 입술에 걸고 있었다. 초사 박동수가 대답했다.

"그럴 것까지야 있겠습니까. 아직 무슨 배인지도 확인이 어려운데…."

"이 친구야, 내 말 들어봐라. 해적들이 멋모르고 북한 배를 덮쳤는데, 뭐 밀수를 할라했던지 특수부대 출신들만 태우고 숨어다니던 배를 잘못 건드려 거꾸로 제압당했다 하더라. 그래가 북한 일마들이 도로 그놈들한테 몸값 내놔라 떠들었다는데 대단하제? 그놈들."

밑도 끝도 없는 이야기였다. 선장은 이 상황을 재미있어하는 것 같았다. 박동수는 바다에서 젊음을 다 보낸 선배 선장의 천진하기도 한 성품과 언행에 덩달아 슬며시 웃음이 났다.

"되레 저쪽에서 놀라게는 해 보겠지만, 위험할 수도 있으니 배를 한 바퀴 선회시켜 그쪽으로 잠시만 전진시켰다가 다시 원래 침로를 잡아보지요."

박동수의 말에 선장은 장난에 동조하는 친구를 만난 아이처럼 실눈을 떴다.

"그래, 그리 함 해보자. 저놈들 한번 놀려보자."

우현전타로 배를 선회했다. 사방을 밝혀 둔 조명등 불빛이 시야를 방해하는 바람에 겨우 눈길을 붙들어 맸던 작은 배들 확인이 더 어려워졌다. 회두와 조파저항으로 인한 동요에 무슨 일인지 술병을 든 선원들이 우르르 일어섰다.

"기관장님, 그 새끼들 아직도 보입니까?"

언제라도 투척할 준비가 된 화염병을 들고 1갑원이 물었다. 기관장이 브릿지 옆문에서 쌍안경을 들고 말 시키지 말라는 듯 손사래를 쳤다. 잠시 정선 했다가 다시 배를 원위치로 선회했다. 선장이 낄낄거리며 말했다.

"불 밝힌 것 모두 꺼봐라. 잠시 있다가 다시 켜고. 저쪽 놈들이 우리 보고 어데 미친 배 맨쿠로 지랄발광한다 할거다."

30초 정도 소등했다 다시 불을 밝혔다. 선원들이 눈이 부셔 미간을 찡그리면서도 단체 소풍이라도 나온 듯 흥겨워했다. 1갑원이 거들었다.

"쌩 쇼를 하고 있네요. 이왕 이리됐는데 글마들 박치기로 받아 뿌리지요."

모두 바다 한가운데서 벌어지고 있는 이 엉뚱한 상황을 즐기고 있었다.

"어? 이 새끼들이 어디로 가 뿌렸나…."

기관장이 외쳤다. 오로지 쌍안경과 육안에만 의지해 근접하는 배에 눈을 떼지 않고 있던 그였다. 갑판의 선원들 모두가 벌떡 일어섰다. 현측에 고개를 내밀고 어둠에 둘러싸인 바다를 살폈다.

그 난리판에도 이쪽 정황을 살피는 듯 일정 거리를 유지하며 두 시간 정도 같은 코스로 따르던 소형선들이 어둠 속으로 슬그머니 사라져 버렸다. 바다는 다시 캄캄하고 조용했다. 규칙적으로 울려 퍼지는 엔진 소리만이 어둠에 젖은 바다를 가르고 있었다.

1갑원이 서운한 표정으로 담배에 불을 붙였다. 그리고 바다를 향해 침을 뱉어냈다. 부러진 장대 하나를 배들이 사라졌다는 방향으로 창을 던지듯 날려 보내며 욕지거리를 내뱉었다.

"이런 지기미, 김 다 새 버렸네. 일마들이 어디로 갔을꼬….".

묘한 흥분에 들썽거리던 선원들이 입맛을 다시며 남은 잔들을 비워 댔다. 노래자랑도 흐지부지 끝나버렸다. 말로만 듣던 해적과 직접 부딪혀 보지 못해 일말의 두려움과 이상한 아쉬움이 반반씩 섞인 감정이었다.

멀어져 가버린 배들의 정체는 미궁에 빠지고 말았다. 갑판장 말대로 용의주도하면서도 강력한 인상을 준 행동에 공격하기 버겁다 싶어 포기한 해적 무리였는지, 아니면 알 수 없는 뱃길에 나선 현지인들 배였는지도 풀 수 없는 의문으로만 남았다.

후덥지근한 밤이었다. 들뜬 마음에 열기가 가라앉지 않은 선원들은 그날 밤 잠을 설쳤다. 스릴이 넘치던 갑작스런 회식에서 목청 한번 잘 풀었다는 장돌뱅이 선원 말대로, 나중에 이야깃거리가 되기에 충분한 추억 같은 소동을 남긴 밤이었다.

이튿날 샤워실에 설치해 둔 세탁기가 고장 났다.

배에서는 목숨 줄 같은 청수淸水를 한 방울이라도 아껴야 했다. 비상용 청수탱크 보관분을 제외하고, 평상시는 조수기造水器로 생산한 물을 사용했다. 엔진 가열로 바닷물을 데워 수증기 방울을 끌어모아 증류수를 생산하는 원리다. 여기다 보리차를 넣어 다시 끓여 마셔야 했다.

입항 때나마 깨끗한 청수빨래를 하고 항해 중에는 '짤순이'라 부르는 탈수기만 사용하도록 지시했지만 누군가가 몰래 바닷물로 세탁기를 무리하게 돌린 것 같았다. 기관장은 '개발에 닭알'이다, 하며 귀찮은 듯 내팽개쳐 두자 했다.

"뱃놈들이 황감하게 세탁기는 무슨…. 내버려 두소. 그마, 뉴질랜드 가거든 내가 함 고치 보께."

일과를 일찍 마친 선원들이 투덜거렸다. 땀에 젖은 작업복을 바닷물에 해수용 샴푸로 발로 밟아 빨았다. 그리고는 선미 스크루 물보라에 헹굼질을 하듯 로프로 묶어 던져 놓았다. 재질이 약한 셔츠 같으면야 거센 물살에 대번에 찢기겠지만, 작업복 정도는 물살 소용돌이에 펄쩍펄쩍 뒤척이며 때가 잘 빠져 선원들이 즐겨 쓰는 방식이었다.

하루가 다르게 날이 무더워지고 있었다. 화장실이 찜통이라는 선원들 말에 피식 웃던 기관장이 우스개를 한마디 보탰다.

"참치 독항선에서 잔잔한 적도 바다 항해할 때요. 선미에 11자 형태 나무판자를 다이빙 발판같이 매달아 고정시키고, 그 위에 엉덩이 부분에 구멍을 낸 의자를 얹어서 간이 화장실을 만들었다 아이가. 거기서 우산 쓰고 앉아서 똥 덩어리 떨어뜨리면 시원하지…."

그때였다. 한순간 배가 약하게 널을 뛰듯 덜컹거리며 흔들렸다. 미세한 동요였다. 사람으로 친다면 짧은 기침 후에 몸을 움찔하는 듯한 동작이었다. 농담을 뚝 그친 기관장이 선미 쪽에 시선을 줬다. 던져둔 빨래를 걷어 올리던 한 선원이 무엇에 놀란 듯 손짓으로 황급히 기관장을 불렀다.

"기관장님, 저것 좀 보이소, 스크루 뒤로 뻘건 물이…."

선미에 검붉은 물보라가 일었다. 띠처럼 길게 뒤로 뻗어 나가던 붉은 물줄기는 소용돌이 백파 거품에 뒤섞이며 금세 사라졌다. 선미 부분을 한참 살핀 기관장이 브릿지로 올라왔다. 눈썹을 찌푸리며 담배를 뽑아 물었다.

"참 가지가지 하네. 아마 고래나 상어 같은 덩치 큰 고기가 스크루 날에 베였는 갑소. 이런 것 참 기분 엿 같은데…. 산 놈 같으믄 참말로 재수 없는 기고, 죽은 시체 같으면야 그나마…."

기관실에 직통전화를 넣었다. 당직사관인 2기사도 신경을 곤두세워 주기 상태를 점검했으나 별 이상은 없는 것 같다 했다. 별의별 주술적인 미신 같은 말들이 많은 곳이었다. 언짢은 표정의 기관장이 줄담배를 피워댔다.

"평생 배 타고 다녔다만 영 찜찜하요. 어제 해적인지 뭔지 한바탕 속을 뒤집더니…. 고깃배가 고기 잡는 거야 빼도 박도 못할 임무지마는, 여기 시작도 하기 전에 스크루 칼질로 고래인지 상어인지 똥가리 낸 것 같아서 기분 정말 지랄 같은데…."

살아있는 생명체는 아닐 것이라 했다. 힘찬 엔진소리에 바다를 가르는 배의 접근을 알고 피했을 것이었다. 병을 얻었거나 상처를 입어 거동이 용이하지 못했거나, 혹은 주어진 수명이 다해 목숨을 잃은 고래나 상어 사체가 빨려 들어와 스크루 날에 베인 걸로 여길 수밖에 없었다. 개운치 않은 뒷맛을 남긴 일이었다.

바다는 아무 일도 없었다며 시침 떼듯 뻣뻣하게 누워있었다. 엔진

소리만 없다면 너울 하나 일지 않는 쪽빛 거울 위를 조용히 미끄러져 가는 항해였다.

하루걸러 또 한 건씩 사고였다.

단순 항해 중이라 갑판부는 그물 준비 작업에, 기관부는 엔진 점검에 일과를 마치고 모두가 곯아떨어진 한밤중이었다.

"아아악…!"

칼에 뒤통수를 베인 조리장의 비명은 전속으로 바다를 가르는 힘찬 엔진소리에 묻혀버렸다. 뒷머리를 감싼 채 맨발로 갑판을 질러 거주시설 뒷문으로 들어서며 소리 질렀다.

"아이구야, 저 촌놈 새끼가 사람 잡는데이, 내 좀 살리봐라…."

조리장이 식당 입구 4인용 기관 부원 침실을 발길로 걷어찼다. 팬티 바람에 새벽잠이 깬 선원들이 놀라 문을 열었다. 그가 침실로 뛰어들었다. 칼을 움켜쥔 신규 갑판원 대머리 박 씨가 헐떡거리며 뒤따라 들이닥쳤다.

"비켜주시요잉, 내 저놈 저거 오늘 끝장 내버릴랑게. 썩을 놈, 숨지 말고 나오더라고. 너 죽고 나 죽고 같이 콱 뒈져불자고!"

동작이 굼뜨고 어리숙해 내놓다시피 한 고문관 박 씨였다. 하지만 큰 덩치에 칼을 휘두르며 두 눈을 부릅뜬 서슬에 누구도 선뜻 다가서지 못했다. 멈칫거리며 대치하는 시간이 잠시 흘렀다. 술을 마시거나 한 낌새도 없었다. 귀기 서린 얼굴에 앙다문 턱이 평소 순둥이 이미지와는 너무도 달랐다. 모두 놀라 어쩔 줄 모르고 있었다.

잠에서 깬 선원들이 좁은 통로로 모여들었다. 브릿지에서 뛰어 내려

온 승현이 선원들을 헤치고 나섰다.

"박 씨. 칼 내려놓으쇼, 말로 합시다…."

"…."

눈동자가 풀려있었다. 혼자 뭔가를 중얼거리며 칼을 든 팔을 부르르 떨었다.

"이 새끼가 미쳤나. 칼부터 내려놓으라니까."

가슴을 용 문신으로 도배하다시피 한 조폭 끄나풀 출신으로 힘깨나 쓰는 1갑원이었다. 손에 잡히는 대로 막대 걸레 자루를 휘두르며 그를 갑판 쪽으로 몰아붙였다.

그가 움찔하는 사이 조리장이 들어간 침실 문을 재빨리 닫아 버렸다. 몇 발짝 물러선 박 씨가 더듬거리는 말투로 눈물을 글썽이며 외쳤다.

"…나 건드릴 생각일랑 허덜말고 조리장 그 새끼만 보내달랑께. 딴 사람하고는 원한 없다 안 허요, 쓰펄."

갑판장이 순식간에 사태 파악을 했다. 갑판 통로와 연결된 브릿지 뒷문 원치실Winch-그물을 감아올리는 권양기 조작실 계단으로 뛰어올랐다. 1갑원을 필두로 선원들이 우르르 몽둥이를 들고 나섰다. 박 씨가 덧문을 지나 뒷걸음질 치며 갑판으로 밀려났다. 그때였다. 그 짧은 시간에 언제 준비했는지 원치실에서 아래를 내려다보던 갑판장이 목고Sling-배에서 물건이나 어획물을 감싸 들어 올리기 위한 삼태기 형태 그물 보자기를 던져 그를 덮어씌웠다.

마치 강가에서 고기를 잡기 위해 그물을 소용돌이 모양으로 휘돌려 던지거나, 맹수를 포획할 때 그물 덫을 씌우듯 익숙한 손놀림이었다.

그 경황에도 선원들이 갑판장의 현란한 솜씨에 감탄했다.

그물을 덮어써 부자유스럽게 꿈틀대는 그를 선원들이 달려들어 제압했다. 체념도 빨랐던지 별다른 저항도 없었다. 1갑원이 갑판에 널브러진 그의 손목을 등 뒤로 꺾어 포승줄처럼 묶었다.

조리장은 응급처치 후 몇 바늘을 꿰매고 침실에 눕혔다. 브릿지에 끌려 올라온 박 씨가 뭔가 가슴에 치밀어 오르는지 계단 입구에서부터 대성통곡을 했다.

잠에서 깨어 브릿지로 올라 온 선장이 눈을 비비며 물었다.

"…박 군아, 울지 말고 말해봐라. 니 와그랬노? 참말로 조리장 글마 칼로 찔러 쥑일라 했더나?"

모두 그의 울음이 끝날 때까지 우두커니 서 있어야 했다. 한참을 평평 울던 그가 벌벌 떠는 손으로 2항사가 내민 물 한 잔을 받아마셨다. 숨을 헐떡거리며 더듬더듬 쏟아 낸 그의 진술은 이러했다.

출항 후 배에서 사행성 오락, 즉 돈 내기 화투며 내기 바둑과 장기를 금지했다. 부작용을 동반한 도박을 금한다는 취지였다. 하지만 갑판장으로부터 어장에 도착하면 잠잘 시간도 모자랄 만큼 바쁠 테니, 다소 여유가 있는 항해 기간에는 담배 내기 오락쯤은 눈감아 주자는 건의가 있어 허락했었다.

전라도 오지 시골 출신 박 씨를 조리장과 몇 선원이 심심풀이로 고스톱 요령을 가르쳐 준다며 합류시켰다. 몰래 돈 내기 화투판을 벌이고 모두가 짜고 치며 바가지를 씌웠다. 행여 누가 보더라도 담배 몇 개비 왔다 갔다 하는 정도로 규모를 속였지만, 실상은 한 개비에 천 원 하는 식으로 가상의 화폐단위가 존재했다.

열흘 만에 화투 빚이 십수만 원으로 부풀어버렸다. 이쯤 되자 사관들에게 들키기 전에 판을 엎어야 했다. 월급에서 모아서 갚든, 나중에 정산금에서 갚든 지불각서를 요구하는 조리장의 말에 억장이 무너져 잠을 이룰 수 없었다. 한 달 생계비가 날아갈 판이었다.

바다라고는 처음으로 용역업체를 통해 배에 오른 사람이었다. 게다가 조리장이 그의 약점을 하나 틀어쥐고 있었다 했다. 혈압과 적록색맹 같은 신체적 핸디캡으로 승선 불가 판정이 나올까 두려워, 채용 건강검진 때 박 씨가 조리장에게 사례비 몇만 원을 건네고 대리 검사를 부탁했단다. 허술하고 형식적인 검사라 키와 체중이며 확연히 표시 나는 것은 박 씨가 그대로 받고, 혈압과 시력검사는 줄지어 대기 중인 선원들 혼란을 틈타 조리장이 얼렁뚱땅 대신 받아 무사통과했다.

이러구러 출항한 배에서 장난삼아 시작한 화투판이었다. 절반이라도 탕감해 달라며 간절히 애원했다. 조리장이 콧방귀를 뀌며 묵살했다. 오히려 지불각서를 써 주지 않거나 엉뚱한 소리를 한다면 대리 신체검사 사실을 까발려 하선시킬 수도 있다는 으름장을 놓았다.

"동상, 지발 부탁인데 반틈만 깎아주더라고. 돈이 없응게 팔자에도 없는 배 타러 와부렀제. 우리 같은 식구 아닌감? 나가 요러코롬 빌잖는가. 그랗게 한 번만 봐주시요잉…."

밤중에 갑판으로 불러낸 조리장 앞에 무릎을 꿇었다. 하지만 돌아온 대답은 일언지하 거절이었다. 되레 배에서는 조용히 입을 닫고, 한국에서 집사람들끼리 연락해 처리하는 게 낫겠다는 기가 막힐 제안을 했다. 목돈 마련의 꿈을 품고 용역업체에 소개비까지 건네 가며 구한 뱃자리였다. 품삯 농사일에 지쳐있을 아내 얼굴이 어른거렸다.

콧날이 시큰하더니 가슴이 벌렁거리며 울컥하고 눈이 뒤집혔다. 기관실 통로 입구에 걸어둔 갑판원 누군가의 보망칼을 손에 잡히는 대로 들고 휘둘렀다.

"그려, 좋다 이놈아, 니 맘대로 씨부려라. 옳제, 너 죽고 나 죽고 다 죽어버리면 쓰겄고마…."

잔머리에 눈치 빠른 조리장이었다. 하지만 우직한 시골뜨기의 불같은 울화를 누그러뜨리기에는 늦어버린 타이밍이었다. 날이 짧은 보망칼이기 망정이지, 주방 쪽에서 식칼이라도 들었다면 더 아찔한 사고가 있었을 장면이었다. 황급히 도망하려 내빼는 동작이라, 뒤에서 조준이 정확하지 않은 상태로 휘둘러 칼이 깊게 박히거나 베이지 않은 게 천만다행이었다.

이 대목 진술에서 박 씨가 다시 펑펑 울기 시작했다. 딴에 큰 꿈을 품고 오른 배에서 어쩌다 막장에 들어선 자신의 처지가 가슴이 미어지는 것 같았다.

그의 눈물 섞인 자백이 끝났다. 의자에 앉아 진술을 듣던 선장이 갑자기 껄껄 웃기 시작했다.

"에라이 호랑말코같은 놈들아. 뭔 말인지 알아들었다. 너거는 선장이 하지 마라카는 거를 어긴 놈들이다. 누가 죽은 것도 아니고, 우짠 일이 있었던 간에 화투 빚은 없는 거다. 내가 책임지고 조리장 글마 선내 규율위반으로 족치가 빚잔치로 문때주꾸마."

박 씨가 어리둥절해했다. 담배를 피워 문 선장이 일순 웃음을 거뒀다. 눈을 부라리며 모두가 들으라는 듯 쩌렁쩌렁한 목소리로 일갈했다.

"그란데 이것들이 뭐 가짜 신체검사? 아이고 머리야. 그래, 좋게 해결하자. 너희 두 놈 다 이 난리 치고 같은 배는 못 탄다. 한 번 꼭지 돈 놈이 또 그 지랄 반복 안 한다는 보장도 없다. 입항 즉시 바로 귀국하는 거다. 경비는 일하다 다쳤다 해서 공상公傷으로 처리 해주께. 화투 빚도 없는 거고, 가짜 검사도 없었던 거고, 보복도 없는 거고 서로 다 묻어버리고 더 이상 아무 짓 안 한다믄 곱게 보내 줄 거고, 한 놈이라도 딴생각 있으믄 그리 못한다. 뉴질랜드 경찰에 인계할 거다. 어쩔래?"

선장이 해도 테이블 구석에 있던 화장지 뭉치를 그에게 집어 던지며 말했다.

"코 풀고 눈물 닦아라 인마. 질질 짜지 말고 내려가라. 뭔 말인지 모르겠거든 나중에 초사하고 갑판장한테 다시 귀 후비고 들어봐라. 알았나?"

들은 대로 보는 대로, 거칠 것 없이 호쾌한 상황처리였다. 브릿지를 내려가며 갑판장이 1갑원에게 수군거렸다.

"몇 마디 들어보고 바로 판단하셨는 가베. 맞지. 두 놈 다 데리고 있을 수도 없고, 사건만 묻어버리면 조용히 귀국해서 딴 길로 가면 되지. 콩이야 팥이야 따져봤자 없어서 배 타는 놈들이 답도 없다 아이가."

"그란데 갑판장님, 호랑말코가 뭡니까? 호랑이나 말의 코를 말하는 깁니까?"

뒤따라 내려가던 기관장이 아는 체를 하며 나직이 설명했다.

"그거? 옛날 오랑캐들이 타고 댕기던 큰 말의 코라 카더라. 코가 세서 넘 말도 안 듣고 규율 같은 거 안 지키고 개판 치는 놈들보고 그리 부른단다."

선장이 브릿지에 남은 항해사들을 돌아보며 말했다.

"액땜이다 액땜. 언놈 하나 안 돼진게 다행이라 생각해라. 입항할 때까지 서로 사과할 거는 사과하고 따질 거는 따지라 하고. 시간이 좀 지나면 마음이 달라질 거다. 웃기제? 찌른 놈이 찔린 놈 부축해서 비행기 타고 옆자리 앉아서 같이 가는 거 생각 함 해봐라."

그의 말투는 성품대로 시원시원했다. 말은 거칠었지만, 가난한 선원을 배려해 귀국 항공비 부담을 공동경비로 돌리려는 인간미까지 담겨 있었다. 브릿지로 다시 올라온 기관장이 승현에게 진지하게 물었다.

"보소 1항사, 화투를 영어로 뭐라카요? 만약에 뉴질랜드 경찰에 가서 설명한다 치면…, 좀 적어주소, 내 갑자기 그기 궁금해서…."

지난 어기 세관원들이 선원들 짐에서 화투를 발견하고 고개를 갸우뚱거리며 신기해하던 표정이 떠올랐다. 연필을 들어 휘갈겨 쓴 메모지를 기관장에게 건네며 승현도 웃음을 터뜨리고 말았다.

'HWATU화투 - Korean flower꽃 cards카드'

한바탕 소란이 끝났다. 조리장의 의견이나 진술은 아예 들을 것도 없었다. 망망대해 신어장으로 향하는 배에서 일어난 또 하나의 사건은 이렇게 막을 내렸다.

적도 무풍지대를 지나
남십자성南十字星을 향하여

적도 무풍지대Doldrums로 들어섰다. 더워진 기류가 상승하며 진공상태 공간처럼 형성되어 바람이 거의 없다시피 하는 해역이다. 범선들에게 절대적인 항해 동력을 제공하던 바람이 소멸해 버리자, 그 자리서 표류하다 굶어 죽기가 다반사였다는 섬뜩한 이야기도 전해져온다.

바람 한 점 없이 무서운 고요 속에 갇히는 게 두려워, 살아 있는 말을 제물로 바치며 바람을 소원했던 의식이 적도제赤道祭, Neptune's revel의 기원이라 했다. 믿어야 할 것은 자신들 몸과 용기뿐인 시절이었으니, 해신의 아량에 간절히 기대고 싶었으리라.

찌는 듯 쏟아지는 열대의 햇볕에 갑판이 쩍쩍 갈라졌다. 1갑원이 호스로 물을 뿌려 갑판을 적셨다. 아지랑이 같은 김이 솟아올랐다.

조리장과 박 씨는 어색하고 데면데면한 날을 며칠 보내고는 덤덤히 서로 소 닭 보듯 하는 상황이었다. 감시를 붙여 둘이 마주치는 상황을 피했지만 더 이상 별다른 문제는 없었다.

잔머리 굴리다 날벼락을 덮어쓴 조리장은 입이 열 개라도 할 말이 없는 형편이었다. 머리에 붕대를 감고 후임으로 승격시킨 조리수의 식사 준비를 도왔다. 박 씨도 겉으로는 안정을 찾고, 그냥 밥 얻어먹기가 미안한지 갑판에서 뒤처리 청소 정도는 거들어 주고 있었다. 두 사람 사건으로 입항 때까지 도박 금지에 금주령까지 떨어졌다.

마침내 적도였다. 냉동 돼지머리를 삶고 정갈한 음식을 차려 적도제赤道祭를 올렸다. 절차를 간소화해 간단히 예만 차리고 음료수만 내놓았다. 모두 입이 튀어나왔으나 상황이 상황인지라 별 불만들은 없었다. 1갑원이 입맛을 다셨다.

"두 놈 개지랄하는 바람에 적도제에 술도 한 잔 몬하고, 쩝….."

기관장과 갑판장도 아쉬워했다. 안 그래도 고래인지 상어인지를 스크루 날로 베어버린 것 같은 며칠 전 일에 불길하다는 말을 입에 달고 있던 기관장이었다. 적도제를 구실삼아 선원들에게 술 한 잔씩이라도 내려 안전 항해와 만선을 기원하고, 좋은 분위기를 만들어 보려 했지만 이런저런 이유로 간소화되어버렸다. 이런 의식을 소홀히 하는 것 또한 마음이 편치 않다며 혼잣말로 투덜거렸다.

대항해시대에 두 가지 괴담이 회자되었다. 하나는 아프리카대륙 남단 희망봉Cape of good hope 근처 해역을 방황하며 떠다니는 유령선에 관한 것이고, 또 하나는 칠레 남단 혼 곶Cape horn 근처를 항해할 때 흰옷의 노인이 지팡이를 끌며 바다 위를 걸어 배를 뒤쫓아 온다는 게 그것이었다.

불굴의 용기를 지니려 했던 뱃사람들도 이런 괴담에 귀를 조아리며 고사 형태를 빌어 바다의 신에게 안전 항해를 기원했다. 증기기관 발명

이후 항해 동력에서 바람의 중요도가 약화 되고, 개개인들 종교나 의식 변화로 이런 괴담들도 점차 무게를 잃고 잊혀 가고 있었다.

1갑원이 농담을 했다. 적도에는 바다 위에 붉은 페인트로 줄이 쳐져 표시가 되어있고, 맨 처음 발견하는 선원에게 상금을 줄 거라는 말장난이었다. 어리둥절해하는 신규 선원들을 놀리며 웃는 정도로 적도제를 끝내버렸다.

갑판장이 혼자 '안전과 만선을 기원합니다'라는, 축문 비슷한 구절을 중얼거리며 배 구석구석을 찾아 술을 뿌렸다.

적도를 지나 계속 남하했다. 남반구는 정반대로 겨울이었다. 일주일을 내려긋는 항해 후에 하루가 다르게 기온이 내려갔다. 볼트 글라스 Bolt glass-선회창에 잔 서리가 끼며 바닷바람에 묻어난 소금기가 서걱거렸다. 너울도 제법 큰 몸짓으로 울렁거리며 슬며시 일어나는 바람에 장단을 맞췄다.

선장이 브릿지로 올라왔다. 당직 중인 승현을 시켜 종이상자에서 뉴질랜드 깃발을 꺼내게 했다. 들은 대로 선장은 출항하자 이도 닦지 않고 씻지도 않았다. 턱수염이 거칠게 자랐고 머리에 비듬이 부스스했다. 가까이 다가서자 역한 몸 냄새가 코를 찔렀다.

깃발을 브릿지 바닥에 펼쳤다. 남태평양을 상징하는 짙고 푸른 바탕색이 시원했다. 왼쪽 위로 영연방임을 나타내는 유니언잭 마크와 오른쪽엔 흰 테두리를 입힌 붉은 네 개의 별들이 대칭으로 자리하고 있었다.

별들은 남십자성Southern cross을 나타낸다 했다. 북반구 북두칠성같이 남반구를 대표하는 별자리였다. 북위 30도 이남에서 관측되며, 대항해시대 이래 배의 위치나 방향을 잡을 때 훌륭한 좌표가 되어왔다. 예수가 골고다 언덕에서 십자가에 못 박힌 1세기 때는 관측 되지 않다가, 세차운동歲差-지구 자전축 기울기의 미세한 변화으로 긴 세월이 흐른 후 지평선 위로 나타났다는 설이 있는 별자리였다. 깃발을 물끄러미 내려다보던 선장이 승현에게 말했다.

"남십자성이라. 그 어장에 고기가 그리 많다며? 봐라 1항사, 뉴질랜드 바다에서 한바탕 신나게 놀아 봐야 안 되겠나. 그런데 너 매일 면도 하나? 너도 털깨나 있구마는 그냥 길러라. 선장이나 항해사나 같은 털보 좋다 아이가…."

까마득한 후배를 대하는 선장의 말투는 부드러웠다. 일체의 권위 의식이 배제된 자유스러운 분위기였다.

"한 이틀 더 가면 도착이제? 오늘부터 금주령 풀고 저녁때 소주 반병씩 돌아가게 나눠 줘라. 그리고 지금 맥주 두 깡만 가져온나. 내하고 한 모금씩 하면서 뉴질랜드어장에 대해 이야기 좀 해봐라."

다행이었다. 현지 어장의 엄격한 내규와 조업방식에 대한 브리핑이라도 할라치면 늘상 차일피일 다음에 보자는 말만 되풀이하던 선장이었다. 이제야 위생이며 환경규제며 제대로 설명할 자리라 여긴 승현이 몇 가지 자료를 챙겼다. 하지만 벌써 선장의 주의는 딴 곳에 가 있었다.

갑판부 선원들을 조타수로 두 시간씩 돌아가며 항해 당직을 세우고 있었다. 조타륜을 잡고 있던 장 씨가 사타구니가 가려운 듯 계속 긁어댔다. 선장이 웃으며 농담을 던졌다.

"야 인마. 똥 마려운 강아지 맨쿠로 당직 자세가 와 이렇노. 물건이 안 좋나?"

평소에 샌님처럼 얌전한 장 씨였다. 항해 당직 올라왔다가 마주친 선장 앞이라 잔뜩 굳어있었다. 툭 하고 던진 농담에 대답하지 않으면 혼이라도 날 것 같았던지 묻지도 않은 말을 주절거리기 시작했다.

연안 배 탈 때 선원들과 휩쓸려 사창가에 들렀다가 덜컥 성병을 얻었다. 약이다 주사다 치료받아 봤지만 별 차도가 없었다. 집에 드러누워 두 달째 간장, 된장만 먹으며 시장바닥에서 구입한 지네 기름을 발랐다가 크게 덧나는 낭패를 봤다.

어디 말도 못 하고 일도 못 구해 열 받은 차에 배에서 얻은 싸구려 위스키 한 병을 나발 불었다. 인사불성으로 내장이 쏟아질 듯 구토를 하고 소변까지 질질 흘리며 이틀을 쓰러져 자고 일어났더니, 성병이 어디로 갔는지 뚝 하고 떨어졌단다. 병은 나았지만 사타구니를 긁던 게 버릇이 되었다 했다. 자신도 모르게 자꾸 손이 그리로 간다며 고해성사하듯 진지하게 늘어놓았다. 듣고 있던 선장이 호탕하게 웃었.

"허허, 그래 맞을 거다. 술 처먹고 니 오장육부가 다 뒤집혀서 성병이 희한하게 날아갔다 그말 아이가. 얌전한 고양이 부뚜막이라더만 이놈도 재미있는 놈이네…."

장 씨는 침을 삼키며 더욱 굳은 표정으로 조타륜을 붙들고 있었다.

"다른 거는 별문제 없제? 모두 항해만 줄창 하다 보니 좀이 쑤시제?"

선장이 미소를 머금고 다시 모두에게 물었다. 실항사가 머뭇거리며 나섰다.

"…선장님, 비디오테이프 콘트롤박스 기관장님이 고장내 뿃습니다. 자꾸 앞뒤로 감아 돌리는 스위치를 밀대 브러쉬 작대기로 꾹꾹 누르는 바람에예….”

휴식 시간 식당에 둘러앉아 비디오테이프를 감상할 때 담배 가져와라, 물 한 잔 따라와라 기관장의 잔심부름에 삐친 실항사의 고자질이었다. 선장이 박장대소했다. 어리둥절해하는 모두에게 웃음을 그친 그가 말했다.

"쌕쌕이 포르노 비디오 말이제? 그 양반 그럴 거다. 옷 입고 알아듣도 못하는 외국말 씨부리는 장면 나오믄 건너뛰기로 꾹꾹 눌러서 좋은 그림만 계속 볼라 할 거다. 헛, 우짤끼고, 뭔 말인고는 못 알아듣겠고 시간도 아까운데 본전 뺄라하면 좋은 장면만 후딱 돌려봐야지 안글나? 내가 그러더라 하고 원래대로 고쳐 놔라 해라. 그런 것 정도는 잘 고칠 거다.”

승현은 선장의 웃음이 끝나기를 기다렸다. 다시 새로운 어장조업방식에 관한 이야기를 나누려 했다. 하지만 물어볼 때는 언제고 금방 복잡한 이야기는 머리 아프니 작업하면서 차차 듣겠다 했다. 언제나 이런 식이었다. 승현도 설명을 포기해 버렸다.

언뜻 궁금히 여기던 사실이 하나 떠올랐다. 선장의 기분이 좋은 이때다 싶었다. 화제를 돌리며 승현이 조심스레 물었다.

"…선장님, 옛날 신문 기사에서 읽었는데, 선장님께서 술집 선풍기 바람에 만 원짜리 지폐를 날려 아가씨들 팁을 줬다는 게 맞습니까?"

승현을 흘깃 쳐다본 선장이 피식 웃음을 흘렸다. 잠시 눈을 껌벅거리며 뭔가 기억을 끄집어내는 표정이었다.

"허허, 나도 한 다리 건너 듣기만 하고 직접 그 기사를 본 적이 없는데, 선풍기로 돈 날린 거는 택도 없다. 글마들 기자들이 뻥튀기 한 거다. 통금 때 경찰한테 만 원짜리 한 장 주고 한번 봐주쇼 했다가 간첩으로 몰린 거는 맞고….”

그리고는 창밖으로 수평선에 잠시 눈길을 줬다.

“다 지난 일 아이가. 멋도 모르고 내 잘났다 똥폼 잡던 때….”

목소리가 가라앉았다. 설핏 자조 섞인 헛웃음이 스쳐 지나갔다. 승현도 말문을 닫고 NNSS^{Navy navigation satellite system-무선항해위성시스템}로 배의 현재 위치를 확인했다. 잠자코 의자에 앉았던 선장이 몸을 일으켰다. 모두가 들으라는 말인지, 아니면 혼잣말인지 모를 말을 중얼거렸다.

“절에서 들은 말이 생각나네. 옷깃만 스쳐 가도 삼천 겁 인연이라는 게 있다고. 세상 하고많은 장소에 한꺼번에 죽을지도 모를 같은 배에서 우리가 이리 만난 것도 얼마나 큰 인연이겠노. 젊을 때는 몰랐는데 인자 모두를 다 책임질라카이 그마 어깨가 무겁고 마음이 짠하다. 그래 우리 전부 새로운 인연들 아이가….”

이번 어기에 자신을 추스르고 정신적으로도 안정을 얻을 다짐을 했었다. 사업 실패 후에 독실한 교인이 된 아내가 꼭 읽으라며 들려준 성경책과 달라이라마 수상집 같이 저명한 목사와 스님들 종교 서적도 몇 권 챙겨 배에 올랐다. 심지어 침술 교본과 지압 마사지 교본까지 한 보따리 싸 들고, 고기잡이와 병행해 몸과 마음까지 깨끗이 닦아낼 작정이었다. 엔진소리를 귀에 담으며 다시 혼잣말을 했다.

“내 믿고 따라온 놈들을 위해서라도, 이놈아들 다 먹여 살리기 위해서라도, 내 이번에 진짜 죽었다 생각하고 이 악물고 한번 해 볼 거다. 암, 그래야지….”

배가 일렁이는 너울에 약하게 휘청거렸다. 긴 항해로 소비해 버린 기름 때문에 유창이 비워져 무게중심이 들린 탓이었다. 배는 달빛이 쏟아지는 바다를 가르며 남쪽으로 발길을 재촉했다.

선장이 브릿지를 내려갔다. 승현은 커피잔을 들고 밤하늘을 올려다 보았다.

지금 내가 지나고 있는 이 항로를 맨 처음 항해한 자는 누구였을까. 그도 이렇게 고향과 어머니를 그리워하며 차를 마시고, 파도에 흔들리면서 자신의 운명을 다잡았을까. 이 바다는 내가 남긴 흔적들을 기억이나 해 줄까.

한 움큼 소금을 뿌려놓은 듯 밤하늘에 반짝이는 별들이 젊은 항해사의 공허한 마음을 달래주고 있었다.

동상이몽 同床異夢 - 나비와 날개

···The record shows I took the blows

And did it my way

Yes, it was my way···.

···지난날이 말해주듯 나는 시련들을 겪었고

내 방식대로 견뎌왔다네

그게 바로 나만의 길이었네···.

예약 기능을 설정해 둔 레코드에서 아침 6시를 알리는 음악이 흘러나왔다. 마이 웨이My way였다.

DS원양 뉴질랜드 기지장 안상수는 침대에서 기지개를 켰다.

매일 아침이 그랬다. 음악이 흐르기도 전에 잠이 깼지만, 정신을 가다듬고 노래를 듣다가 중얼거리듯 따라 부르며 침대에서 몸을 일으켰다. 크라이쳐치Christchurch 시내 우체스터 거리Worcester street에 구한 숙소였다. 커튼 사이로 햇살이 스며들었다. 1층 사무실 겸용 거실로 내려와 커피를 내렸다.

한국 본사에서 보내온 텔렉스를 점검했다. 뉴질랜드로 남하 중인 DS 호가 모레 아침 리틀턴Lyttelton 부두로 입항한다는 내용에, 조리장과 신규 선원 하나가 항해 중에 다쳐 귀국해야 하니 항공편을 조치하라는 주문이 들어와 있었다. 커피를 한 모금 삼키며 중얼거렸다.

"도착하자마자 중도 귀국하는 선원들이 생겼다고? 흠, 이광조 선배라. 모레 만나겠구먼, 이 양반이나 나나 끈 떨어진 뒤웅박 신세 겨우 면했는데 뉴질랜드에서 다시 만나게 되는구나…."

송수신 범위가 넓은 통신기 SSBSingle side band modulation-단측파대변조로 내일 저녁쯤 배를 호출해 인사를 드려야겠다는 생각을 했다. 그리고는 희미하게 웃으며 이광조를 회상했다.

이십 년 전쯤이었다. 원양 개척 선구자로 대학에 초빙되어왔을 때, 안상수를 포함한 졸업반 학생들을 앞에 두고 그가 침을 튀기며 용기를 북돋우던 말들이 아직도 귀에 생생했다.

"단디 들어라 후배들아. 내 꼬라지 함 봐봐라. 산동네 거지 출신도 배 타서 선장하니까 집도 나오고 마누라도 다 나오더라. 백날 책 디비 봐라, 돈이 나오나 떡이 나오나. 돈 많이 버니까 동네 똥개도 내 앞에서 절을 하더라. 잘 생각했다. 바다의 사나이가 된 거를 선배로서 축하한다."

짙은 사투리에 거칠 것 없이 호쾌한 몸짓이었다. 수십 명 후배들 막걸리값이라며 손에 잡히는 대로 고액권 지폐 몇 장을 던져주고, 일일이 악수를 나눈 뒤 호탕한 웃음을 남기고 돌아갔다. 인생을 깊이 사유하거나 젠틀하다는 이미지보다, 언어 구사가 거칠고 하고 싶은 말을 참지 못하는 돈키호테형 투사 이미지를 짙게 풍겼다. 그 전설의 이광조가 벌거숭이 맨몸으로 다시 배에 올라 이 어장으로 온단다. 세상일 알 수 없다는 생각이 들었다.

커피잔을 들고 소파에 앉았다. 이곳에 오기 전까지 숨 가빴던 시간들을 돌이켜 보았다.

나 또한 뼛속까지 뱃놈 아니었던가. 삼 년 전, 대서양 어장에서 송출선 선장으로 어기를 마쳤다. 하지만 선주인 모로코 왕족이 실각해 망명하는 바람에 정산금도 제대로 받지 못했다. 자비를 들여 라스팔마스에서 몇 달간 호텔 생활을 하며 겨우 위로금 형태의 헐거운 봉투를 받아 들고 귀국했다.

다시 승선을 해야 하나 망설이던 차에 우연히 새로운 기회가 찾아왔다. 냉동 어류 유통업을 하는 선배 사무실에 빌붙어 이런저런 일을 도와주며 소일하던 때였다.

"상수야, 우리 회사로 이력서 함 넣어봐라."

DS원양 미국 시애틀 합작사업Joint venture fisheries에 파견할 주재원 모집에 고등학교, 대학 학과까지 겹치는 선배 최 상무가 일러준 정보로 지원했다. 비록 뱃놈 노릇으로 젊은 시절을 보냈지만, 스페인령 라스팔마스 어장에서 익힌 스페인어에다 틈틈이 영어 회화를 공부해 둔 게 득이 되었다.

대서양에서 합작 선박 운항 개념과 수산업 유통흐름도 눈여겨 새겨 둔 터였다. 이 또한 좋은 가산점 요인이었다. 장기간 해외 거주 조건에 머뭇거리는 경쟁자들을 물리치고 선발되었다. 우선 가족과 이별해 1년 체류 계약조건이었다.

합작사업은 그가 들어서자마자 운때가 맞았던지 순탄 일로를 걸었다. 현지 소형선박을 끌어들여 운항경비를 미국 측과 분담하고, 잡히는 어종을 현지 판매가 유리한지 한국 반입이 나을 것인지를 판단해 적소에 판매하는 윈윈Win-Win전략으로 시작한 사업이었다.

시험 삼아 한국 시장으로 들여온 청정해역에서 잡힌 은대구가 미식가들의 관심을 끌었다. 현지인들이 혐오식품으로 분류해 버리다시피 했던 꼼장어먹장어·Hag fish를 헐값에 국내로 반입했다. 이 두 건은 막대한 이익을 올린 성공 품목으로 꼽혔다. 불과 몇 달 만에, 그의 능력과 앞날을 내다보는 혜안에 회사가 경의를 표할 정도였다.

"빙고다 빙고. 진짜 멋진 아이템 개발 잘했다. 내가 요새 니 잘 뽑았다고 어깨 힘주고 다닌다 아이가."

최 상무는 자신의 일처럼 기뻐했다.

미국 합작사업이 성공 궤도에 오르자 갑자기 사장의 둘째 아들이 현지 책임자로 오고 싶어 한다 했다. 다 된 밥상에 수저만 놓겠다는 의도였다. 월급쟁이 주제에 대놓고 불만도 표시하지 못하고 냉가슴을 앓았다. 회사에서 수차례 회의를 거쳐 문서로 그에게 제안한 내용은 이러했다. 말이 제안이지 사실상 강력한 권고형식이었다.

-회사의 명운을 걸고 불철주야 노력해 성공적인 결과를 도출해 낸 귀하의 개척정신과, 타 사원들에게 귀감이 될 노고를 치하한다.

확장일로를 걷는 미국 합작사업에, 가일층 규모가 커질 자금 운용과 본사와 원활한 의사소통을 위해 본사 재정 담당 이사로 재직 중인 정 OO 이사를 미국 합작법인장으로 발령 내고자 한다.

두 달 후 한국에서 파견될 외국어대 출신 한 명, 수산대학 출신 한 명, 두 신입사원의 삼 개월 현지 연수를 충심으로 지도해 주기 바란다.

귀하의 새로운 직함은 기지장이 아닌, 앞으로 두 신입을 통솔하며 법인장의 지휘를 받는 부장 대우로 명한다.

회사 발전을 위해 배전의 노력이 요구되는 시점이므로, 모쪼록 개인적인 불만이나 요구사항이 있더라도 언행에 자중을 기하며, 축적한 현지 업무 공유와 이전이 매끄럽게 진행되기 바란다.

최 상무의 팩스에서 어떤 의미를 찾기는 어려웠다. 뛰쳐나가고 싶으면 가라는 말인지, 찍소리 내지 말고 엎드려 꿀 먹은 벙어리로 보좌하라는 말인지…. 목구멍이 포도청이라 함부로 경거망동할 수도 없는 노릇이었다. 그러나 뱃놈 양성대학 출신 끈끈한 선후배 사이답게 한국에서 걸려 온 최 상무의 국제 전화에 가슴을 쓸어내렸다.

"여보세요, 어흠, 봐라, 상수야 잘 들리나? 길게 통화 못 한다. 토요일이라 다 퇴근해서 혼자 살짝 전화땡깄다. 니 혼자 고생 엿 빠지게 한 거 내 알고 있다. 원래 재주는 곰이 부리고 꿀 빠는 놈 따로 있다 아이가. 잘 되니까네 대가리들이 저 지랄하는데, 팩스는 딴 놈들 눈이 있어서 할 수 없이 그리 보낸기다."

가래라도 뱉어내는지 캑캑거리는 소리 후에, 주변에 아무도 없다면서도 한껏 목소리를 낮춰 속삭이듯 말했다.

"우야든동 창자가 꼬이더라도 인수인계 잘해주고 쪼금만 더 문때고 있어라. 뉴질랜드어장에 배 한 척 투입할 거다. 내 동기 이광조 알제? 그 해적 두목 태워 보낼 건데, 니가 먼저 가서 기지도 구축하고 사전 작업하게끔 내가 작전 다 짜놨다. 거기 가면 진짜로 니가 대장이다. 전화나 팩스로 못 할 말은 내 편지로 보내꾸마, 단디 읽어보고 그냥 놔 놓지 말고 찢어 내삐리뿌라. 내 말 알아 들었제."

멋진 음모를 비밀스레 하달하는 보스 같은 어투였다. 일주일 후 편지가 도착했다. 어떤 기업 드라마를 보듯, 회사라는 조직사회 내부의 보이지 않는 비밀과 암투들에 대한 설명으로 시작되고 있었다.

─사장이 이제 연로해서 경영승계를 앞두고 두 아들 간 물밑 경쟁이 치열하다. 서로 알짜 사업을 일으켜 아버지 눈에 들려고 지랄발광들 중이다. 임원들도 살아남기 위해 줄서기가 횡횡한다.

서열 중심 한국 사회에서 뭐라 뭐라 해도 결국 큰아들 손을 들어 줄 거라 여기고 있는데, 눈치 빠른 작은 아들이 네가 닦아놓은 미국 사업을 제 것으로 만들어 힘을 실으려 하고 있다.

근래 들어 원양어업이 쇠퇴기로 접어드는 추세지만, 수산 관련 사업 부문이라면 아직도 회사 내에서 내 입김을 무시하지 못한다.

해서, 초창기 뉴질랜드어장 개척회사를 벤치마킹해 사업계획서를 꾸몄고, 내가 밀어붙여 동기 이광조를 선장으로 낙점했다. 미국 일일랑 잊어버리고, 우리 셋 동문끼리 힘을 합쳐 새 어장 진출 사업을 살려야 큰아들을 업고 회사 내에서 우리 입지가 탄탄해진다.

구구절절이 자신의 능력과 입지를 과시하는 말에 이어, 의리로 뭉친 대학동문임을 상기시키고 있었다. 은근히 실질적으로 자기가 회사를 운영할 야심까지 드러내고 있었다. 편지 말미의 제안을 겸한 계획을 읽을 때는 가슴이 두근거렸다.

첫째, 안상수의 미국 어장 개발과 회사이익에 기여한 공로가 지대하므로 이사급으로 승진시켜 뉴질랜드 기지장으로 파견할 것이다. 포상 차원으로 가족들은 따로 아들의 현지 유학 겸사 최 상무 자신이 알아서 거주를 조치해 주겠다.

둘째, 여하튼 사장 큰아들 환심을 사야 할 형편이니, 기지 유지경비나, 투입될 배의 수리비와 부식 공급 명세 등에서 2년에 걸쳐 표시 나지 않을 정도로 그때그때 조금씩 부풀려 비자금을 마련해야 한다.

본사 회계 담당 이사는 자신이 책임지고 구워삶아 우리 편으로 만들고, 이광조 배의 어획물 한국판매로 남길 이익 중에서도 이중장부를 통해 비자금을 조성할 것이다. 비밀계약으로 큰아들 60퍼센트, 자신이 30퍼센트, 안상수 몫으로 10퍼센트 정도를 생각하고 있다. 회계 담당 이사는 자기가 알아서 챙기라 하고, 비밀 유지 각서를 받아 절대 말이 새 나가는 경우를 막을 것이다.

셋째. 세상일 모른다. 오너가 변심해 모가지 날리면 한순간에 개털 신세 되는 게 세상 이치다. 만에 하나 그런 일이 발생할 때 최 상무와 안상수 둘의 능력으로 조그마한 회사라도 하나 차리려면, 위와 같은 비자금 조성이 반드시 필요함을 절대로 잊지 마라.

말미에는 자신을 친동생같이 여기고 있다는 감상이 섞인 격려까지 늘어놓고 있었다. 디테일한 사항들은 안상수가 귀국하면 다시 머리를 맞대고 의논하자는 내용으로 끝을 맺었다. 일말의 두려움이 밀려왔지만, 자신이 겪고 보고 들은 대로, 겉으로 드러나지 않을 뿐이지 당시 한국 사회에서 어느 사업체에나 쉽게 찾아볼 수 있었던 행태였다.

추세를 보더라도 원양 업계의 앞날은 천년만년 꽃길을 장담할 수 없었다. 선진 수산 업체들은 양식 산업이나 참치 캔 개발같이 한 단계 도약한 식품 가공 산업으로 전환을 꾀하고 있었다. 재래식 원양어업과 부동산개발에만 치중하는 본사의 경영형태에도 은근히 실망을 느끼고 있을 때였다.

멀리 갈 것도 없었다. 천당과 지옥을 오가는 롤러코스트를 탄 것 같이 부침이 심한 인생의 이광조 선배라는 본보기도 있지 않은가. 최 상무라는 그나마 믿고 기댈만한 언덕이라도 있을 때, 미래를 대비해서라도 이것저것 챙겨둬야 한다는 생각이 들었다.

곱씹어보니 가족, 특히 아들의 유학까지 배려해 주는 선배가 고맙기 짝이 없었다. 어쩌면 이 제안이 자기 인생의 방향을 가늠할 비중 있는 계기가 될 것 같았다.

일은 일사천리로 진행되었다. 미국법인 인수인계는 워낙 자료와 진행 방식을 잘 정리해 뒀기에 현지 담당자를 소개하고 일주일이면 충분한 시간이었다. 귀국해 최 상무와 여러 차례 밀담을 나누었다. 그리고 다시 혈혈단신 희망의 바다로 부상한 뉴질랜드에 첫발을 디디게 된 것이었다.

겨울이라지만 따뜻한 날씨였다. 이곳 기후는 변덕스러웠다. 기온은 낮지 않았지만 가끔씩 구름이 끼고 가는 비도 찔끔거리듯 섞여 내리고는 했다.

"그래, 새 출발이다. 벌써 삼 개월째 사전 준비를 해 오지 않았나. 이틀 후면 부산한 업무가 시작되겠지…."

아들 학교의 학기가 아직 남아있고, 이것저것 정리할 게 있어 가족들은 연말쯤 이곳으로 와 합류하기로 계획이 잡혔다. 다시 혼자만의 객지생활이었다. 하지만 곧 가족들과 천혜의 낙원에서 살아갈 생각을 하니 입가에 미소가 번졌다. 두 번째 고향으로 여기리라 생각하며 이 나라 역사까지 공부해 둔 터였다.

대항해시대 마지막 영웅, 영국인 제임스 쿡James cook 선장이 18세기 중반 정확한 해도를 만들며 뉴질랜드에 상륙해 탐사를 시작했다. 곧이어 영국인들의 산발적인 이주로 이 섬나라의 새 역사가 열렸다. 기독교 선교와 상업적으로 큰 매력이 있었던 고래기름채취 포경捕鯨산업이 주목적이었다.

점령에 가까운 이주 정책에 원주민 마오리족의 반발이 거셌다. 회유책으로 '와이탕기 조약Treaty of waitangi'을 맺어 공동지배적 개념으로 출발했지만, 실상은 여왕을 국가원수로 하고 입헌군주제를 계승하는 식민지화 조약이었다.

현대에 이르러서야 인구 15퍼센트를 상회하는 원주민들과 더불어 살아가기 위한 노력이 결실을 맺었다. 원주민에게 불리한 조약이었다는 공감대를 가지고 금전이나 토지를 이용한 보상이 이루어졌다. 쌍방이 협상과 대화를 통해 공동으로 정책 입안에 참여하는 민주국가의 전

형이었다.

먼저 신뢰를 바탕으로 하는 신용사회 시스템이 마음에 들었다. 편안하고 정감이 가는 사람들, 그리고 더할 나위 없이 좋은 환경에 회사의 전폭적인 지원까지 모든 게 흡족한 상태였다. 특히 석 달 동안 겪은 합작사업 파트너인 식품 가공회사 '글로벌 푸드Global food'의 환대와 배려는 고맙기가 말로 설명하기 힘들 정도였다.

치즈, 버터 같은 낙농제품을 생산하는 회사였다. 수산청 소개로 합작사업을 희망하는 DS원양과 손을 잡았다. 학교 급식에 납품할 수산물 가공공장과 간편 조리용 냉동식품 생산라인을 증설해 본격적인 식품 유통업에 뛰어들 계획을 가지고 있었다. 사장 찰스Charles는 온화하고 겸손한 성품을 가진 사람이었다. 우연하게도 안상수와 나이도 같았다.

첫 만남 때였다. 그가 자신이 쓰던 카우보이모자를 잘 세탁해 정성스레 꾸러미로 묶어 안상수에게 선물했다.

"미스터 안. 좋은 인연을 기원해. 언제 내 목장에 초대해서 양떼 몰이 할 때 이 모자 쓰면 어울릴 거야…."

사업가가 아니라 사춘기 소년같이 해맑은 표정이었다. 처음 시도해 보는 외국업체와 합작사업이라 기대 반 두려움 반이지만, 하나님께서 잘 돌봐 주실 거라며 식사 중에도 몇 번이고 기도를 올렸다. 반주 삼아 맥주잔을 기울이던 그가 머쓱해해도 절대로 자신의 종교를 강요하지 않고 각자의 개성과 사생활을 존중해 주었다.

그는 골프와 승마를 겸한 양떼 몰이에 더해 나비 돌보기Butterfly care라는 특이한 취미를 가지고 있었다. 나비 이야기를 할 때 그의 눈은 어린 아이처럼 영롱히 빛났다. 바로 눈앞에서 나비들의 비행을 보고 있는 듯한 표정이었다. 공원이며 수목원들이 지천에 깔린 이 나라에는 서식하는 나비가 수천 종이었다. 영국 국왕의 이름에서 유래되었다는 모나크 Monarch-제왕얼룩나비 종에 대한 이야기를 들려줬다.

"얼룩 부채같이 현란한 색상을 가진 나비야. 아메리카 쪽에서는 남북으로 대륙 간 수천 킬로미터씩, 철새처럼 바닷바람에 맞서 수백만 마리가 사람의 느린 조깅 속도쯤 되는 시속 8~9킬로미터 비행으로 이동한대."

거친 세파와 싸워 살아남아야 하는 것은 인간의 생과 다를 바 없다 했다. 그가 진지하게 나비 돌보기의 자세한 내용을 설명했다.

번데기에서 탈피할 때나. 풀잎에 베이던지 동료들과의 몸싸움으로 찢긴 날개를 수술을 집도하는 의사처럼 복원시켜 주는 일이었다. 일련의 과정을 설명할 때 눈가에 이슬이 맺히기도 했다.

먼저 가슴에 사랑을 품고 손끝에 집중과 연민을 담는다. 죽은 지 얼마 안 된 나비의 날개를 떼어 내 사이즈에 맞게 재단한다. 살아 있으되 불행히도 불구의 운명을 타고난 나비에게, 그것들을 의료용 접착제로 붙여 재생시켜 주는 엄숙한 의식이었다. 짧은 재활 기간을 거쳐 자유롭게 비상하는 나비를 보면서, 세상에 온전하게 살아남기를 기원하는 것은 무엇과도 바꿀 수 없는 가슴 뛰는 일이라 했다.

"다행히 날개로는 통증을 못 느낀대. 권력도 자신만의 영토도 없는 약한 존재지만, 어떤 나비는 새로운 생을 줘서 고맙다는 듯 몇 번을 내 주위를 빙빙 돌며 이별을 아쉬워하다 떠났어. 진짜야 미스터 안."

게다가 아이로니컬하게도 자신의 사업에 대해 일종의 죄책감까지

가지고 있는 듯했다. 자신이 운영하는 축산낙농업이 지구 온난화에 끼치는 영향을 우려하며 구체적인 수치까지 언급했다.

"소고기 1킬로그램을 생산하기 위해서는 양육과 성장 과정에 26.5킬로그램 이산화탄소 배출을 감수해야 해. 또한 개체들이 배출하는 방귀나 분뇨 등에서 발생하는 메탄가스 양도 엄청나지…."

양고기나 치즈 생산에도 같은 개념의 잣대로 본다면, 축산낙농업이 솔직히 지구 온난화의 주범이라는 의견을 고백하듯 피력했다. 이 나라 대표 산업이고 가업으로 운영해 왔지만, 자신의 사업에 이런 식으로 솔직하게 아쉬움을 표하는 인간성에 안상수는 깊이 매료되었다.

그의 얼굴을 떠올렸다. 자신도 모르게 입가에 미소가 번졌다. 모레 아침에 같이 부두로 배를 마중 나가자는 연락을 취할 참이었다. 생각도 정리할 겸 잠시 걷고 싶은 마음에 산책을 나섰다.

오전에 짧게 옅은 안개비가 흩뿌렸다. 언제 그랬냐는 듯 날이 개자 쏟아지는 햇살에 신기루처럼 손바닥만 한 무지개가 잠깐 보였다가 사라졌다. 대성당광장Cathedral square으로 길머리를 잡고 옥스퍼드 테라스를 지났다. 노랑과 붉은색이 덧칠된 소형전차 트램Tram 한 대가 평화롭게 지나갔다. 딸랑딸랑 방울 소리가 귓전에 남았다.

아트센터를 지나자 '캡틴 스코트Capt. scott'석상石像이 눈에 띄었다. 인류 최초 남극점 도달의 명예를 놓쳐버리고, 귀환 길에 장렬히 동사凍死한 영국인이었다. 우리 배 기지항인 리틀턴 항구에서 남극 탐험을 위해 야심 차게 출발했으나, 또 한 사람 걸출한 탐험가였던 아문젠Amundsen에게 뒤처져 비운의 이인자에 머물러야 했다. 그가 남긴 말이 석상 아래 새겨져 있었다.

-I do not regret this journey which shows that Englishmen can endure hardships, help one another and meet death with as great fortitude as ever in the past.

영국인들이 합심해서 고난을 이겨내고, 예로부터 그래왔던 것처럼 위대한 용기로 죽음과 맞섬을 보여준 이 탐험을 결코 후회하지 않으리라.

해양 개척과 모험 정신을 숭상하는 대영제국 탐험가의 글귀다웠다.

대성당 광장 탁 트인 공간을 지났다. 자유로운 차림새로 사람들이 휴식 차 여기저기 자리 잡고 있었다. 풍경은 여유롭고 평안했다. 덩치 큰 마오리Maori족 통기타 가수가 고유 언어로 리듬이 빠른 경쾌한 노래를 부르고 있었다. 기타 케이스에 5불짜리 지폐를 놓아줬다. 그가 노래를 부르는 와중에도 한쪽 눈을 찡긋하며 고맙다는 표시를 했다.

광장 바닥에 그려진 거대한 체스판을 밟았다. 1차 세계대전 기념탑이 눈길을 끌었다. 추모비 납빛 기초석基礎石에는 또 이렇게 새겨져 있었다.

-In grateful remembrance of the sons and daughters of canterbury who fell in The Great War 1914~1918. Give peace in our time O, Load.

1914~1918의 전쟁에서 희생된 캔터베리의 아들과 딸들을 추모하며, 오, 신이시어 우리 시대에는 평화를 주시옵소서.

굳센 모험 정신에 더해 내면에 도사린 자유와 평화의 염원까지 느낄 수 있는 글귀였다.

남반구라 한국과 반대 계절이었다. 9월 늦겨울 서늘한 바람이 정신을 맑게 했다. 바깥바람을 쐬자 기분이 더없이 상쾌했다. 야심 차게 진출한 배의 첫 어기와, 자신의 새로운 인생을 떠올리자 모든 것이 다 잘될 거라는 자신감이 차올랐다. 찰스가 이야기한 나비의 비행을 상상했다. 겨드랑이에서 나비처럼 날개가 돋은 듯 몸과 마음이 가벼웠다.

에이븐 강Avon river 쪽으로 발길을 돌렸다. 작은 곤돌라가 깨끗한 물살 위를 미끄러지듯 가르고 있었다. 그곳 정원에서 나비의 비행을 보며 시간을 보내다 점심을 해결할 참이었다. 테이크아웃 레스토랑에서 피쉬앤칩스흰살대구 감자튀김와 미트파이 하나를 주문했다. 거리에 햇살이 쏟아지고 있었다. 휘파람으로 '마이 웨이'를 불렀다.

갈등의 시작

새벽 바닷바람이 제법 매서웠다.

파도가 덩달아 몸을 일으켰다. 어슴푸레한 여명 속에서 파도는 뱅크스 반도Banks peninsula 등성이를 처연히 때렸다 부서지기를 반복하고 있었다.

초사 박동수는 손전등을 들고 선수로 가서 투묘 된 닻을 점검했다. 곧게 뻗은 앵커 케이블Anchor cable을 살폈다. 장력에 별다른 이상은 없는 것 같았다. 역시 새벽잠도 없었던지 갑판장도 어느 틈엔가 선수에 나와 있었다. 그가 윈드라스Windlass, 양묘기 제어 핸들 잠금 상태를 확인했다. 둘은 함께 갑판에 서서 수로 입구를 바라보았다.

"초사님, 이제 도착했네요, 멋지게 한 번 부딪혀 봐야지요…."

젊은 날들을 바다에서 다 보낸 그들이었다. 또다시 새로운 어장에 도착하니 감회가 남다를 수밖에 없었다. 갑판장이 구겨진 담뱃갑을 뽑아 한국 담배를 권했다. 합작사업 형태라 워킹비자Working visa-취업비자로는 담배를 면세로 구입할 수 없어, 이 년간 피워댈 담뱃값이 부담이라는 말을 하며 씁쓸한 웃음을 흘렸다.

담배 한 대씩을 태운 그들이 뒤돌아섰다. 입항 준비를 위해 박동수는 브릿지로 올라가 선내 방송으로 선원들을 깨웠다. 뒷 물살이 밀어주는 바람에 예정보다 여섯 시간이나 일찍 남위 44도, 경도 173도 부근 투묘지投錨地에 도착했다. 한밤중이었다. 손가락으로 육지를 찔러 넣어 만든 듯한 리틀턴 항 진입 수로 앞이었다. 아침에 도선사Pilot가 나올 때까지 닻을 놓고 기다려야 했다.

고즈넉한 느낌의 항구였다. 외항의 외로운 등대불만이 항해에 지친 배를 맞이하고 있었다. 네온사인 불빛들이 현란한 부산항 야경과는 달리 수로에 들어서야 겨우 항구의 존재를 알 수 있을 것 같았다.

육지를 1마일 앞에 두고 닻을 내렸다. 한나절 만에 사계절이 다 지나간 것 같았다. 짧은 비가 흩뿌렸다가 그쳤다. 은하수가 청명한 파노라마 같은 밤이 지나가더니 어느새 찬바람이 일었다. 항해 중에 한 주에 한 시간꼴로 앞당겨 세 시간 빠른 시차도 이미 조정해 둔 상태였다.

어젯밤 기지장 안상수와 첫 교신을 했다. 박동수보다 대학 세 해 선배였다. 거리가 가까워 교신 상태는 잡음 하나 없이 깨끗했다.

"DS 호! 감도 있습니까? 후배 초사님 반가워요. 먼 항해에 선장님 이하 전 선원 모두 수고 많았어요. 내일 아침 입항해서 뵐 텐데 지금이라도 선장님 바꿔주시면 인사부터 드리도록 하겠어요."

선후배 관계를 떠나 공식적인 교신에서는 서로 깍듯이 존대했다. 선장 침실로 전화를 넣으니 신호가 몇 번이 가도 받지 않았다. 내려보낸 실항사가 코를 싸쥐고 올라왔다. 한 달 가까이 씻지 않고 이를 닦지도 않는 선장 방에서 나는 악취 때문이었다.

"선장님 주무시데예. 저녁에 술도 한잔하시더구먼. 피곤해서 못 일어난다꼬 기지장님보고 아침에 보자캅니더…."

기지장이 간단히 알았다며 교신을 끊었다. 박동수는 명색이 기지장인데 혹 불쾌할 수도 있겠다는 생각을 했다. 어깨를 한 번 으쓱하고는 해도 테이블에 불을 켜고 조리장과 박 씨의 하선 서류부터 점검했다.

선장의 약속대로 작성한 것이었다. 항공료 부담을 없애주고 치료비까지 공동경비로 해결해 주기 위한, 어찌 보면 거짓 서류일 수 있는 것이라 피식 웃음이 났다.

공상(公傷)확인서 1.

관련 넘버 : DS-01

1. 대상자 : 조리장 김OO (주민번호 OOOOO, 선원수첩번호 OOOOO)

2. 공상내용 : DS 호 조리장으로 재직 중인 상기인은 9월 X일, 뉴질랜드로 항해 중인 본선 갑판부 그물 점검 작업에 음료수와 새참을 전달하고자 갑판에 나섰다가, 펼쳐진 그물을 밟고 미끄러져 철제 어구에 후두부를 부딪쳐 두피가 찢어지며 소량의 출혈이 있었음. 적절한 응급치료 이후에도 계속되는 두통을 호소해 더 이상 승선이 불가하다 판단되어 부득불 하선 조치하며, 선내 사관 회의를 거쳐 작업 중 다친 것으로 정의하여 공상 처리 요청합니다.

DS 호 선장 이광조

* 사관 회의 참석자(선장, 기관장, 통신장, 초사, 1기사, 갑판장 6인)

가해자인 박 씨의 공상 요청 내용도 대동소이했다. 주부식 신청서와 선원명부며 소지품 리스트까지 잡다한 입항서류 점검을 마쳤다. 수평선 위로 희뿌연 먼동이 터오기 시작했다. 두 사람 하선자 외에 다른 선원들 건강상 문제는 없었다.

그도 그럴 것이, 감기다 허리 부상이다 조금이라도 몸에 이상이 있는 선원이 발견될 때마다 선장이 사관 식당으로 불러올렸다.

"가만 있거라. 여기 찔러서 피 좀 빼면 금방 나을 거다."

독학으로 익히고 있다며 침술 교본을 펴들고 라이터 불에 그을린 길고 짧은 침들을 여기저기 찔러댔다. 모두 기겁하고 웬만한 통증은 그냥 뭉기고 넘기기 일쑤였다.

박동수는 선장의 거칠 것 없는 언행과 천진난만한 아이 같은 표정을 떠올렸다. 불같이 화를 냈다가도 금세 아무 일도 없었다는 듯 껄껄웃음을 흘리는 단순한 성품이었다. 서류를 내려놓으며 자신에게 하는 다짐 같은 말을 중얼거렸다.

"선장 출신인 내가 집안 사정 때문에 다시 항해사로 배로 나왔다만, 이 양반 밑에서 죽었다 생각하고 한 어기 잘 마쳐보자. 다음 어기 다시 선장이 된다면 또 인생의 모든 것이 달라지겠지…."

VHF 국제 공용 채널 16번에서 항만국으로부터 호출이 왔다. 어젯밤 약속대로 여섯 시 반 정각이었다. 소통 오차를 줄이고자 하듯 또박또박 두 번씩 반복하는 영국식 딱딱한 억양이었다.

"DS, DS, Do you read me?"

-DS 호, 교신 감도 있는가? 도선사를 태운 배가 귀선 위치로 나가고 있

다. 이십 분 후면 도착한다. 도선사용 사다리는 우현에 준비하라. 입항기와 뉴질랜드 깃발 게양을 다시 점검해 주기 바란다. 오버Over.

선원들 모두 서둘러 고양이 세수로 눈곱만 찍어내고 식사를 마쳤다. 선장이 입항 전에 목욕을 한답시고 때밀이로 싸롱보이까지 데리고 들어가 한 시간 넘게 샤워장을 독차지했기 때문이었다.

닻을 감아올리고 데드 슬로Dead slow로 미속 전진 했다. 유도선과 조우해 영국 해군 복장 도선사를 태웠다. 3항사의 안내로 브릿지로 올라온 도선사가 박동수에게 악수를 청했다.

"웰컴, 당신이 선장인가?"

초사Chief officer라는 공손한 대답에 어깨를 움찔하며 웃은 그가 반속 전진Half ahead을 명령했다. 승현이 브릿지로 올라왔다. 도선사가 감탄사 오우! Oh!를 연발하며 승현과 악수를 했다. 이곳 어장 경험이 있는 그였으니 앞 어기 입출항 때마다 수차례 안면을 익힌 터였다. 도선사는 조타륜을 잡은 3항사가 이해하기 쉽도록 친절하게 타각 지시기를 일일이 손으로 짚어가며 변침 오더를 내렸다.

선장이 계단을 쿵쿵 울리며 브릿지로 들어섰다. 턱에 면도 자국이 선명하고 머리카락도 제대로 마르지 않은 상태였다.

"이놈아가 빠이롯뜨가? 아 자석이 멋지게 생겼네, 와 내한테 인사도 안하노…."

파일럿이 알아들을 수도 없는 한국어였지만 듣기에 민망하다 싶은 말투였다. 도선사는 아랑곳하지 않고 조심스레 배를 인도하며 8마일 거리 수로를 가로질렀다. 파일럿이 고개를 갸우뚱했다. 항만국을 호출해 빠른 말투로 몇 마디 나눈 그가 승현에게 말했다.

"유창이 많이 비었구나, 드라프트Draft, 홀수 吃水-배가 물에 잠기는 깊이가 솟아올랐다. 이대로는 위험할지도 모른다. 이븐 킬Even keel, 등홀수, 선수미 같은 홀수로 트림Trim, 선수미 홀수 차이 조정하기에는 시간이 소요되니, 내 직권으로 기름 부두에 먼저 접안시키겠다. 유류 수급을 서둘러 안정성을 확보하기 바란다."

그리고 재차 확인하듯 물었다.

"Do you understand what I mean?"

예스, 아이 언더스투드. 제법 유창한 승현의 통역에 선장이 코웃음을 쳤다. 눈을 부릅뜬 채 자신이 선장임을 알려 하지도 않고, 냉정하게 배를 모는 도선사 행동에 머쓱 해있던 터였다.

"글마 그거참 겁 많네. 우리야 이 정도는 예사 아이가. 우짤끼고, 시키는 대로 해야지…."

내항으로 들어섰다. 환경보존 차원에서 전체 구조물을 목재로만 건설한 부두였다. 평안하고 소박한 부두 풍경이 눈에 들어왔다. 뒤편 언덕 위로 원색의 성냥갑 같은 집들이 앙증맞게 늘어서 있었다. 어느 위치에서도 햇살을 가리지 않게 구획을 정리한 계단식 설계구조였다. 안전 해역으로 구분한 쪽에서 몇 대 요트들이 가벼운 너울을 넘나들고 있었다.

기름 부두에 접안을 했다. 기지장일 법한 한국인을 따라 흰색 스즈끼 복장 현지인들이 마스크를 착용한 채 들이닥쳤다. 철저하고 까다롭기로 유명한 위생검사원과 세관원들이었다.

비상 유선전화부터 연결했다. 인원 점검과 반입 물품을 조사하며 북적대는 한바탕 북새통이 지나갔다. 서둘러 유류 수급을 위해 파이프라인을 연결했다.

간단한 선내 소독 처리 후에 분리수거용 은색 드럼통들이 갑판에 놓였다. 유류 수급 중에는 위험 요소가 있으므로, 부두를 옮겨 내일부터 이어질 세밀한 위생 검사와 안전 설비 검사 같은 일정을 정하고 그들이 돌아갔다. 일사천리였다.

얼떨결에 대충 눈인사만 나눴던 선장과 기지장이 싸롱Saloon-사관식당에 커피잔을 마주하고 앉았다. 정식으로 상견례를 가지는 자리였다.

안상수가 고개부터 숙였다. 깍듯이 예의를 표하며 앞으로 힘을 합쳐 잘해보자는 취지의 인사말을 건넸다. 검사원들을 응대하는 중에 소통이 아예 불가능해 꿔다 놓은 보릿자루 마냥 앉았던 선장이 하품을 내뱉으며 말했다.

"반갑다. 최 상무가 니 칭찬 많이 하더라. 머리가 그리 번쩍번쩍 잘 돌아간다카데. 친동생같이 생각하고 손발 맞춰보라 하더라. 똑바로 잘해봐라."

원래 그런 사람인 줄은 들어 알고 있었고 선후배 사이임을 상기시키는 말은 좋다만, 한참 후배인 항해사들 앞에서 면구스러울 정도로 막 대하는 태도와 말투였다.

저녁에 합작사업 파트너 회사 사장과 환영 자리로 식사 약속이 있다는 말을 전했다. 곧바로 선장이 뜨악한 질문을 했다.

"보레이, 합작이 뭐고? 한국에서 최 상무 글마가 뭐라 뭐라 떠들어쌓던데 그냥 고기만 잡아 올리면 되는 거 아니가? 내 고기 잡는데 간섭하는 사장이 한국하고 여기하고 둘이란 말이가? 우찌됐건 나는 고기만 잡으믄 되고, 현지서는 니가 모든 것 다 알아서 한다카던데…. 이런저런 복잡한 거는 나는 모르겠다. 항해사들한테 잘 타일러 놔라."

안상수의 눈이 휘둥그레졌다. 이 양반 봐…. 이건 좀 아니라는 생각이 들었다. 선장이라는 사람이 이토록 아무런 사전 지식이 없음이 의아했다.

"알았제? 그건 됐고, 이리 따라 와 봐라."

숫제 항해사들에게나 내리는 명령처럼 이래라저래라 식이었다. 어색해진 상황에 멈칫거리던 그를 선장이 침실로 이끌었다. 문을 열자 눈 앞에 펼쳐진 지저분하고 황당한 꼴에 깜짝 놀라 입을 다물 수가 없었다.

바다에서는 절대로 씻지 않는다는 기행은 익히 들어 알고 있었다. 하지만 방 청소조차도 아예 하지 않았던지 악취가 코를 찔렀다. 때에 전 이불을 둘둘 말아 던져둔 침대에다, 침술 교본 같은 책들이 아무렇게나 펼쳐진 책상 위 재떨이에 담배꽁초가 수북했다. 선장이 옷장을 뒤집어 가방에서 비닐봉지를 꺼내 들었다. 손으로 먼지를 털어내고 그에 던지듯 내밀었다.

"혼또 고려인삼이라카더라. 니 줄라꼬 내가 살짝 가져온 거다. 여기 뉴질랜드는 녹용이 좋다메? 선배가 보약이라고 챙기 온기니까 푹 고아 가무 봐라."

투명 비닐에 싸인 말린 인삼이었다. 곰팡이나 검버섯 같은 반점들이 드문드문 보였다. 어이가 없었다.

…아니, 이런….

울컥 솟아오르는 짜증을 가까스로 눌러야 했다. 서둘러 저녁 약속

픽업 시간을 상기시켰다. 잠을 설쳤다며 선하품을 해대는 선장께 잠시 쉬시라는 겉치레 인사를 하고 휑하니 돌아섰다. 황급히 항해사들을 브릿지로 불러 모았다.

뉴질랜드 경험자라는 승현을 큰소리로 윽박질렀다. 검역관들이 예우 차원에서 선장 방을 들여다보지 않은 게 천만다행이다. 외국 동식물, 특히나 식품 밀반입이 엄격히 금지된 뉴질랜드 법규를 모르느냐, 선장이 상한 것 같은 인삼을 주던데, 위생 검사 때 선장 침실을 열어본다면 냄새며 청소 상태에 기절초풍은 둘째치고 배가 쫓겨날지도 모른다는 질타였다. 미간을 찌푸린 승현의 볼멘 대답이 돌아왔다.

방 청소는 아예 하지 말라는 선장의 엄명이 있었다. 인삼 건은 선장 소지품까지 파헤칠 수 없는 자신의 위치상 알 수 없는 일이다. 뉴질랜드 내규나 조업시스템을 몇 번이고 설명드리려 했지만 그저 건성으로 쇠 귀에 경 읽기였다. 해서 최 상무 지시대로 도착하면 되레 기지장께 말씀드려 선장을 이해시키려 했다는 말이었다.

억장이 무너졌다. 인삼은 몰래 태워 재만 재활용 불가 쓰레기로 드럼통에 비닐로 싸서 버리라 일렀다. 울화가 치밀어 올랐다. 이런저런 말도 없이 배를 나서고 말았다. 한 시간쯤 후 짧은 낮잠에서 깨어난 선장이 브릿지로 올라와 항해사들에게 물었다.

"기지장 글마 뭐 딴말 없었나? 기생오라비같이 생긴 놈이 서울말에, 좀 건방진 것 같던데 너거는 어떻더노?"

영어가 섞인 표준말을 구사하며 화끈하게 속내를 털어놓거나 하지 않고, 뭔가 숨기는 게 많을 것 같은 첫인상을 마음에 들어 하지 않았다.

승현이 미간을 찌푸렸다. 선장과 기지장이 서로 스타일이 맞지 않는 것은 차치하고, 왠지 이 배에서의 앞날이 순탄치 않을 것 같은 예감이 뇌리를 스쳤다. 인삼을 버렸다는 사실을 알게 되면 첫날부터 걷잡을 수 없는 불화가 있을 것 같았다. 항해사들에게도 단단히 입단속을 해둔 터였다.

유류 수급이 끝났다. 내일 아침 일반 부두로 배를 옮기기로 했다는 대리점 연락이 왔다. 담배며 신청한 부식류는 신선도 유지를 위해 한꺼번에 가져오지 않고, 준비되는 품목마다 그대 그때 배달하겠다는 말을 덧붙였다.

그날 저녁 결국 일이 터졌다.

선장을 픽업해 크라이쳐치Christchurch 시내로 향하던 승용차에서였다. 차에 오를 때부터 기지장은 짜증이 묻어나는 표정이었다. 달리 살가운 말도 없이 운전 중에도 어색한 침묵이 불편했다. 오늘 처음 마주친 한참 후배라는 놈이, 옛날 북양 시절 자신을 떠받들던 직원들과 달리 그리 고분고분할 것 같지도 않았다. 교육이라도 좀 시켜야 할 것 같았다. 선장이 갑자기 목소리를 높였다. 원래부터 속마음을 숨길 줄 모르는 사람이었다.

"…어이 봐라, 상구라캤제. 기지장아. 니 아가 와 이래 뻣뻣하노? 어데 기분 나쁜 거 있나? 선배 데리고 어디 가면서 그러는 거 아니다."

다짜고짜 언성을 높였다. 안상수가 흠칫했지만 눈도 마주치지 않은 채 짧게 대답했다.

"…아닙니다. 그런 것 없습니다."

자신의 이름까지 바로 알지 못하고 너무 함부로 내뱉는 말투에 안상수도 울컥했지만 잠시 숨을 가다듬어 마음을 가라앉혀야 했다.

"그렇게 보였다면 죄송합니다. 오늘 합작사 사장하고 이우성 씨라고 일찍 이민 와서 녹용 사업으로 성공하신 교민 한 분도 나오실 겁니다. 우리 회사를 좋게 소개해 주셨고, 합작 회사 사업과도 관련이 있는 분이니 점잖게 대해주셔야 합니다."

괜히 속이 뒤틀린 선장은 점잖게 어쩌고에 또 감정이 상했다.

"이 친구 보래이, 와, 내가 무식한 뱃놈 표시 낼까 봐 신경 쓰이나? 내 살살 뿔따구 날라 카네."

언제나 욱하는 성질이 문제였다. 말을 내뱉고는 자신도 좀 심했다 싶었던지 아차 하는 마음에 선장도 그냥 입을 닫아버렸다.

초저녁 시내 거리는 조용했다. 약속 장소는 창밖으로 멋진 야경이 펼쳐진 레스토랑이었다. 막 도착했던지 찰스와 이우성 씨가 일어서서 그들을 맞이했다. 정중한 인사와 덕담이 오가며 스테이크와 와인을 주문했다.

그러나 불행히도 비즈니스 관련 대화를 나누며 함께 건승을 기원해야 마땅할 저녁 자리는 엉망이 되어버렸다.

선장은 선장대로 기분이 언짢았다. 차 안에서부터 슬며시 열을 받은 상태였다. 게다가 곧 출항할 배의 만선을 기원하며 자신을 치켜세워 줄 질펀한 술자리로 알았는데, 온갖 격식을 다 차리고 점잔을 빼며 영어로 수군대는 인사들에게 애초부터 배알이 뒤틀렸다.

와인은 싱거워서 싫다며 선장이 위스키를 주문했다. 연거푸 술을 벌컥대고 따로 제공된 얼음을 손으로 집어 와드득 소리 나게 깨물어 삼켰다.

말도 거칠기 짝이 없었다. 마치 억세고 화끈한 것을 남자다운 가치로 알아 뱃사람 특유의 기질을 보여주지 못해 안달이 난 사람 같았다. 이놈이 사장이냐, 몇 살 먹었냐, 아무리 알아들을 수 없는 외국어라도 분별없이 마구 내뱉는 말들에 내색은 안 하였지만, 이우성 씨가 거북해했다. 다짜고짜 그에게도 나이를 물었다. 그리고는 자신이 세 살 많으니 앞으로 형님으로 불러 라는 둥, 무례하기 짝이 없는 언사들을 쏟아냈다.

영어로 주고받는 대화에는 끼어들지도 못해 지겨운 표정을 숨기지 않고 하품을 해댔다. 스테이크에 딸려 나온 감자를 손으로 집어삼키며 꺼억하고 트림을 내뱉었다.

현지 가공에 필요한 어종과 한국향, 일본향으로 보낼 어종들에 대한 설명이 있을 즈음이었다. 선장이 불콰해진 얼굴로 대화를 잘랐다.

"됐다 그마. 니 내가 누군지, 이 이광조가 어떤 선장인지 이 친구한테 먼저 이야기 안 했더나? 고기를 어느 나라에 팔아묵든 그거는 니가 알아서 하고, 이 나라 바닷속 고기 다 퍼담아 줄끼니까 걱정 붙들어 매라 해라."

자신을 향한 손가락 삿대질과 큰 목소리에 찰스가 눈이 휘둥그레졌다. 잇새에 낀 고기 조각을 냅킨으로 훑어 내며 선장이 이우성 씨에게로 고개를 돌렸다.

"보소 이 사장, 언제 녹용 한 가마니 배에 갖다 주소. 우리 선원들 고아 믹이가 힘내서 작업하구로. 내 밑에 배 탄 놈들은 내가 고기 잡아 퍼 올리는 대로 처리할라면 하루 이틀 잠 못 자는 거는 예사요."

혼자 껄껄 웃음을 터뜨린 선장이 기어이 분위기 박살 내는 소리를 덧붙였다.

"내 주위들은 게 있는데, 추운데, 그러니까 소련독립국가연합으로 분리되기 전같은 데서 나는 녹용을 최고로 치고, 뉴질랜드 꺼는 핫바리 저질이라 카던데 그렇소? 값도 쌀 것 아닌가베. 하여튼 한국 놈들 머리 좋은 거는 알아줘야 된다. 그런 거를 상품화해서 돈 버는 재주는 나 같은 뱃놈은 죽었다 깨나도 못 따라 가지. 그래도 우리 뱃놈들한테 효과 있으면 내가 나중에 선전 많이 해 줄끼니까."

이우성 씨 표정이 굳어버렸다. 입으로는 그러겠다고 대답했지만, 더 이상 같이 앉아 있기 불편한지 갑자기 잊은 약속이 있다며 일어서려 했다.

"허허, 이사장, 사람이 그러면 못 써요. 하기야 녹용 장사가 뱃일을 알기나 하겠냐마는, 사람 불러 놔 놓고 이제 와서 다른 약속 있다카문 되나? 우짤끼요, 할 수 없지. 그라믄 가보소. 다음에 배에 들르믄 내가 잡은 고기 선물 좋은 걸로 준비해라 하리다."

더는 같이 앉아 있을 자리가 아니었다. 안상수가 모두를 재촉해 일어서야 했다. 눈치로 때려잡은 정황에 찰스도 회사 직원들과 한 번 배로 견학 삼아 방문하겠다는 인사치레 말을 하며 몸을 일으켰다. 안절부절못하던 안상수가 그들에게 이해해 달라는 눈빛을 보냈다. 그들이 말없이 고개를 끄덕거렸다.

배로 돌아오는 차 안에서 선장은 코를 골고 잠이 들었다. 안상수는 입항 하루도 안 된 시간에 자꾸만 먹구름처럼 솟아오르는 짜증을 애써 억눌러야 했다. 당직 중이던 3항사에게 선장을 모시라 하고 액셀을 밟아 사무실로 급히 돌아왔다. 몇 번을 망설이다 결국 최 상무 집으로 국제 전화를 넣었다.

성질이라면 그도 한가닥하고, 욱하는 심정이었지만 나름 많이 순화된 표현으로 입항 첫날 선장과 만남 결과를 보고했다.

"기가 찹니다. 명색이 선장이라는 분이 모르는 건 둘째치고 알려고도 하지 않네요, 한국에서 이쪽 어장에 대해 설명이나 뭐 교육 같은 것도 없었답니까? 그리고 실례되는 표현이지만 성품이 도저히 종잡을 수가 없겠는데…."

껄껄 웃는 소리가 수화기를 통해 들려왔다. 최 상무 대답은 벌렁거리는 마음을 가라앉히는 데 별반 보탬이 되지 않았다.

그 친구 원래 그런 인간이다. 구속받고 얽매이는 게 싫고, 좋게 말해 화끈하고 눈치도 없이 솔직할 뿐이다. 한평생 거친 뱃놈들만 상대하며 제멋대로 휘젓고 살아왔다. 쫄딱 망했니 어쩌니 해도 그 나이에 타고난 성질이 변하겠냐. 안 그래도 지금은 다시 한번 바다에서 일어서 볼 거라 괜히 과장해서 엉뚱하게 폼 잡는 게 있을 거다. 마지막 말은 그나마 들을 만한 것이었다.

"보래이 상수야. 그 인간이 말본새만 그렇지 단순 무식하고 잔정도 많은 친구다. 예에 맞습니다 하면서 살살 비위 맞춰주믄 간까지 다 빼준다. 차라리 저런 게 우리한테 더 낫다 생각 안 하나? 헛똑똑이들 오만 생각에 이리저리 비틀면 골 아플 거 아이가. 천상 뱃놈이라 고기 잡는 재주밖에 없는 친구다. 우리가 이용한다 하면 뭐하지만, 새 어장에서 실적부터 만들어 내야 하니 니가 열 받더라도 잘 구슬려서 우리 계획대로 가게 어찌 잘 주물러봐라…."

통화를 마치자 입이 말랐다. 냉장고에서 꺼낸 캔 맥주를 따며 심호흡을 한 번 했다. 거울에 비친 자신을 보며 마음을 다잡으려 했다.

"…그래, 쉽지는 않겠지만 할 때까지는 해 보자."

일반부두로 옮긴 다음 날 조리장과 박 씨가 배를 떠났다.

비록 문제를 일으켰지만 천성은 순박한 사람들이었다. 가해자가 피해자를 부축하고 같이 돌아가야 하는 웃을 수도 없는 장면이었다. 무슨 일이었건 헤어지고 떠나보내는 것을 가장 힘들어하는 선원들이 아쉬워했다. 갑판장이 둘의 어깨를 두드리며 말했다.

"다 잊어버리고 새 출발 해라. 이리저리 살길 찾아보고, 정 안될 상싶거든 자갈치 올림픽 다방에 박 사무장을 찾아가 봐라. 내 이름 대고 연안 배 자리 하나 달라 해라. 제일 좋은 거는 한 살이라도 젊을 때 뱃놈 노릇 때려치우는 거고…."

그리고는 괜히 울컥하는지 가래침을 긁어 뱉어냈다. 고기 많이 잡으려 안전사고 방지하려, 거친 입으로 선원들을 다그치고 했지만 다 어찌 보면 생사고락을 같이 해야 할 동생 같은 친구들이었다. 새 꿈을 펼쳐보지도 못하고 돌아가야 하는 두 놈 때문에 마음이 아렸다. 그들이 두 눈을 껌벅대며 쓸쓸히 공항으로 가는 대리점 차에 올라탔다. 덩달아 심란해진 선원들이 담배를 뽑아 물거나 먼 산에 눈길을 두고 헛기침을 해댔다.

아니나 다를까 각종 검사에서 문제가 쏟아졌다. 지적받은 사항을 셀 수도 없어 받아 적기도 바빴다.

소화기 점검 때 CO_2 소화기 세 대가 작동 불가로 먹통이었다. 구명정 고정 체인벨트에 쓴 녹이 발견되어 교체 지적을 받았다. 구명동의

50벌에 부착된 호루라기Whistle를 버튼으로 작동하는 전자식을 병행해 구비 하라는 지적도 있었다. 주방용 식칼 나무 손잡이와 도마가 비위생적이니 전부 폐기하고 현지생산 분으로 교환하라는 명령이 떨어졌다.

한국에서 싣고 온 작업용 장화 바닥이 미끄러울 것 같으니 현지 공인된 안전 등록업체 생산분으로 교체하라, 화장실 세면대에 반드시 더운 물이 공급되게 파이프라인을 개설하라. 피쉬 폰드 스테인리스 외판을 염산 세척하고 청수로 여러 번 씻어 염소 잔유물을 없애라.

처리실 컨베이어 벨트Conveyor belt 베어링에 윤활유가 스며 나올 수 있으니 벨트와 거치대를 1인치 정도 격리해서 재설치하라. 고무벨트를 주방용 세제로 전부 다시 세척하고 재검사를 받으라. 고기 절단 처리용 회전 칼날이 위험하니 최소 노출 부분을 제외하고 안전 커버를 덧대라….

승현이 검사관들을 따라다녔지만 너무 바빴다. 기지장도 선체 설비며 위생 검사에 입회를 했다. 낯부끄러울 지경으로 줄을 이은 시정 명령이 쏟아지자 욱하는 마음에 브릿지로 올라와 버렸다. 어장도를 점검하고 있던 초사 박동수에게 화를 냈다.

"이봐, 초사. 이렇게 준비가 덜 되었나? 저놈 1항사는 여기 경험도 있다더니…. 정말 짜증 나네, 지적 사항 시정하려면 열흘은 더 출항이 지연되겠는데."

박동수의 대답도 걸작이라 또 심사가 뒤틀어졌다.

승현이 한국에서 목 터지게 문제점을 수차례 지적했었다. 심지어 보고서 형태로도 올렸다. 앞서 진출한 다른 선사에 의뢰해 현지 사정을 벤치마킹할 기회라도 있어야 했지만, 그리 절박할 것도 없는 회사의 태도에 유야무야 되어버렸다. 대충 눈가림 공사만 마치고 시간에 쫓겨 출항을 강행해야 했다는 말이었다.

분위기 파악도 안 된 선장이 또 거들고 나섰다. 딴에 빨리 처리해 보자는 말이랍시고 하나하나 안상수의 염장을 질렀다.

"…봐라 기지장아. 세상에 돈으로 안 되는 기 어데 있노. 술집 하나 예약해 봐라. 내 가불금으로 한잔 사고 가스나들 하나씩 붙여주면 어찌 빨리 허가 안 떨어지겠나? 최 상무도 일단 출항하고 도착해서 부딪혀 보라 하더라…."

숫제 대답하기도 귀찮은 말들이었다. 어쨌거나 다시 경비를 들여 지적 사항에 따라 물품들을 교체하고 재공사를 해야 했다. 수리업체들을 불러 모으던 중 얼핏 뇌리를 스치는 생각이 있었다.

"…아하, 그렇지."

노회한 장사꾼 같은 최 상무 얼굴이 떠올랐다. 피식 웃음이 났다. 계획대로라면 비자금 조성을 위해 현지 수리 비용으로 경비 부풀리기에 목적이 있을 것 같았다. 어차피 부품 구입이며 수리며 공동경비로 진행해야 한다. 어종별 선박별 쿼터Quota ; 할당량가 정해져 배분될 텐데 당장 출항해 무조건 고기부터 잡을 일도 아니었다. 그렇지, 대단한 사람이구나. 깊은 뜻을 몰라보고 다시 불평 섞인 전화를 하려던 마음을 바꿔 먹었다.

배에서는 이런저런 소동이 줄을 이었다.

부식상에서 배달해 온 주문품 중에 담배 한 상자가 모자랐다. 검수를 마치고 반입 물품을 지정 장소까지 실어주고서야 쌍방확인이 끝나는 한국과 다른 시스템이 문제였다. 서로 믿고 사는 신용사회라 뱃전에 물건을 부리고 가버리면 그만이었다. 수량이 틀리는 일도, 누군가가 물건을 집어 가는 일도 없다 했다.

부식상은 착오 없이 배달했으니 다시 확인해 보라는 말을 몇 번이고 되풀이했다. 갑판장이 항해사들에게 열을 올렸다.

"한국 뱃놈들은 다 도둑놈인 줄 안답니까? 현문 당직자가 화장실 갔다 온 사이에 다 던져놓고 가버렸고, 확인해 보니 두 박스밖에 없었다는데, 만약 어떤 놈이 훔쳐 갔다면 내가 눈알을 파 버릴 겁니다."

강력한 항의가 계속되자 대화가 안 되겠다 싶었던지 부식상은 마지못해 다시 한 상자를 들고 오겠다는 대답을 했다. 하지만 엉뚱한 해프닝은 세 시간 만에 전말이 드러났다.

기관 부원 한 놈이 담배 한 상자를 슬쩍해 공구 창고에 숨겼다 했다. 두고두고 꺼내 피울 요량이었지만 갑판장의 시퍼런 서슬에 돌아가는 꼴이 심상찮았다. 몇 시간을 가슴 졸이던 그가 마침내 자백을 했다. 갑판장이 펄펄 뛰었다.

"에라이 썩을 놈아, 너 같은 놈들 땜에 나라 망신이라는 말이 있는 거다. 까딱 잘 못하다가 도둑놈 배 될 뻔했네, 그 지랄을 하며 부식상 보고 틀린 거다 했는데 이제 어쩌냐…."

원래 몹쓸 짓 하는 놈들이 그쪽 방면은 두루 밝은 법이다. 선원들 중에 누가 훔쳐 갔다 하면 정말로 우스운 꼴이니, 검수 때 깜빡 실수로 다른 식료품 박스로 착각했다 하자는 말이 바로 그놈 입에서 나왔다. 기가 막혀 웃을 수밖에 없었다.

승현이 부식상에게 정중하게 사과했다. 그는 오해가 풀려 다행이라며, 한국 배들 식성을 안다는 듯 현지인들이 폐기 처분하는 돼지 족발한 상자를 선물삼아 들여다 줬다.

기왕에 출항은 늦어졌으니 선원들 회식이나 한번 하자는 갑판장의 건의가 있었다. 반으로 가른 드럼통이 갑판에 모습을 드러냈다. 소주도 한 박스 내려줬다. 저녁 무렵 장작불에 바비큐 파티가 벌어졌다.

단체로 떠들썩하게 노래를 부르며 하모니카 불듯 양손에 족발을 들고 뜯었다. 이 광경이 신기했던지 부두를 산책하던 현지인 하나가 카메라로 사진을 찍었다. 포즈를 취하듯 손을 흔들어 대던 선원 몇이 몇 잔 술에 흥이 올라 같이 한잔하자며 그 친구를 덥석 들다시피 갑판으로 끌고 들어왔다.

갑작스런 경황에 놀란 그는 자신을 해치려는 의도로 판단한 것 같았다. 낯빛이 창백하게 변했다. 조명등 불빛 아래 불콰해진 얼굴로 선원들이 그를 둘러싸고 노래를 부르며 맴을 돌았다.

브릿지에서 캔 맥주를 마시던 승현이 황급히 갑판으로 내려갔다. 겁에 질려 사시나무 떨 듯하던 그가 더듬거리며 입을 열었다.

"…캔 유 스피크 잉글리쉬?"

플리즈를 연발하며, 자신의 행동이 잘못된 것이라면 용서해 달라, 그리고 자신의 안전을 확보하기 위해 경찰을 부르고 싶으며, 촬영한 필름을 돌려주겠다는 묻지도 않은 말을 했다. 일이 커지기 전에 그를 달래야 했다.

"아니다. 그럴 필요 없다. 한국인들은 만나는 모두를 친구로 삼는 민족이며 춤과 노래를 사랑한다."

말하고 보니 삼일절 연설문처럼 너무 거창하다 싶었지만 사실이 그랬으니 상관없었다.

"딴에 친해 보자는 생각으로 느닷없는 선원들 행동에 놀랐지 싶은데 단지 소통의 문제다. 지금이라도 오해를 풀고 어울려도 된다. 사진을 찍고 싶다면 얼마든지 찍어라, 정말이다."

그제야 사태 파악이 된 모양이었다. 안도의 한숨을 내쉬며 주위를 두리번거렸다.

"어이, 사진기사야. 한잔해라."

선원들이 소주와 고기를 권하며 앞다투어 악수를 청했다. 사진을 더 찍어달라는 듯 몇몇이 모여 어깨동무하고 그 앞에 서기도 했다. 혼자 지레짐작에 지옥과 천당을 오간 셈이었다. 에릭Eric이란 이름의 사진작가는 그 사건 이후 체류 기간 내내 선원들에게 좋은 친구가 되어주었다.

다음 항차 입항 때 그가 배를 방문했다. 승현에게 사진 전문잡지 한 권을 슬며시 건네줬다. 캠프파이어를 연상시키는 조명등과 장작 불빛 속, 선원들 회식 장면을 담은 사진이 실려 있고 하단에 제목이 붙어있었다.

'-Seamen's life, fire in darkness, korean fishing vessel – Lyttelton harbour'
-뱃사람의 삶, 어둠 속의 불길, 한국어선에서-리틀턴 부두

지적 사항에 맞춘 수리와 재검사에 꼬박 열흘이 더 걸렸다.

여하튼 배에서야 고생이라지만, 기지장 입장에서는 최 상무와의 묵계를 염두에 두고 진행한다 생각하니 그렇게 성가신 일도 아니었다. 선

원들 모두 군말이나 불평도 없이 일사불란하게 움직이고 있는 것도 고무적이었다. 자칫 발생할지도 모를 사고에 대비해, 첫 항차 조업도 아직 못했다는 핑계로 부두 주변 산책 정도 외에는 외출도 허락하지 않았다.

마침내 입어 허가가 떨어지고 출항 날짜가 다가왔다.

와일드 퍼시픽 2
- 첫 조업

 10월 초, 곡절 끝에 DS 호는 리틀턴 항을 출항했다. 전갱이Horse mackerel 조업을 위해 어장으로 향했다.

 배를 내보낸 안상수는 앓던 이를 빼낸 것 같은 후련함에 가슴을 쓸어내렸다. 이제 매일 한두 차례 교신으로 조업 현황을 확인하는 일만 남았다. 입항 때까지 한 달 넘게 고기 잡는 문제는 선장 몫이었다.

 우리 입장에서야 원양어업이라지만, 망망대해가 아니라 엄밀한 의미에서는 뉴질랜드 영해領海-12마일 내 본국의 통치권이 미치는 해역에 근접해 조업을 펼치는 형태였다.

 첫 출항제를 올렸다. 선장은 출항과 동시에 다시 씻지도 않으며 고사를 대하는 방식도 건성이었다. 대충 절 한번 올리고는 선원들에게 격려차 음복술 한 잔씩 따라주지도 않았다.

 "많이 묵지 말고 한 잔씩들 목만 축여라. 투망 준비 단디하고…."

 그저 한시라도 빨리 그물이 미어터질 정도로 올라 올 고기에 대한 환상에만 사로잡힌 사람 같았다. 하루를 달려 남섬과 북섬 사이 해협 '쿡 스트레이트Cook strait'를 지나 어장으로 진입했다. 여명이 밝아오는 아침 바다는 잔잔했다.

"DS 호, 이 선장님께 인사드리겠습니다."

조업 중이던 서너 척 한국 배 후배 선장들이었다. VHF로 인사차 교신을 요청해 왔다. 신임이 먼저 인사를 드리는 게 관례겠지만, 까마득한 후배들인 타선 선장들이 선배에 대해 예우를 갖춘 모양새였다. 공동밴드에서 젊은 선장들이 차례로 이 선장에게 인사를 올렸다. 그들은 깍듯이 예의를 다하며 이런저런 유용한 정보들을 제공했다.

예고 없이 경비정이 출동할 수 있으니, 모두 레이더로 어장에 나타나는 배의 항적을 확인해 공유하고 있었다. 그물을 차고 끌어대는 트롤선들 예망 속도가 빨라야 4.5노트인데 비해 경비정 접근 속도는 월등히 빠르므로 쉽게 분별할 수 있을 것이었다. 이 선장은 옛날 북태평양 시절 미국 연안경비대Coast guard 순시선과의 조우를 떠올려 보았다. 당시야 경제수역 선포 전이라 안전 확인만이 주목적이었다. 특별히 조업방식에 제재를 받거나 했던 기억이 있을 리 없었다.

또 하나, 아무리 우리말로 교신한다지만 어황 정보가 교신에 드러나는 것을 피해야 했다. 배들마다 선명을 그대로 호출하지 않았다. 장미나 백합 같은 꽃 이름에, 혹은 해운대, 백두산 같은 지명을 갖다 붙이거나, 특이하게 '해구신'이니 '아기 곰'이니 독특한 별명으로 서로를 불렀다. 특히 경비정은 '똥개'나 '사냥개'로 불렀다가, 좀 심하다 싶어 '통나무'로 바꿔 호칭하기로 서로 약속이 되어있었다.

이 선장은 잠시 배의 별명을 뭐로 할까 고심했다. 곧바로 자신의 현재 상황을 빗대 '불사조'로 지어 공표해 버렸다. 유치하게 보일 법한 명명이었지만 그의 각오는 남달랐다. 수도 없이 다짐했던 속마음을 다시 확인하듯 혼잣말을 했다.

"이놈들아, 내가 바로 이광조다. 바다의 신이 나를 잊지 않으셨다면 곧 내 고기잡이 실력에 놀라 자빠지게 될 것이다…."

피쉬 파인더Fish finder-어군탐지기를 뚫어져라 주시하며 어군 밀집 상태를 살폈다. 다행히 암초나 거친 밑바닥은 거의 없이 완만한 지형이었다. 화면에 콩알 만 한 점들만 감지되었다. 별다른 큰 어군이 발견되지 않았지만 투망을 서둘렀다. 수심은 200미터 정도였다.

통신장과 3항사가 넷트 레코더Net recorder-망고계 網高械, 물속 펼쳐진 그물의 높이와 고기 입망 상태를 보여주는 계기 트랜스미터Transmitter-송신기에 배터리를 주입하고 브릿지로 작동에 이상이 없다는 수신호를 보내왔다.

먼저 다른 배들이 사용하지 않는 거대한 중층그물을 시험해 보기로 했다. 부유 어종들이 드물어 소형인 망고 5미터 정도 저층 그물로도 충분하다는 승현의 의견은 묵살되었다.

옅은 아침 물안개가 축축하게 깔린 바다는 고요했다. 갑판 슬립 웨이Slip way-그물을 내리고 올리는 선미 경사 부분 양측에 여섯 명씩 투망조들이 잔뜩 긴장한 자세로 대기하고 있었다.

마침내 마이크로 선장의 쩌렁쩌렁한 '렛고Let go-던지다, 투하하다의 의미' 명령이 울려 퍼졌다. 배를 따르던 갈매기들이 흠칫 놀라 하늘로 날아올랐다.

1갑원이 선미 갤로우스Gallows-교수대 의미를 가진 육교형 수직 거치대에 매달린 투망 블록에 연결된 후크Hook-갈고리를 카고 윈치로 감아 당겼다.

그물 끝자루가 스르르 슬립 웨이로 미끄러져 나갔다. 등판, 밑판, 자루 파트가 연결된 원통그물이 갑판을 빗자루질하듯 쓸며 물결 위에 일직선으로 떠내려갔다. 그물 밑자락을 안정된 상태로 쳐지게 할 싱커Sinker-봉돌 형태의 추들이 슬립 웨이를 우당탕 두드리며 바닷속으로 투하됐다.

CPPControllable pitched propeller-가변 피치, 브릿지 엔진 컨트롤 박스로 스크루 각도를 조절하여 추진력을 원격 조정로 속력을 서서히 높였다. 그물이 바닷물에 잠기면서 곧바로 배의 전진 추력에 입구를 벌리고 펼쳐졌다. 천장망 그물을 띄워 올릴 농구공만 한 수십 개의 오렌지색 플라스틱 부이Buoy-뜸들이 대칭 형태로 바다 위에 떠올랐다.

첫 투망이라 손발이 맞지 않아 우왕좌왕이었다. 갑판장이 선원들을 호되게 다그쳤다.

"에라이, 등신 새끼들아, 그물에 쓸려나가 똥구멍에 해삼 코 박히기 싫거들랑 눈깔에 힘주고 정신 줄 놓지 마라…"

그물에 연결된 몇 가닥 굵은 펜던트Pendant-그물 부위 구분용 로프들을 서로 얽히지 않게 잘 사려 떨어뜨렸다. 한 척 배만으로도 양쪽 날개그물을 펼칠 수 있게 제작된 전개판Otter board을 좌우현 양쪽으로 천천히 투하했다.

트롤 윈치Trawl winch-그물을 끄는 끌줄을 감거나 풀어주는 거대한 드럼가 굉음을 울리기 시작했다. 연줄을 타내듯 28밀리 와이어 메인 와프Warp-Wire rope, 끌줄를 천천히 풀어 내렸다.

"윈치 스톱."

브릿지 오더에 따라 윈치맨이 50미터까지 풀어준 끌줄을 잠시 멈췄다. 배의 전진 추력과 그에 저항하는 물살로 방패연 같은 전개판을 펼쳐 전체 그물을 물속에서 양껏 벌리는 동작이었다. 갤로우스에 매달린 톱 롤러Top roller-와프가 넘나드는 고정 도르래가 부챗살처럼 벌어졌다.

경쾌한 소리로 매끄럽게 회전하는 윈치 드럼을 보며 기관장이 안도의 한숨을 내쉬었다. 메인엔진이나 냉동기에다 발전기 같은 주기와 보기는 항해 중 수차례 점검으로 안정이 되었다지만, 어장에 도착해 그물을 입수시켜 봐야만 확인 가능한 트롤윈치 성능을 우려하던 터였다.

중층그물이라 그물 밑판이 해저에 닿지 않게 끌줄을 짧게 주고 고정시켰다. 엔진을 예망 속도 최고치로 높였다. 연돌에서 검은 연기가 기침을 뱉어내듯 울컥거리며 솟아올랐다. 선미에는 스크루가 토해 낸 소용돌이 물거품이 거세게 일었다.

오랜만에 보는 장관이었다. 한바탕 신명 나는 군악대 팡파르가 갑판에 울려 퍼진 것 같았다.

선장의 몸이 옛날 바다를 호령하던 그 전율을 먼저 기억해냈다. 등줄기가 찌릿하고 가슴이 뛰었다. 텅 빈 갑판과 팽팽하게 새긴 와프를 내려다보며 객지를 떠돌다 고향에 돌아온 듯한 감회에 선장이 울컥했다.

수월한 예망이 아니었다. 성능에 벅차다시피 너무 큰 그물이었다. 엔진을 최고로 높여도 수중에서 그물이 덜 벌어졌다. 넷트 레코더에 희미하게 찍히는 망고는 예상보다 낮은 30여 미터에 불과했다. 기록지에 찍히는 입망 신호도 겨우 판독 할 수 있을 만큼 희미했다. 담배를 피워 문 선장이 혼잣말을 했다.

"역시 너무 큰 그물이라 무리였나….”

저층 그물을 끌 때 스피드인 4.5노트는 언감생심으로 겨우 2.5에서 3노트에 불과한 속력이었다. 그물이 해저에 닿을 수도 있을 것 같았다. 속력을 최대한으로 높여 그물을 끌었다. 안간힘을 다해 무거운 짐수레를 끌며, 기진맥진한 말의 숨소리같이 엔진 진동음이 칙칙거리는 소리를 냈다. 괄괄한 성품의 선장이 안전 효율을 무시하고 엔진을 무리하게 돌릴까 봐 기관장은 걱정이 무너졌다.

브릿지에서는 첫 투망에 이은 예망 작업에 긴장이 감돌았다. 피쉬 파인더로 해저지형을 살피며 기록어군 밀집도를 의미을 쫓았다. 와프 장력도 주의 깊게 지켜봐야 했다. 확대된 해도 위에 투명 트레이싱 페이퍼를 얹어 예망 코스를 기입하며 자체 어장도漁場圖를 만드느라 분주했다.

한 시간 정도가 지났다. 넷트 레코더 전파수신이 끊겼다. 기록지에 드문드문 점점이 보이던 고기 입망 상태는 물론이고 그물 형상도 찍히지 않았다. 더 이상 속도를 낼 수 없어 끌줄의 장력이 떨어진 것 같았다.

"그물이 물속에 일그러지며 트랜스미터가 기울어 엉뚱한 각도로 전파를 쏘아대는 것 같은데요…."

승현의 의견에 답답한 마음의 선장이 양망을 지시했다. 옳은 선택이었다. 중층그물이라 해저 암초에 걸릴 염려는 없었지만, 스피드가 눈에 띄게 떨어졌으니 확인이라도 해볼 요량이었다.

"양망 스탠바이."

선내 비상벨을 울리고 마이크로 방송을 했다. 어장 특성상 서너 시간 그물을 끄는 게 일반적인데 갑작스런 긴급 양망이었다. 알 수 없는 것이 물속 일 아닌가. 취침 시간 외에는 언제나 우비 작업복 차림으로 촉각을 곤두세우고 있던 갑판장을 필두로, 갑판원들이 부리나케 뛰어 올라와 양망 준비 대열을 갖췄다.

"야 이 자슥아. 후딱 못 올라오나."

화장실에 들렀다며 늦게 뛰어 올라온 윈치맨은 선장의 호된 지청구를 들어야 했다.

양망 작업은 정확히 투망의 역순이었다. 윈치로 끌줄부터 감아올렸다. 전개판을 갤로우스 거치대에 걸어 고정시키고, 갓다리며 후릿줄이며 그물과 연결된 로프들을 분리하면서 날개그물부터 천천히 끌어 올렸다.

저층 그물이라면 원통그물부터 끝자루까지 몇 번 오O자형 밴드로 묶어 끌어 올리면 되겠지만, 엄청나게 크고 긴 중층그물이라 꽤 시간이 걸렸다. 다행히 기상이 좋아 파도는 잔잔했다. 갑판장이 부릅뜬 눈으로 살폈으나 날개부터 원통까지 그물이 상한 흔적은 없었다. 쌍안경으로 선미 쪽을 살피던 승현이 외쳤다.

"선장님, 저 뒤에요. 끝자루가 솟아올랐습니다."

등판 그물을 결박할 때쯤 선미에서 사오십 미터나 떨어진 그물 끝자루가 수면 위로 부상했다. 바다 뒤편을 노려보던 갑판장이 브릿지를 향해 수신호로 원호를 그었다. 곧 확인될 것이지만 여하튼 상당한 고기가 그물에 든 것 같았다. 선장이 의자를 박차고 벌떡 일어섰다.

"그렇지, 바로 이거다."

벌써 트롤 윈치에 부하가 걸렸다. 신음을 내뱉듯 끼익 끼익 금속성 마찰음을 내고 있었다. 입가에 저절로 미소가 번졌다. 육칠 년만의 일이었다. 다시 바다로 나와 첫 투망 한 시간 만에 고기 한 자락을 걷어

올렸다. 자신이 못내 대견스럽기까지 했다.

정오가 가까워지는 시각이었다. 천천히 끝자루를 당겨 슬립 웨이에 걸쳤다. 갈매기들이 그물 위를 얕게 날며 끼룩거렸다.

끝자루를 들어 올리는데 이십 분 넘게 소요되었다. 윈치맨이 클러치를 옮겨 센터 블록에 기어를 넣었다. 갑판장이 팔뚝 굵기 와이어로 끝자루 입구 밴드에 후크를 걸었다. 덩치로 볼 때 눈어림으로도 30톤가량이 넘는 고기였다. 배 전체가 앞뒤 좌우로 들썩거렸다.

1.5미터 간격 와이어밴드로 둘러싼 35미터 길이 끝자루가 부상하는 잠수함 동체처럼 갑판을 가득 채우며 가까스로 올라왔다.

"와이구야, 풀로 다 찼네. 고기가 입빠이다."

모두 환호성을 내질렀다. 연돌 아래 통로에서 기관장과 기관 당직 부원들도 머리를 내밀고 마른침을 삼키고 있었다. 신규 선원들이 신기한 광경에 눈이 휘둥그레져 끝자루 쪽으로 다가섰다.

"물러서라, 이 새끼들아. 그물이 머금은 물 다 빠질 때까지 기다려라."

선원들이 그물에 깔리는 사고를 우려한 갑판장의 일갈이었다. 거대한 김밥을 만 것 같은 우람한 끝자루가 꿈틀거리듯 이리저리 갑판 위를 굴렀다.

갑판장이 끝자루 입구를 포스트 센터 블록에 매달았다. 1갑원이 갑판 뒷부분에 있는 피시 폰드로 통하는 해치커버 Hatch cover-상하 개폐가 가능한 유압식 수밀문를 열었다. 햇살이 갑판 위로 쏟아져 내렸다. 흘러내리는 고기를 쪼아 먹기 위해 게걸스럽게 모여든 갈매기들이 눈을 희번덕거렸다. 갑판에 쏟아질 먹잇감을 노리는 갈매기들의 동작은 매섭고 재빨랐다.

끝자루 입구 후크 밴드를 데리크 크레인Derrick crane, 기중기으로 높이 달아 올렸다. 엄청난 무게에 윈치가 찌익하며 과부하 음을 토해 냈다. 갑판장이 끝자루 그물 게스지퍼 형태 끝 매듭 잠금 로프를 풀어 젖혔다. 그물 꽁무니가 스르르 열렸다. 앵글에 단단한 나무판자를 겹겹이 쌓아 올려 둑처럼 둘러싼 피쉬 폰드에 고기를 들이부었다. 끝자루 속 고기들이 폭포수처럼 물보라를 튀기며 쏟아졌다. 수십 톤 고기 하중에 널뛰기를 하듯 선수가 들렸다 내려앉았다.

처리실에 대기 중이던 처리장이 눈을 부릅떴다. 잠시 고기 더미를 살피고 선내전화로 브릿지에 눈대중으로 가늠한 어황 보고를 했다. 목소리가 한껏 들떠 있었다.

"거의 다 전갱입니다. 이천 팬Pan- 10~15킬로 들이 스테인리스 트레이 형태 넘게 담길 것 같네예. 씨알사이즈도 좋습니다. 잡어 섞인 거는 통삼치하고 기름상어 정도인데 몇 마리 안 되겠습니다."

처리실이 부산해졌다. 고기들이 힘차게 펄떡댔다. 몇 처리원들이 피쉬 폰드로 뛰어올랐다. 나무판자 재질 밀대로 땀을 뻘뻘 흘리며 고기들을 나열 작업대로 밀어냈다.

나열 작업대로 옮겨진 고기들을 처리원들이 팬에 사이즈 별로 선별해 담기 시작했다. 고기들은 아직 목숨이 붙어있었다. 길길이 몸을 뒤틀며 날뛰는 몸짓에 제대로 담아내기가 쉽지 않았.

"안 되겠네. 전기 감전으로 기절시키자. 다들 잠시 물러서 봐라."

기관장이 용접기 전기선을 끌어들였다. 피쉬 폰드 바닥에 스파크가 일며 불꽃이 튀었다. 물고기들은 통증을 느끼지 못한다는 설도 있지만,

제대로 전기 충격을 받았는지 수십 톤 고기들이 펄쩍 뛰는 바람에 선미가 들썩거렸다.

첫 작업이라 우왕좌왕하며 사이즈 선별과 다데나열의 의미작업이 더디게 진행되었다. 선원들 사이를 뛰어다니며 고기 담는 시범을 보이고, 일정하게 유지해야 하는 무게를 확인하느라 고래고래 소리치는 처리장이 목이 잠길 지경이었다.

선도유지를 위해 처리 작업을 서둘러야 했다. 담긴 고기들은 서둘러 급냉실에 입고해 돌덩이처럼 얼려야 한다. 급냉실 패널 온도는 영하 60도였다. 흥에 들뜬 선장이 마이크를 잡았다. 쩌렁쩌렁한 음성이었다.

"다들 욕봤다. 첫 방이니 취침조 전부 다 깨워서 후딱 처리해라. 술 한잔 내려 줄 테니 나눠 마시고 작업을 서둘러 상해서 내버리는 고기 없게 해라."

갑판원들이 다시 투망 준비를 위해 그물을 사렸다. 워낙에 크고 길이가 긴 중층그물이라 시간이 많이 걸렸다. 선장이 승현을 보고 웃었다.

"봐봐라, 니 말이 틀렸다. 그물이 찌그러진 게 아니고, 고기가 많이 들어 그물이 처지면서 스피드가 떨어지고 넷 레코더가 안 나왔는 갑다. 안글나?"

사홉들이 소주 한 박스를 처리실로 내려보냈다.

조업이 시작되면 일분일초가 아까워 술 한 잔도 마음 놓고 편안히 마실 상황이 되지 않는다. 우비 작업복에 고무장갑을 낀 선원들이 정신없이 고기를 담는 중이었다. 사관들과 조리장이 미리 따라둔 잔을 들어

떠먹이듯 마시게 하고, 안주까지 손으로 집어 입에 넣어 줘야 하는 모양새다.

아무려나 첫날 첫 투망에 대어를 한 상황이라 모두들 신바람이 났다. 조리장이 살아 있는 전갱이로 회를 떴다. 통삼치 살을 발라 튀긴 부침개 안주 접시를 들고 실항사와 조리장이 처리실을 돌며 술을 쳤다.

"욕들 본다. 내가 한 잔씩 더 따라주께."

선장이 맨발에 슬리퍼 차림으로 달려 내려갔다. 선원들을 독려한답시고 직접 술 한 잔씩을 다시 돌렸다. 어선에서 고기 많이 잡는 것처럼 신명 나는 일이 따로 있으랴. 자갈치 어물 좌판 같은 열기가 넘쳐흘렀다.

급하게 두어 잔 들이킨 소주에 모두 흥이 올랐다. 선원 하나가 전갱이 꼬리를 잡고 팬을 두드리며 노래 한 자락을 뽑았다. 강원도 어느 항구 장돌뱅이 출신이었다. 시도 때도 없이 분위기도 아랑곳 않고 노래를 불러제끼는 통에 꾀꼬리라는 별명을 얻어 걸친 선원이었다.

'진또베기', 풍어를 기원하는 어촌마을 상징물인 '솟대'의 사연을 읊은 노래였다. 주워들어 익힌 곡조에 이리저리 뜯어 맞춘 가사라지만 구성진 가락이 제법 그럴듯했다.

어촌마을 어귀에 서서 마을의 평안함을 기원하는
진또베기-
오리 세 마리 솟대에 앉아 물불 바람을 막아주는
진또베기-
모진 비바람을 견디며 삼재의 재앙을 막아주고

말없이 마을을 지켜온

진또베기-

어허허허허허허허 어야디야

풍어와 풍년을 빌면서 일년내내 기원하는

진또베기-

배 띄워라 노를 저어라

파도가 노래한다 춤을 춘다.

진또베기-

오리 세 마리 솟대에 앉아 천재지변을 막아주는

진또베기-

세찬 눈보라를 견디며 바다의 심술을 막아주고

묵묵히 마을을 지켜온

진또베기-

어허허허허허허허 어야디야

풍악을 울려라 만선이다 신나게 춤을 추자 풍년이다.

진또베기 진또베기-

모진 비바람을 견디며 삼재의 재앙을 막아주고

말없이 마을을 지켜온

진또베기

어허허허허허허허 어야디야

풍어와 풍년을 빌면서 일년내내 기원하는

진또베기

어허허허허허허허 진또베기-

트랜스미터 배터리를 갈아 끼우고 다시 투망을 서둘렀다. 그나마 한 번 해 본 투망질이랍시고 이번에는 제법 손발이 맞았다. 어디서 기록이 나와 큰 고기가 입망이 되었는지 몰랐다. 첫 방을 끌며 어장도에 기입했던 코스대로 그물을 끌었다. 선장은 연신 함박웃음을 머금고 있었다.

오후가 되자 조수가 바뀌었다. 앞 방향으로 물살이 일며 예망 속력이 또 떨어졌다. 피치Pitch, 스크루 각도와 RPMRevolution per minute-주기 1분간 회전수을 더 올렸다. 연돌에서 각혈하듯 검은 연기가 쿨럭거렸다. 주기 회전계 지침이 비명을 지르며 무섭게 상승했다. 보다 못한 기관장이 단걸음에 브릿지로 뛰어 올라왔다. 뒤따라 물이 뚝뚝 듣는 우의 차림 갑판장도 브릿지 뒷문을 열고 들어섰다. 기관장이 먼저 미적거리며 입을 열었다.

"…선장님, 암만해도 주기에 무리가, 헤드에 균열이라도 간다면…."

"뭐라고요? 물속에 요리조리 도망 다니는 고기 덮치려면 글마들 보다 배가 빨라야지 그게 뭔 소리요. 옛날 북양에서도 내가 엔진 쬐께이 더 썼지만도 별 탈 없었다 아니요?"

목청을 높이며 되받아치는 선장의 서슬에 기관장이 움찔하고 물러섰다. 이번에는 갑판장이었다.

"아무래도 그물이 너무 커서 장력이 너무 센 것 같습니다. 윈치나 톱 롤러가 삐거덕거리고 아까 양망 때 감아보니 와프가 늘어질 것 같이 많이 새깁니다. 북양에서는 배도 훨씬 더 크고 와프도 두께 32밀리 이상 쓴다 아닙니까, 우리 와프는 28밀리밖에 안 되는데…. 중층그물은 어디 한군데 매듭이 터져도 덱끼Deck-상갑판가 좁아 펼쳐서 찾기도 어렵겠는데요."

기관장과 달리 할 말은 다 하는 사람인 갑판장이 덧붙였다.

"여기 어장은 저층 그물로 충분합니다. 저질도 좋고 해서 그물 사고도 잘 안 나고요. 내 보기에 중층그물 계속 쓸 거면 암만해도 엔진에 무리가…."

방금 대어를 한 선장의 들뜬 기분을 망치는 말이 되고 말았다. 의자에서 벌떡 일어난 선장이 눈을 부라렸다.

"갑판장, 지금 고기 잡지 말자는 소리가? 똑똑히 봤다 아이가. 이리 고기가 많은데 망고가 고작 5미터밖에 안 되는 저층 그물 쓰자고? 기관장도 잘 들으소. 엔진 조금 더 올린다고 주기 안 부러지요. 일년내내 중층그물만 쓸 것도 아니고 몇 방만 더 해 볼테니 가만 있어보소. 알겠는교?"

어쩔 수 없었다. 절대 권위와 책임을 가진 선장 말을 따를 수밖에. 산전수전 다 겪은 그들이지만 떨떠름하게 물러서야 했다. 승현도 고개를 절레절레 흔들었다. 갑판장에게 어쩔 수 없겠다는 눈길을 보냈다.

브릿지를 나서며 기관장이 갑판장에게 나직이 말했다.

"보래이, 저 무대뽀 뭔 일이 터져야 정신 차릴라카나, 괴기야 잘 잡니 해도 저 똥고집은 아무도 못 말린다. 지가 아이구야 안되겠구나 생각들기 전에는 택도 없겠네…."

휘청거리는 배로 두 시간 더 그물을 끌었다. 네트 레코더 상 그물 전개 형태는 여전히 불안정했다. 다시 승현이 행여 그물이 해저에 닿으면 상할 수도 있겠다는 의견을 냈으나 선장은 콧방귀도 뀌지 않았다. 입망 기록이 별로 없는데도 고기가 많이 든 것은, 산재한 작은 어군들을 거대한 중층그물로 포위해 쓸어 담듯 긁어버린 결과라는 생각은 바뀌지 않았다.

두 번째 양망을 했다. 첫 방보다는 못했지만 반 절쯤 되는 15톤 정도 고기가 올라왔다. 장력을 견디다 못해 와프 끝자락에 몇 가닥 철사 가시가 돋아났다는 갑판장의 보고를 선장은 들으려 하지도 않았다.

첫날 성적으로 만족할 만한 결과였다. 하루 최고 냉동 처리능력이 50톤 정도였다. 급냉실에 네 시간씩 얼려 돌처럼 단단해진 고기들을 탈팬알맹이 고기만 두고 팬과 트레이 제거 처리해 두 블록씩 비닐 백에 싸고, 카톤 박스Carton box-골판지 상자에 담아 자동 밴딩기로 결박하는 포장 작업도 순조롭게 진행되고 있었다.

초저녁 노을이 내리기 시작하는 시간이었다. 선장이 다시 투망을 지시했다.

"해 뜨고 해질 때가 고기 잡기 제일 좋을 때 아이가. 한 방 더 하고 표박漂迫-엔진을 끄고 배를 띄워두는 상태 처리하자."

하루 처리량을 다 채웠는데도 에이 참, 하는 갑판장의 푸념은 엔진 소리에 파묻혀 버렸다.

아뿔싸, 욕심이 과했던지 억지로 다시 밀어붙인 투망에서 대형 그물 사고가 났다. 세 시간 정도 그물을 끄는 중이었다. 네트 레코더가 다시 먹통이 되고, 우현 톱 롤러가 한 번 부르르 떨더니 갑판에 와프가 축하고 처졌다. 갑자기 배 스피드가 현저히 빨라졌다.

"어엇, 이기 와이라노…."

선장이 놀라 탄식을 내뱉었다. 또 긴급 양망이었다.

오른쪽 후릿줄Hand rope이 끊어진 것 같았다. 갑판장 우려대로 장력을 견디지 못해 물속에서 터져버린 결과였다. 그나마 와프가 절단되어 전개판까지 잃지 않은 게 천만다행이었다. 한 시간 넘게 걸린 긴급 양망에 가까스로 끌어 올린 그물은 만신창이가 되어 올라왔다. 역시 다행으로 트랜스미터와 부이들은 그대로 그물에 부착된 상태였다.

왼쪽 한편으로 그물을 겨우겨우 끌어 올려야 했다. 적정속도를 내지 못해 그물이 처지면서 해저에 닿았고, 장력을 못 이겨 터져버린 후릿줄이 물속에서 채찍질 하듯 그물을 때려 찢은 것 같았다. 날개그물 매듭 망사가 뜯기면서, 쌀가마니 매듭이 한 땀만 뜯어내면 쭉쭉 풀리듯 일직선 형태로 자루 끝까지 터져버렸다.

"에이 씨바. 결국 이 사단이 났네…."

갑판장이 가래침을 긁어 뱉어냈다. 겨우 끌어 올린 상처투성이 그물을 앞에 두고 땅이 꺼져라 한숨을 내쉬었다. 고가의 그물이 걸레 조각처럼 찢어발겨진 상태였.

선원들이 망지와 속구를 연결해 1주일이면 한 틀을 꾸밀 수 있는 저층 그물과 달랐다. 어망공장에서 완성망 형태로 제작한 몇천만 원 가치의 그물이었다. 이 배 갑판에서는 조금씩 펼쳐서라도 터진 부위를 찾아낸다는 게 어려울 지경이었다. 찾아낸다 한들 망지나 보망사나 부속품 규격과 재질이 달라 수리하기도 힘든 상황이었다.

연돌 통로에서 이 광경을 지켜보던 기관장은 속으로 쾌재를 불렀다. 그로서는 천만다행인 상황이었다. 입가에 번지는 미소를 아차 하는 마음에 재빨리 감추며 속으로 중얼거렸다. …잘됐네. 이제는 엔진 무리하게 돌릴 시름은 덜었네….

같은 배를 타고 고기잡이에 나섰지만 각자의 고유영역이 충돌하는 경우가 이럴 때였다. 고기를 잡아 올려야만 하는 선장과, 엔진을 안전하게 돌리고 유지해야 하는 기관장의 상반된 입장이었다.

선장이 머쓱해졌다. 혼잣말로 욕설을 내뱉고는 침실로 내려가 버렸다. 별다르게 작업 오더 받을 것도 없었다. 초사 박동수가 마이크를 잡고 하나 마나인 뻔한 지시를 했다.

"갑판장. 엔진 끄고 배 띄울 테니 저층 그물로 교체하시오, 내일 새벽 투망 준비 차질 없도록."

대충 몇 절로 접듯이 상한 중층그물을 뭉쳐 연돌 통로에 쌓아 올렸다. 저층 그물을 끄집어내 준비하는데 두 시간 넘게 소요됐다. 열 명 넘는 갑판원들이 그물 작업에 동원되어 처리실 인원이 모자랐다.

급냉실 동결 시간에 맞춰 대기하느라 열 시간을 넘긴 고기는 벌써 흐물거리며 선도가 떨어지기 시작했다. 상품 가치를 잃어 애써 잡았다 버린 고기가 5톤 남짓이었다. 고기 사체를 먼저 차지하려 끼룩대며 싸우는 갈매기들 울음소리가 뱃전에 요란스레 퍼져나갔다.

제법 힘을 실은 바람이 일기 시작했다. 물마루가 들썽대며 너울이 일었다. 표박 상태인 배가 롤링Rolling-좌우동요으로 휘청거렸다.

기지장과 교신 시간이었다. 물속 일을 누가 알랴, 그물 사고 건은 언급하지 않고 첫날 40톤 넘게 고기를 잡았다는 소식만 박동수가 간단히 전했다. 기지장이 반색을 했다.

"그래요, 수고했어요. 역시 명 선장님이 다르네요. 내일 교신합시다.

아웃."

기지장도 선장과의 교신은 왠지 거북해 일찍 교신을 끊었다. 여하튼 첫날 좋은 결과가 있었다니 다행이라는 생각이 들었다. 씁쓸한 미소를 흘리며 혼잣말로 중얼거렸다.

"흥, 그래도 제법이네, 다른 회사 배들 실적은 그저 그렇던데 정말로 이광조가 이름값은 하는 모양이지."

배에서는 이곳저곳 예기치 않은 소소한 문제들이 발생했다.

고기 머리 절단용 회전 톱날에 2기사2등 기관사가 엄지손가락 지문 부위를 베였다. 몇 마리 섞여 올라온 스내퍼Snapper-참돔를 반찬 고기용으로 다듬으려 시험 작동시키다가, 면장갑이 톱날에 씹힌 채 빨려 들어가며 일어난 사고였다. 옆에 섰던 조리장이 재빨리 전원을 끄고 팔을 당겨 빼냈기에 천만다행이었다. 상처는 그리 깊지 않았다. 지혈하고 소독한 후에 봉합사로 세 바늘을 꿰맸다.

탈팬 때 급냉실에서 얼린 돌덩이 같은 고기 팬을 놓쳐 선원 하나가 발등을 찍혔다. 이 또한 다행으로 두꺼운 방한화가 충격을 삼켜 단순 타박상에 그쳤다.

박스에 어종과 사이즈를 마킹할 고무도장용 잉크를 급냉실 옆에 보관하는 바람에 얼어버렸다. 임시방편으로 처리장이 매직펜으로 일일이 손 글씨로 써서 해결했다. 급냉실 입고 대기로 나무판자를 사이사이 끼워 쌓아 둔 팬들이 무너져 전부 세척하고 다시 담아야 하는 소동도 있었다.

컨베이어 벨트나 급냉실과 포장실 계기들이 첫 작동으로 여기저기 삐그덕댔다. 노련한 기관장의 지휘로 그때그때 작업을 중지하고 하나씩 조정해 나갔다.

조업 첫날 야식은 라면이 아니었다. 전갱이 구이와 참돔회가 깔리고 매운탕에 적신 밥 한 덩이씩을 내놓았다. 바다 냄새가 물씬 풍기는 상차림이었다.

이튿날부터 가볍고 날렵한 저층 그물로 본격적인 조업을 시작했다. 그래도 물속에 펼쳤을 때 입구 너비와 앞뒤 길이가 200미터 가까운 그물이었다. 며칠이 지나자 선원들 모두 단순 반복되는 작업 형태에 익숙해졌다. 그럭저럭 순탄한 조업이 진행되었다.

보고 형태도 타 어장과 달랐다. 어획이 많은 날이나 적은 날이나 대충 평균치로 나누어 전문으로 어획 보고를 보내는 방식은 허용되지 않았다. 현지 수산청에서 제공한 일지 양식 Fishing log book을 사용해야 했다. 그물질 한 방 한 방 때마다 투양망 지점 위치와 어종별 정확한 처리량을 기록하고, 기지에 따라 구두보고도 병행하는 방식이었다.

언제부터인지 슬그머니 다른 한국 배들이 교신을 회피하는 눈치가 보였다. 젊은 선장들에게 거칠 것 없이 하대하는 이 선장 말투가 그들의 비위를 긁은 것 같았다.

"선장님 잘 주무셨습니까? 오늘도 고기 많이 잡으시기 바랍니다."

아침 투망 때 올라온 선장들이 VHF로 이 선장에게 인사를 올렸다.

"그래, 백두산이가? 아이고 헷갈린다. 그냥 마 선명 부르지 괜히 별명들을 지어가지고 골 아프게 하노. 내 적어논 것 보고 교신하네. 보래이, 고기라는 거는 개나 소나 잡는 기 아니고 수덕水德이 있어야 되는기라…."

모두가 청취하고 있는 공동밴드 교신이었다. 다들 존대하며 경어를 사용했으나 새카만 후배들이라는 단순한 생각에 예사로 반말을 했다. 이런저런 정보 제공에도 너희가 뭘 안다고 나를 가르치려느냐는 식이었다. 한번 말문이 터지면, 옛날 자신의 명성을 상기시키는 고리타분한 무용담 같은 이야기를 끝도 없이 늘어놓았다. 겉으로는 예의를 갖췄지만 모두 대화가 거북한지 교신을 꺼리게 되었다.

극지방에 가까운 고위도 어장이라 바다 쪽 기상은 험한 편이었다. 시도 때도 없이 크고 작은 저기압들이 몰려와 바다를 들쑤셔 댔다. 아직 경비정과 조우는 없었지만 어쩌다 한 번씩 연안경비대 정찰기가 출동했다. 사진 촬영이라도 하는지 근접 비행으로 공중을 맴돌다 사라지고는 했다.

하루 서너 번 방질에 꾸준히 고기가 잡혔다. 어군이 밀집한 어장에 벌 떼처럼 모여 그물을 끌어대는 아프리카 어장과 달리, 한꺼번에 많이 잡아 올린 고기들을 처리하고 상품화하는 냉동능력이 관건일 정도로 고기가 많은 어장이었다.

이러구러 한 달 정도 조업에 600톤 넘는 고기를 잡아 올렸다. 어창을 다 채우고 입항 시점이 다가왔다. 리틀턴 항구 앞에 닻을 내린 일본 냉동운반선으로 전재轉載, Transhipment-화물 이적를 위해 뱃길을 돌렸다.

기지와 교신 시간이었다. 다음 항차 주부식이며 카톤 박스와 비닐, 포장재 주문과 전재 후 ETAEstimated Time of Arival-입항 예정 시간을 알려줄 참이었다. 선장과 직접 교신해야겠다는 기지장 목소리가 침울했다. 서로 고깝고 불편해서 특별한 사항 외에는 대부분 항해사나 통신장에게 교신을 맡겼다. 하지만 입항 시점도 다 된지라 마지못해 송수신기를 잡은 선장에게 안상수가 나직이 말했다.

"안타까운 소식입니다. 초사 박동수의 와이프가 세상을 떠났답니다…."

잠시 침묵이 흘렀다. 곁에 선 통신장이 헛기침을 했다. 몇 번 눈을 껌벅대던 선장이 말했다.

"…알았다. 골 아프게 됐네. 귀국한다 할지 모르겠네…."

명복을 빈다느니 안타깝다느니 하는 언급도 없었다. 원래가 그랬다. 속마음이야 후배 항해사 안사람 부음에 짠하고 가슴이 아려왔지만, 도대체가 겉으로 정제되고 살가운 말이라고는 뱉어 낼 줄 모르는 사람이었다. 그러고는 곧바로 엉뚱한 사설이 늘어졌다. 자기를 봐라. 사업이 망해 집구석 개판이 났어도 훌훌 털고 다시 바다로 나오지 않았냐부터, 뉴질랜드어장도 한번 해보니 별것 아니라는 둥 밑도 끝도 없이 말이 길어졌다. 안상수는 한숨을 한번 내쉬고 고개를 절레절레 흔들었다. 급한 일이 있어 외출해야 한다는 핑계로 서둘러 교신을 끊었다.

만선을 한 배가 귀항을 위해 밤바다를 갈랐다. 작업에 지쳐 널브러졌다가, 입항주 삼아 배급된 몇 잔 술에 입을 적신 선원들이 오랜만에 깊은 잠에 빠져들었다.

리틀턴Lyttelton 부두 - 항구는 떠나는 곳이다

아내의 부음을 들은 박동수는 별 동요도 없이 덤덤했다. 갑판으로 나가 담배를 물고 한참을 서성거렸다.

"…그래, 잘 가라, 저세상에서 편히 쉬거라…."

옅은 파도가 일렁이는 바다를 향해 우두커니 서서 아내를 생각했다. 젊은 항해사 시절, 연중 따뜻한 북아프리카 기후도 모르고 크리스마스 선물이라며 보내줬던 털실로 짠 목도리가 눈앞에 파도처럼 어른거렸다. 창백한 얼굴에 속눈썹이 긴 눈을 내리깔면서, 자신의 몸이 좋지 않으니 제 곁을 떠나라는 말을 하며 울먹거리던 그녀였다.

선장 발령을 받고 귀국해 연락을 끊은 그녀를 기어코 찾아냈다. 집안의 반대를 무릅쓰고 결혼을 강행했다. 힘든 임신에 겨우 태어난 아들도 건강이 좋지 않아 어릴 때부터 병치레가 잦았다. 대서양 선장 노릇으로 번 돈에다, 가족을 지키려 바다를 버리고 작은 수산회사에 근무하며 모은 돈까지 병원비로 다 갖다 바쳤다. 아내 병간호와 열 살 아들 수발까지 여동생에게 부탁하고 다시 인생의 새 출발로 이 배를 택했었다. 고개를 젖히고 담배 연기를 길게 내뿜었다. 전재를 마치고 입항해서 귀국한다 해도 벌써 장례는 마친 후일 것이었다.

 뜬눈으로 하루를 꼬박 어떻게 해야 할지를 생각했다. 자꾸만 아들이 눈에 밟혔다. 어린 녀석을 혼자 두고 바다에서 파도와 싸워나갈 자신이 없었다. 별다른 계획 또한 없었다. 여하튼 제 손으로 자식을 건사하며 육지에 빌붙어 살아야 하는 게 하늘이 내려 준 운명이라는 생각이 들었다. 다시 바다로 나선 지 석 달 만에 그는 새로운 꿈을 접기로 했다.

 승현이 입항 전 준비 사항을 점검하면서, 식당에 전 선원들을 모아 이 사실을 알렸다. 모두가 안타까워하며 가불 처리로 십시일반 조의금을 모으기로 했다. 말단 선원 생계비 조 월급이 20만 원이 안 되던 시절이었다. 선원들 각 1만 원, 항해사들과 통신장, 기관 사관들이 각 2만 원씩 모으기로 합의를 봤을 때였다. 승현이 혼자 3만 원으로 올리자 갑판장이 끼어들었다.

 "옛소 1항사님, 인연이 짧았네요. 한 배 같이 탔던 초사님한테 쪼금 더 없는 게 멋쩍지만 나도 3만 원으로 합시다."

 상황에 어울리지 않는 이야기지만 1갑원이 주절거리는 말에 모두가 씁쓸하게 웃어야 했다.

 "갑판장님, 나도 더 할라카니 안되겠읍니다. 봉투 받아 들고 쥐꼬리만 한 돈에 와 몇만 원이 비었노 하면서, 또 뭔 노름이나 했을까 마누라 앞뒤 재보지도 않고 회사에 들이닥쳐 거품 물까 봐 겁이 나서 못 하겠네요. 나중에 정산금 나올 때까지 생계비만 가지고 살라카믄 집구석이…."

조의금 리스트를 정리했다. 회사로 보낼 전문을 다듬던 통신장이 승현을 찾았다.

"1항사, 이걸 우짜요? 선장님이 빠졌네…. 깜박하셨는지 아니면 부조 안 할라 하시는지 도통 말씀이 없는데 얼마 내실라요 묻기도 그렇고…."

"…작성한 리스트 보여드리고 이렇게 전문 보냅니다, 하면 뭐 어떡해라 말씀이 있지 않겠어요?"

결국 선장은 조의금을 보태지 않았다. 통신장의 전문을 건성으로 일별하고, 박동수의 서너 해 후배들인 다른 배 선장들까지 각자 5만 원씩 부조 처리 전문을 날렸다는 교신이 나왔을 때도 묵묵부답으로 넘겨버렸다. 승현과 통신장은 고개를 갸우뚱했다. 사업 실패로 너무 돈에 찌들어 손이 오그라든 것인지는 알 수 없었으나 어하튼 씁쓸한 여운을 남긴 일이었다.

전재를 위해 운반선과 접선하는 과정에 작은 사고가 발생했다. 선장의 접선 미숙이 원인이었다. 만선 때마다 바로 부산항으로 입항해 도선사와 예인선들 협조를 받아 접안 했던 경험뿐이라, 사실 바다 위에서 자체 접선이라고는 처음이었다.

닻을 놓은 정선 상태로 떠 있는 운반선에 접근하면서, 지상에서 택시 부리듯 타각을 너무 급하게 휘둘렀다. 운반선에서 현측에 늘어뜨린 에어 펜더Air fender- 충돌방지 쿠션용 대형 고무주머니를 지나쳐 운반선 선수루를 약하게 들이받았다. 육중한 크기 운반선에야 외판 페인트가 벗겨지며 작은 흠집이 난 정도였지만, 본선 선수 핸드 레일이 깨지며 일그러졌다.

"에이 씨바…."

얼굴을 붉히며 화만 내는 선장을 진정시키고 승현이 조선해서 배를 붙였다. 앞 어기 선배 선장이 항해사들 실력을 쌓게 한다며 몇 차례 기회를 줄 때 정신을 바짝 차리고 접선해 봤던 경험이 효과를 봤다.

일본 선장이 브릿지에서 DS 호를 내려다보고 있었다. 그가 놀랐다는 표시로 장난처럼 손가락으로 머리 위에 맴을 돌렸다. 조롱 같기도 한 동작이었다. 머쓱해진 선장이 연신 헛기침을 했다. 기관장이 투덜거리며 조기장과 함께 용접기를 들고 선수 외판을 수리하러 나섰다.

양쪽 배 쌍방의 카고 윈치 고리를 연결하고 어창 문을 열었다. 훅하고 공중으로 솟구쳐 오르는 냉기가 안개처럼 피어올랐다.

"이런 니미럴, 고추까지 얼어붙게 생겼네."

선원들이 줄지어 어창으로 내려갔다. 영하 20도를 밑도는 온도였다. 양말을 겹겹이 신고 방한복으로 단단히 중무장한 차림이었다. 너무 긴 시간을 추운 공간에서 보낼 수도 없어 세 시간 단위로 교대 조를 편성했다.

어창에서 운반선으로 넘기는 작업만 하는 단수 전재였다. 유럽 운반선들처럼 자선에 최소 항해 인원만 싣고 다니며, 작업선과 운반선 양쪽 배에 모두 작업선 선원들을 투입하는 복수 전재와 달랐다. 수당은 톤당 10불로 책정되어 있었다. 600톤가량 어획물이니 도합 6만 불 정도 액수였다. 직위 고하를 막론하고 승선 인원수에 따라 균등 배분해야 했다. 생계비와 최종정산금과는 상관없이 항차 당 천 삼백 불이 넘는 순수한 가외 수당이었다.

80박스씩 어창에서 쌓아 올린 목고Sling-삼태기형 그물보자기가 공중에 매달린 펀칭백처럼 춤을 추며 양쪽 배를 쉼 없이 왕복했다.

"자, 이것들 먹어가며 하소."

교대 시간마다 조리장이 주전자에 뜨거운 커피와 딸기잼을 바른 식빵을 새참으로 날랐다. 통신장이 신경을 곤두세워 호루라기를 불며 수신호를 했다. 행여 고기 박스가 공중에서 추락하는 사고가 있을까 조심해야 했다. 돌덩이처럼 얼려진 박스가 떨어진다면 안전모를 썼다 해도 돌이킬 수 없는 인명사고로 연결되기 때문이었다.

다행히 전재 기간 내내 날씨는 양호했다. 운반선 일본 선원들도 다소 빠르다 싶은 본선 작업속도에 뒤처지지 않고 신속하게 짐을 잘 받아줬다. 하루 반에 걸쳐 600톤 어획물 환적을 끝냈다. 쌍방이 비교한 전재 물량 검수도 일치했다. 선장과 초사를 대신해 승현이 협정서에 선박 스탬프 날인을 했다.

운반선에서 선물이라며 신선한 오렌지 두 박스와 냉동 찹쌀떡이 넘어왔다. 답례로 냉동 배추김치 한 캔과 반찬용으로 얼려둔 참돔 한 박스, 그리고 일본 선장이 너무 좋아한다는 조용필 노래가 담긴 카세트 테이프를 넘겼다.

"헤이, 좃또맛떼. 일본 친구야 인마, 내 좀 봐봐라."

이선離船 준비 중인 갑판에 기관장이 뭔가 빠트린 게 있는지 부리나케 달려 나왔다. 한쪽 손가락으로 동그라미를 만들고 다른 손은 손가락을 세워 손짓발짓으로 열심히 무언가 설명을 했다. 뜻이 통했는지 일본 통신장이 알았다는 듯 껄껄 웃었다.

"하이, 오케이. 와까리마시타."

종이가방에 담긴 포르노 테이프를 서로 주고받았다. 귀중한 자료가 담긴 책 뭉치라도 교환하듯 기관장이 흐뭇한 표정을 지었다.

엔진을 올리고 계류라인을 하나씩 렛고시켰다. 정지 상태 운반선을 그대로 있게 하고 본선만 미속 전진으로 배를 떼어냈다. 양쪽 선원들 모두가 갑판에서 멀어져 가는 서로를 향해 손을 흔들었다. 이것도 짧은 만남과 이별이었다. 서로의 안전 항해와 만선을 기원하는 뱃놈들만의 소박한 인사였다.

뱃머리를 항구로 돌렸다. 선장은 다시 한 항차 한 달 넘게 이도 닦지 않고 세수도 하지 않은 몸을 씻는다며 샤워실로 향했다. 때밀이로 낙점된 싸롱보이 김 군이 곤혹스러운 표정을 지으며 뒤를 따랐다.

한 시간이 넘는 목욕을 마치고 나온 김 군이 담배부터 피워 물었다. 파도 속에 휘청대며 밥하고 나르는 것보다, 선장과 단둘이 샤워실로 들어가 때밀이할 때가 제일 힘들고 역겹다는 말을 뱉어냈다. 때를 밟고 미끄러지는 바람에 뒤통수가 깨질뻔한 적도 있었다. 그의 볼멘소리에 선원들이 킬킬대며 웃었다.

정오 무렵 입항을 했다. 다음 항차 대비용 포장 박스 몇만 장이 미리 부두에 부려져 있었다. 갑판장이 퉤 하고 침을 뱉었다.

"이런 젠장, 들어오자마자 쫓아낼 궁리부터 하나…."

첫 만남부터 틀어져 버린 선장과 기지장의 관계를 모르는 바 아니었다. 하지만 한 달 넘게 고생하고 들어온 선원들을 서둘러 다시 내보낼 생각만 하는 것 같아 언짢은 마음이었다.

배에 오른 기지장은 선장에게 형식적인 겉치레 인사만 하고 항해사들을 브릿지로 불러올렸다. 업무 회의 같았으나 일방적인 지시 사항들이었다. 무슨 말인지 알아듣지도 못할 선장을 아예 대놓고 배제해 버린 모양새였다. 선장은 헛기침을 하며 사관 식당에 홀로 앉아 있어야 했다. 알아들을 수도 없는 TV를 켰지만 신경이 브릿지 쪽으로 곤두서 있었다. 박동수를 일별한 기지장이 단 한마디 위로의 말도 없이 사무적으로 간단히 말했다.

"초사는 오늘 저녁 귀국 편이야."

박동수가 알겠다는 듯 고개를 숙이고 브릿지를 내려갔다. 기지장의 눈이 승현을 향했다.

"머리 아픈 일이 생겼어. 다음 항차에 현지인 옵서버Observer 두 명이 승선하기로 했어. 이곳 수산청 명령이니 받아들여야 해."

조업선 입장에서는 번거롭고 피곤하기 짝이 없는 일이었다. 외국 입어선들이 규정을 준수하는지 여부와, 어장조사 같은 연구 활동을 겸하기 위해 감시원을 태운다는 말이었다. 일분일초가 아까워 서둘러야 하는 게 고기잡이였다. 샘플 채취다 어획량 계산이다 작업을 지연시키고, 상품 가치가 없어서 버려야 할 어종들까지 포획량을 보고한 후 얼려 보관해야 하는 등 불편한 일이 하나둘이 아닐 것이었다. 기지장의 말이 계속 이어졌다.

"또 하나, 앞 항차 전갱이는 전량 한국으로 보내고, 다음 항차에는 현지 합작 회사 몫으로 호끼Hoki-새꼬리 민태와 헤이크Hake-민대구류를 잡아야 겠어. 호끼는 급식용 생선가스 용도로, 헤이크는 피쉬 스테이크 가공용으로…. 고기라는 게 잡아봐야 하는 거지만 일단 한 뱃짐 채워도 우리가 확보한 쿼터를 넘지는 않을 거야. 그래서 현지판 고가 어종을 타겟으로 한다니 정부에서 옵서버를 태우기로 한 것 같아."

그리고 박동수가 귀국하니 승현을 초사로 진급시킬 것이라는 말을 했다. 인사 규정상 당연히 그래야겠지만, 이 또한 선내 최고 인사권자인 선장의 재가 절차를 건너뛴 통보라 거북한 모양새였다. 합작사 측에서 선원들을 가공공장으로 초대 해 구경을 시키고, 간단한 다과라도 대접하겠다는 제안이 있었지만 촉박한 출항 일정을 구실로 정중히 거부했다는 말도 덧붙였다. 차라리 역으로 그들을 초청해 짧은 시간에 배를 한 번 둘러보게 하는 것이 시간 절약이 될 거라는 말이었다.

사실은 선장이 또 합작사 사람들에게 바쁜 선원들 불러놓고 술도 한 잔 주지 않느냐 어쩌냐 엉뚱한 행태를 보일까 두려웠던 게 그 이유였다.

포장 박스를 싣는 작업을 마친 갑판장이 보고를 위해 브릿지로 들어섰다. 갑판장 눈인사에 기지장이 선수 치듯 말했다. 눈길은 여전히 승현에게 두고 있었다.

"기분이 좀 그랬겠지만 빨리 쫓아내려는 게 아니고, 포장재 공장 생산 일정에 맞추다 보니 미리 준비해 뒀던 거야. 어때 이박삼일이면?"

말이 좋아 이박삼일이지 정오 입항에 새벽 출항이라면 체류 기간은 하루 반나절에 불과했다. 조용히 듣고 있던 승현이 이건 좀 아니다 싶어 조심스레 입을 열었다.

"아니, 기지장님, 말씀하신 것들 모두 선장님하고 의논하셔야지, 저희보고만 말씀하시면…."

안상수가 미간을 찌푸렸다. 뭐라 말을 하려 할 때 갑판원 하나가 브릿지로 뛰어 올라왔다.

"1항사님, 누가 왔는데 뭔 말인지는 못 알아묵겠고 마대 두 포대 내려놓고 바로 갔습니더. 만져보니 떡국 썰은 것 같은데예….”

내려가 확인해 보니 검붉은 피가 맺힌 녹용을 썰어 담은 부대였다. 모두가 의아해했지만, 앞 항차 식사 때 웃지 못할 기억을 떠올린 기지장이 혼자 씁쓸한 웃음을 흘렸다. 녹용 사업자 이우성 씨의 선물이었다. 이 선장의 무례에도 그때 오갔던 말을 잊지 않고 녹용을 보내 준 것이었다.

"선장님께 말씀드리면 아실 거야."

그가 승현을 끌고 몇 발짝 걸어 자신의 승용차 문을 열며 나직이 말했다.

"초사도 귀국하니 자네가 차기 선장도 해볼 마음가짐으로 정신 바짝 차리고 일해 줘야겠어. 아무것도 모르고 고함만 질러대는 선장님이 피곤하겠지만….”

선장과 대질하기도 귀찮다는 표현이면서 아기 어르듯 꼬드기는 말투였다. 승현은 아무 말도 하지 않았다. 겨우 첫 항차를 마친 상황에 자꾸만 꼬여가는 일들이 부담스러웠다.

분위기를 아는지 모르는지 선장이 침실로 승현을 불렀다. 자신을 소닭 보듯 하는 기지장에게 슬며시 부아가 치밀어 올랐다. 만선으로 입항을 했는데 선장에게 회사나 집으로 전화라도 연결해 줄 마음도 없는 듯했다. 한국에서처럼 한 항차를 마치고 귀항한 선장에게 거하게 차린 술판 대접도 아예 없을 것 같았다. 그저 형식적인 눈인사에 그치고는 지시 사항이나 계획 같은 것도 항해사들에게 툭툭 던지듯 하고 내빼버렸다.

"야, 기지장 글마 뭐라카더노? 아새끼가 건방져서 나도 얼굴 맞대기 싫다. 뭐 고기 잘 잡았다고 칭찬은 없더나?"

악취 때문에 숨이 막힐 것 같았다. 내색을 할 수도 없어 재빨리 하달받은 지시 사항을 전달했다. 선장이 연이어 선하품을 뱉어냈다.

"그래? 난 뭔 말인지 모르니까 니가 앞으로 잘 알아서 해라. 잔말들은 니가 글마 상대하고, 알겠제?"

녹용 건을 보고했다. 선장이 표정을 바꾸며 껄껄 웃었다.

"녹용쟁이 글마는 아가 된 놈이네. 사람을 알아보는구먼, 허허."

오후에 선원들의 쓸쓸한 배웅을 뒤로하고 박동수가 배를 떠났다. 승현의 어깨를 한번 토닥거리고는 차에 올라탔다.

"간다. 고생해라…."

어린 후배에게 짐을 떠맡긴 것 같아 왠지 미안한 마음이었다. 떠나는 마당에 별다른 격려의 말도 떠오르지 않았다. 기지장은 나타나지도 않았다. 공항으로의 차편도 대리점 현지 직원을 보낸 것에 대해 모두 섭섭한 마음이었다.

선원들에게 상륙비와 전재비를 지급했다. 오랜만에 청수 목욕을 마친 선원들에게 교대로 외출도 허락했다. 아홉 시면 문 닫을 준비를 하는 부두 앞 퍼블릭 바Public bar-목로주점 식 호프에서 미니 당구에 흑맥주 한 잔이 고작이겠지만 모두 휘파람을 불며 배를 나섰다.

말이야 자기도 상대하기 싫다 했지만 선장은 갈수록 심기가 뒤틀렸다.

"이놈 봐라. 나 알기를 발바닥 때로 아는가 본데 이걸 어찌 혼을 좀

내줄까. 아니지, 명색이 기지장인데 벌써 그럴 수는 없고 좀 더 지켜봐야겠네…."

우두커니 맥주잔을 앞에 하고 앉은 자신의 처지가 처량했다. 녹용 달인 물이라며 조리장이 대접을 들고 왔지만 마시고 싶은 마음도 없었다. 승현을 시켜 선내 비상전화로 기지에 연락을 넣어보라 지시했다. 소식을 기다리고 있을 아내와 국제 전화라도 한 통화 하고 싶은 마음에서였다.

직접도 아니고 승현을 통해 돌아온 대답이란 게 또 걸작이었다. 미리 선수를 치고 나왔다. 이 나라는 가족 중심 사회라 늦은 저녁이면 모두 문 닫고 갈 데도 마땅찮으니, 입항 첫날인 오늘은 푹 쉬며 피로를 풀라는 말이었다. 내일 합작사 사장과 직원들이 배로 견학을 갈 것이고, 그 전에 기지 사무실로 모셔 본사와 집으로 전화 연결해줄 생각이라 했다. 어찌 들으면 사려 깊은 듯한 대답에 대꾸할 말도 딱히 없었다. 뒤이은 말은 승현까지 욱하는 감정이 올라오게 만들었다.

"참, 주부식 신청서 검토했는데 불필요한 것들이 많은 것 같아서 내가 좀 줄였어. 바다에 나가면 고기가 지천이라 반찬거리가 널렸는데 쓸데없이 왜 이러지? 원가절감이란 말도 있잖아, 경비를 조금이라도 줄여야 할 것 아니야…."

선장이 우두커니 버티고 앉았으니 항해사들은 외출은 언감생심으로 허한 마음을 달래며 배를 지켜야 했다. 같은 부두에 접안한 소련독립국가 연합으로 분리되기 전어선 항해사가 방문해 서로 어장도를 비교하며 정보를 잠시 교환했다.

현지인 건달들이 오토바이 굉음을 울리며 부두를 떠들썩하게 왔다

갔다 했다. 뒤이어 마오리족 여자 몇이 배에 들이닥쳤다. 덩치가 웬만한 남정네 저리 가라 할 몸집들이었다.

"렛쯔 고우 파티Let's go party. 남자 몇 보내 주라. 우리가 데리고 놀다 귀선시간까지 탈 없이 데려다주겠다."

여자 목소리에 귀가 번쩍 뜨인 당직조 선원들이 현문으로 모여들었다. 대낮부터 맥주병을 들고 혀 꼬부라지는 소리를 해대는 그녀들을 무조건 쫓아내기도 난감했다. 다음을 기약하자는 투로 둘러대느라 승현이 곤욕을 치렀다. 역시 배를 지키고 있던 갑판장의 일갈에 선원들 모두 입맛을 다시며 물러서야 했다.

"이놈들이 암놈 냄새 맡으니 눈깔이 뒤집히나? 이것들 따라갔다가는 그 뭐라 하노, 마리화나가? 아편에 뽕 가고 고추 잘릴지도 모른다. 그나저나 이런 도라무깡드럼통들하고는 그 생각도 나다가 쑥 들어갈 것 아이가. 아무리 여자가 귀해도 이런 것들 하고는 돈 싸 들고 와도 나는 파이다…."

우스갯소리로 지구상에서 남반구 즉, 대양주나 남미, 그리고 아프리카 같은 데는 남자가 귀해 대접받는다는 말이 있다. 아프리카는 끝없이 일어나는 내전 같은 전쟁으로 인해 남자들이 씨가 말라 그렇다 하고, 남미 쪽은 경제가 흔들려 먹고살기 위해 나라를 떠나는 남자들이 많아서 그렇다 했다.

전 어기에 남미 우루과이에서 만났던 현지 교민의 믿거나 말거나 농담 같은 설명이 가장 그럴듯하게 승현의 기억에 남아있었다. 과학적인 진위는 알 수도 없고 알려 하지도 않았다. 아프리카를 제외하면 육식에 와인을 즐기는 식습관으로 여인네들 몸이 여자아이를 잉태하기 쉬운

산성 체질이라는 것을 원인으로 꼽았었다.

경찰차 경적이 부두의 고요를 깨트렸다. 밤 열 시가 넘은 시간이었다.

퍼블릭 바에서 배급 때 빼돌렸던지 숨겨 나간 소주를 맥주에 타 마시고 폭탄주에 혀가 꼬부라진 선원 세 놈이 끌려왔다. 문 닫을 시간에 술 더 내놔라 고래고래 소리 지르다 쫓겨나고, 노상 방뇨에 노래를 부르다 주민 신고로 경찰이 출동한 해프닝이었다. 경찰들을 밀치는 몸싸움이 문제가 되었는데 승현이 머리를 조아리며 사과한 끝에 그들은 별말 없이 돌아갔다. 갑판장이 세 놈에게 무기한 금주령에 세 항차 상륙 금지와 화장실 청소라는 엄벌을 내렸다.

두 번째 경찰차가 또 하나 어이없는 소동을 싣고 왔다.

배에서도 손에 꼽히는 뺀질이 두 놈이 고개를 숙이고 호송차에서 내렸다. 수갑까지 채워져 있었다. 호송 경찰이 손수건으로 땀을 훔치며 말했다.

"이 사람들은 무전취식의 죄를 범했다. 신원보증을 하고 피해자에게 적절한 보상만 해준다면 즉시 풀어주고 싶다."

자초지종은 이러했다. 크라이처치 시내까지 택시로 진출해 여기저기 기웃대던 두 놈이 '사우나'라 일컫는 '마사지 클럽'에 들어갔다.

그곳에는 마사지 걸들 서비스가 메뉴별로 옷 입은 채면 얼마, 상의를 벗으면 얼마 이런 식으로 값이 매겨져 있었다 했다. 뭐라 뭐라 말할 때마다 이 친구들이 무조건 오케이라 여자들이 긍정으로 알고 2차 손님으로 둘을 받았단다. 계산할 때가 되자 돈 내놔라 해도 오케이, 돈 안 주면 신고한대도 오케이, 경찰을 부른다 해도 오케이 판으로 아예 소통 불능이었던 모양이었다.

촌놈들이 시쳇말로 백마까지 타 보고는 그야말로 배째라 판이었다. 처음에는 어르고 달래다 답답해 속 터진 아가씨들이 그냥 적선한 셈 치고 돌려보내려 했다. 하지만 밀치고 당기는 몸싸움 중에 실수로 한 놈이 바지 주머니에서 상륙비 지폐뭉치를 바닥에 떨어뜨렸다.

그걸 집어 들고 도망치려는 놈들의 행태에 그만 열 받은 아가씨들이 육탄공격을 감행했다. 지은 죄가 있는지라 대항은 못 하고 여자들 신고로 경찰에 인계된 사건이었다. 외국인들이라 혹시 모를 대외적인 문제가 있을까 그 자리에서 돈을 빼앗아 지불하지는 않았다 했다. 배까지 끌고 온 경찰들 수고가 가상했다.

떼먹은 화대를 놈들에게 받아 지불하고 선원수첩을 제시해 신원보증을 했다. 경찰도 귀찮은 사건이 해결되었다는 홀가분한 표정으로 돌아갔다. 눈치만 살피며 떨고 선 두 친구를 갑판장이 껄껄 웃으며 쥐어박았다.

"에라이 순 날강도 같은 놈들아. 원래 책값, 약값하고 꽃값은 떼먹는 게 아니다. 근데 이쪽 가스나들은 착하네. 이것들도 인간이라고 일마들을 믿고 한 번씩 줬던가베. 라스팔마스나 딴 데는 선불 아니면 택도 없다. 허허, 선진국은 뭐가 달라도 다르네. 그나저나 이눔아들이 출항신고를 잘해서 다음 항차도 고기 많이 잡힐 거다."

그리고 승현에게 담배를 권하며 말을 이었다.

"우짭니까, 쥑이지도 못하고, 이것들 고기 잡을 때 제일 힘든 일만 내가 시킬겁니다. 허허."
 갑판장 나름대로 기준이 있었다. 술로 인한 사건은 엄벌에 처하고, 동료들에게 직접적인 해가 가지 않거나 작업에 지장이 없는 범위 내에서는 벌칙이 관대했다. 경을 칠 줄 알았다가 살아난 두 놈이 안도의 한숨을 내쉬었다.

 이튿날은 흐렸다. 을씨년스러운 날씨에 부두마저 조용했다.
 오전 내내 첫 항차에 사고 난 충층 그물을 부두에 펼쳐놓고 점검을 했다. 결국 엄두가 나지 않아 수리를 포기할 수밖에 없었다. 기지에 알려 합작사 창고에 보관하기로 결정했다.
 점심 무렵, 썩 내키지 않는 불편한 표정으로 기지장이 들러 선장을 픽업해 갔다. 오후 세 시에 합작사 임원들과 가공공장 직원들이 견학차 방문할 거라는 말을 떨떠름하게 남겼다. 기관장이 승현을 찾았다.
 "초사. 김갑식이 있잖소. 나이 많은 기관 부원, 이 인간 손바닥하고 뺨에 물혹이 난 게 심상찮은데 병원 함 데불고 갔다 와 주소."
 입항 며칠 전부터 나타난 증상이라 했다. 또 하나 의무병 출신 선원에게 포경수술을 했는데 상처가 덧났다는 젊은 기관 부원이 머리를 긁적이며 브릿지로 올라왔다. 바로 대리점 차를 호출해 그들을 데리고 병원을 찾았다.
 시 외곽에 있는 병원은 한산했다. 영국 공주 이름을 딴 공립병원이었다.
 인본주의 시스템이라 무료에 가까운 의료요금체계였다. 영주권자니 시민권자니, 구분도 없이 의료서비스를 제공하고 장애 치료와 재활까지도 연계되어 있지만, 딱히 의료기술이 발달했다든가 만족할 만한 서비스는 아니었다. 우수한 의료진을 확보하지 못한 공립병원 시스템 문제였다. 수입이 더 많은 호주나 영국으로 진출해버려 의료진이 부족하다는 말도 있고, 개인의료보험을 선호해 치료 기술이 월등한 사설 병원을 찾는 경향이 있다 했다.

병원 입구로 들어섰다. 어기적거리며 걷는 포경수술 선원을 보고 안내 간호사가 미간을 찌푸렸다. 옷 갈아입기도 힘이 들어 기름때에 전 작업복에서 나는 냄새 탓이었다. 한국동란 당시 휴전선 미군 이동 의무부대를 배경으로 펼쳐지는 코미디물 'MASH'가 방영되고 있을 때였다. 한국을 찢어지게 가난한 후진국으로 그리는 내용에다, 원조 군사까지 파병했던 역사를 가진 그들이었으니 빈국貧國의 구차한 뱃놈들로 여겼음이 틀림없었다.

"오우, 지져스Oh, jesus…."

돋보기안경을 쓴 늙은 의사가 터져 나오는 웃음을 꾹꾹 삼켰다. 송이버섯 모양으로 부풀어 오른 실패한 포경수술 부위를 소독하고, 몇 바늘 다시 덧대는 식으로 치료를 마쳤다. 물혹 환자를 검진하고는 고개를 갸우뚱거렸다. 단기간에 육류를 갑작스레 많이 섭취하는 바람에, 지방이 넘쳐 올데갈데없이 두 부위에 모여 부풀어 오른 것 같다는 다소 미심쩍은 진단이었다. 한참을 눌러보더니 통증은 없다는 말에 바로 마취 연고를 발랐다. 집도용 칼과 핀셋으로 후벼 파듯 콩알만 한 지방 찌꺼기를 끄집어내는 간이수술을 했다.

배에서는 또 한 바탕 법석이 기다리고 있었다.

어제저녁 외출하지 못한 당직조들을 낮시간에 내보내 줬는데 몇 놈이 또 사고를 쳤다. 우체국에 들러 개별 부스Booth로 들어가 한국으로 국제 전화를 걸었다 했다. 통화를 끝낸 후 소요 시간을 확인하고 요금을 지불해야 했는데 어수선한 틈을 타 그냥 내빼버린 일이었다.

우체국 직원들이 씩씩거리며 배로 들이닥쳤다. 억울하게도 외국 뱃놈들 국제전화비까지 자신들이 게워 내야 할 지경이었다. 하지만 다 그 놈이 그놈 같고 찾아낼 수도 없었다. 2항사가 요금명세서를 받아놓고, 곧 방문해 변상하겠다며 사정해 일단 돌려보냈다고 보고했다.

승현은 한숨부터 한 번 내쉬었다. 외출조들을 불러 다그칠 생각으로 마이크를 들었다. 하지만 벌써 범인을 색출한 갑판장이 브릿지로 그들을 끌고 올라왔다.

"이놈들입니다. 전화 끝나고도 전부 멀뚱히 아무 말도 없길래 선진국은 국제 전화도 공짜인가 보다 하고 와버렸다네요."

갑판장이 담배를 뽑아 물고 눈을 부라렸다.

"그게 말이냐 막걸리냐? 개소리 말고 돈들 내놔라. 어제부터 이 새끼들 연발로 사고 치는데 내가 이제 슬슬 열 받기 시작하네요. 나라 망신도 한 두 번이지 아무리 못 배운 뱃놈들이라지만 내 이것들 데리고 2년 보낼 생각 하니…."

갑판장이 가슴을 치는 시늉을 했다. 그 서슬에 겁에 질린 몇 놈 표정을 보니 되레 갑판장을 달래야 할 지경이었다.

승현은 갑판장에게 벌칙을 위임한다는 의미로 그저 웃고 말았다. 2항사에게 요금을 들려 우체국으로 보냈다. 3항사를 시켜 외출 시 부적절한 행동을 각별히 주의하고, 귀선시간 엄수 등 선내규율을 재차 강조하는 공고문을 식당에 부착하라 지시했다. 바람 잘 날이 없었다. 시원한 맥주라도 한잔 들이켜고 싶은 마음뿐이었다.

어느 노老시인의 말이 생각났다. 젊은 날 세파에 지쳐 항구에서 자살을 시도했으나 실패했고, 그를 구조한 어느 일본 배 선장이 꾸짖으며 던져줬다는 그 말.

-항구는 죽는 곳이 아니라 떠나는 곳이다.

담배를 피워 물었다. 영 단어 기회Opportunity의 어원이 라틴어 '항구 밖에서Ob portu'로부터 비롯되었다는 말을 떠올렸다. 입항을 위해 밀물 때를 기다린다는 의미였다.

얼핏 귀국한 선배 박동수까지 떠올린 승현은 다르게 해석하고 싶었다. 항구는 그곳에서 부대끼며 살거나 하는 순응과 일탈의 장소가 아니라, 기회의 공간인 바다로 다시 떠나기 위해 존재하는 영역이라고.

타니화^{Taniwha} - 바다의 정령^{精靈}

약속했던 오후 세 시였다. 정확한 시간에 여러 대 승용차들이 부두에 도착했다. 선장과 기지장이 합작 회사 손님들을 배로 이끌었다.

남의 시선을 의식하지 않고 실용성을 중시하는 국민성답게 거의가 일본산 경차들이었다. 복장은 검소하고 수수했다. 굴뚝산업이라 일컫는 1차 산업이라고는 거의 전무한데다, 적은 인구에 크지 않은 소비시장 영향으로 대부분 소비재를 수입에 의존하고 있었다.

"초사, 견학 준비 잘 되어있지?"

기지장은 귀한 손님들을 태우고 온 만큼 애써 밝은 표정을 지었다. 회사로부터 무사히 첫 항차 조업을 마친 데 대한 치하라도 들었는지 선장도 미소를 머금고 있었다. 임원들로 보이는 제법 나이 든 몇 남성들에 이어 마오리족과 백인이 뒤섞인 여자들이 흰색 위생복을 입은 채 배에 올랐다. 선장이 또 엉뚱한 소리로 기지장 비위를 긁는 말을 내뱉었다.

"옛날에 한국에서는 배 근처에 여자들 얼씬도 못 하게 했다. 가스나들이 올라오면 재수 없다 카는데 우짜노, 로마에 가면 로마법을 따르라고 여기서는 할 수 없지."

기지장은 대꾸도 하지 않았다. 승현에게 손님들을 안내해 배를 구경시키도록 했다. 이 나라 어선 규모라야 낚싯배 수준을 넘어서지 못하는 형편이었다. 가공 처리시설까지 갖춘 대형어선이 신기한 구경거리가 될 법도 했다.

아니나 다를까 여자 목소리가 들리자 기관장을 선두로 선원들이 갑판에 몰려들었다. 기관장이 승현의 옆구리를 찔렀다.

"초사, 야들 기관실 구경은 안 할란가? 배에서 제일 중요한 게 바로 엔진인데…."

일행을 브릿지로 데리고 올랐다. 먼저 배 규격과 어획물 처리량에 대한 설명부터 시작했다. 모두 눈동자를 깜빡거리며 그의 말을 경청했다. 스무 명 가까운 방문객들로 브릿지가 북적거렸다. 실항사를 시켜 설탕 대신 뉴질랜드산 꿀을 섞은 커피를 한 잔씩 권했다. 한 모금씩 맛을 본 그들이 엄지를 치켜세우며 '베리 굿'을 연발했다.

조타륜을 돌아가며 한 번씩 잡아보게 했다. 그리고 육지에서와 달리 바다에서는 왼쪽과 오른쪽을 '레프트Left'와 '라이트Right'가 아니라 '포트Port'와 '스타보드Starboard'로 일컫는 이유를 설명했다. 옛날 범선들 방향타方向舵, Rudder가 오른쪽 선미로 약간 치우치게 건조되는 바람에 왼쪽으로만 접안이 가능해 항구를 뜻하는 '포트'가 좌현이 되고, 바다 쪽으로 시야가 열린 오른쪽에서만 별을 관측했기에 '스타보드'가 우현으로 굳어졌다는 이야기였다. 그들은 승현의 이야기를 흥미로워했다.

어탐기며 레이더 같은 계기들을 신기한 듯 바라보는 방문객들에게 간략한 작동법을 일러줬다. 색깔별로 어군을 찾는 어탐기 원리를 설명하고, 레이더 화면을 순서대로 한번 들여다보라는 말을 끝냈을 때였다. 검은 머리칼을 어깨까지 늘어뜨린 여자가 손바닥을 승현이 보이게끔 들어 올렸다. 혼자만 사복 차림으로 뒷줄에 섰던 젊은 여자였다. 눈길이 마주친 승현이 물었다.

"Any problem?"

질문이 있냐고 묻는다는 게 무슨 문제라도 있냐는 말이 되어버렸다. 승현이 웃으며 농담 삼아 덧붙였다.

"미안하지만 우리 배에는 여성용 화장실이 없다. 급하다면 남자 화장실을 써야 하고 문 앞에 보초를 세워주겠다."

모두 왁자하게 웃음을 터뜨렸다. 여자도 가지런한 이를 드러내며 미소를 짓더니 그게 아니라는 듯 고개를 좌우로 휘저었다.

"No. 그 문제가 아니다. 큰 배를 타는 항해사를 만나면 꼭 물어보고 싶은 게 있었다. 대답해 주기 바란다."

그녀의 질문은 진지했다. 항구 내에서도 아닌 넓은 대양에서 배끼리 충돌 사고가 나는 이유에 대한 것이었다. 요컨대 그 넓은 망망대해에서 부딪힐 일이 뭐가 있냐는 물음.

"…간단하다. 예를 들어 이곳 리틀턴 부두에서 하와이로 항해한다 가정해 보자. 기름을 최대한 절약할 수 있는 경제적 거리, 그러니까 최단 거리는 단 하나의 선으로 나타나고, 그것을 항로Course, Sea route라 부른다. 출발지와 목적지가 같은 많은 배들이 이 선에서 마주치게 된다. 근접해서 지나며 파도나 조류의 영향을 받을 때 언제나 사고의 위험이

상존한다. 어선의 경우는 고기가 많은 어장에 수많은 배들이 모이는 밀집 조업이 한 가지 이유가 될 수도 있겠다. Do you understand?"

간단히가 아니라 장황한 설명이 되어 버렸다. 그녀는 이해했다는 표시로 고개를 끄덕였다. 보조개가 팬 미소와 큰 눈망울이 인상적이었다.

방송으로 처리장과 몇 선원들을 처리실에 대기시켰다. 컨베이어 자동화시스템과 급냉 후 제품 포장 작업을 순서대로 실제 시연까지 해 보이며 일련의 어획물 생산 공정까지 둘러보게 했다.

짧은 견학을 마쳤다. 문구 함을 열어 3색 볼펜과 형광펜 두 다스일본어, 12자루 Dozen를 선물이랍시고 들려줬다. 물가가 높아 문구류 가격도 상당할 거라는 추측에서였다. 역시 그들도 아주 마음에 들어 했다. 갑판으로 올라왔을 때 갑판장과 1갑원이 날개그물을 손보고 있었다. 낡은 망지를 도려내고, 보망사가 감긴 대나무 바늘대로 옷감을 짜듯 덧대는 현란한 손놀림에 그들이 혀를 내두르며 감탄했다.

이제 돌아가기 위해 그들이 현문 사다리로 향했다. 아까 질문을 던졌던 여자와 승현의 눈이 마주쳤다. 그녀가 승현에게 다가왔다.

"헤이, 칩Chief-1등항해사. 할 말이 있다. 아까 당신이 화장실을 손을 씻는다는 의미로 Washroom이라 말했는데 그건 미국식 영어다. 우리는 간단히 Toilet이나 Bathroom을 화장실을 의미하는 용어로 쓴다."

영민해 보이는 눈매가 시원했고 입술이 붉었다. 한 발짝 거리로 마주 서서 보니, 물어볼 수는 없었지만 어딘지 백인과 마오리족 혼혈 같은 느낌이었다. 짙은 눈썹에 눈동자가 검고 코가 높지 않았다. 길게 이야기를 나눌 틈도 없었다. 친절한 그녀의 설명에 화답이라도 해야 할 것 같았다.

"그런가? 아직 많이 부족하다. 기회가 된다면 제대로 된 영어를 배우고 싶다. 언제고 배에 들른다면 대환영이다."

여자가 부두 뒤편 포트 힐스Port hills 언덕 사면에 원색으로 얹힌 성냥갑 같은 집들을 가리키며 말했다.

"Of course. 내 집이 바로 저기다. 다음에 한 번 배에 들르겠다."

버릇처럼 다시 한쪽 눈을 찡긋했다. 상쾌한 비음이 섞인 목소리, 그의 마음이 덩달아 가벼워졌다.

"아직 이름을 묻지 않았다. 나는 황이다. 노란색, Yellow의 의미…."

그의 눈을 똑바로 바라보며 그녀가 웃었다. 짙은 눈썹, 빨려 들어갈 것같이 촉촉이 젖은 검은 눈동자.

"이름? …타니화Taniwha. 그냥 애칭이다. 마오리족 전설에 나오는 깊은 바다 여신의 이름이기도 하고 용을 닮은 상상의 동물이기도 하다. 한국전쟁에 참전했던 외할아버지가 붙여주신…."

역시 그녀에게 원주민 마오리의 피가 일부 흐르고 있다는 말이었다. 아쉬웠지만 대화는 여기서 끝났다. 승용차에 오르며 승현을 돌아본 그녀가 손을 흔들었다. 부두에 걸터앉았던 갈매기 한 마리가 하늘로 솟구쳐 올랐다.

불현듯 가슴속에 잔잔한 설렘이 일었다. 바다에서 새벽 해돋이를 볼 때나, 차가운 바람이 짙게 깔린 안개를 몰아낸 후 햇살을 받은 잔물결을 볼 때의 느낌. 느닷없이 찾아든 익숙하지 않은 감정이었다. 고개를 뒤로 젖히며 큰 숨을 한 번 토해냈다. 몇 발 떨어져 대화를 엿듣는 모양새로 섰던 기관장이 다가왔다.

"이 보소, 초사, 잘 돼가는가 베. 내 영어 좀 가르쳐주소. 말이 안 통하니 답답해서 내 참, 아까 아줌마들 중에 곱상한 여자가 하나 있던데, 우리 합작사 직원이면 언제 또 볼 수 있을란가? 때 되면 통역 함 해주소. 내 밥 한 그릇 살 테니…."

합작사 사장 찰스가 배를 나서며 승현에게 악수를 청했다. 눈길을 맞추며 정중한 인사말을 남겼다.

"칩, 당신의 빛나는 눈에 경의를 보낸다. 언제나 행운이 함께 하기를…."

기지장은 별말도 없이 횡하니 따로 돌아가 버렸다. 웃는 얼굴로 배에 들어서더니만 선장과의 대화가 또 꼬인 것 같았다. 승현을 호출한 선장이 거품을 물었다.

"기지장 저눔아 말 내 하나도 못 알아듣겠다. 이봐라 초사, 쿼터가 뭐고 호끼라카는 고기가 또 뭐고? 물속 고기 우리 마음대로 잡으면 되는 것 아이가. 본사 전화하니 최 상무 이것도 뭐든지 기지장 말대로 해라 하던데 내가 그놈 밑으로 기란 말이가. 나는 모르겠다. 니 알아서 단디 해라."

욕설을 퍼붓는 선장 앞에서 승현은 머리가 다시 지끈거렸다. 사사건건 틀어져 버린 두 사람 사이에서 한 어기 꾸려 나갈 생각을 하니 심기가 편치 않았다.

오후 늦게 들른 부식상이 주부식 납품명세서를 내밀었다. 기지장이 양을 줄여버렸다는 최종요청서와 달랐다. 원래 배에서 전했던 양이 그대로 타이핑되어 있었다. 수정본과는 몇천 불 차이가 나는 금액이었다. 승현의 지적에 부식상은 별다른 대꾸도 없이 눈치만 살피며 우두커니 서 있었다.

날인을 보류하고 선내 비상전화로 기지장에게 이 사실을 알렸다. 잠시 말이 없더니 단순 착오로 수정 전 명세서를 가져왔을 거라며, 시간도 촉박한데 일단 사인해주면 나중에 바로 잡겠다는 답이 돌아왔다. 다음부터는 입출항 준비에 바쁠 배 측을 대신해 경비 발생 서류 일체를 전적으로 자신이 다 알아서 처리하겠다는 말까지 덧붙였다.

뭔가 미심쩍은 마음에 기관장에게도 수리 관계 서류를 챙겨보라 당부했지만, 기관장은 뒷머리만 긁어댔다.

"보소, 내 불알 털 나고 배에서 공짜 나이만 퍼 묵었는데 꼬부랑 글을 어찌 알겠소. 한국 같으면야 내 한테 바가지는 택도 없지마는…."

그리고는 또 면전에 대놓고 웃을 수만도 없는 농담 같은 말을 주절댔다.

"…이때까지 영어로 돈이 딸라Dollar인 줄로만 알았는데 1기사 말로는 뭐라더라, 머니Money라 카데. 사람은 돈이 들어도 배워야 하는데 이 노무 배만 줄창나게 타다 보니…."

말을 섞을 기분이 아니었다. 승현은 담배를 피워 물었다.

저녁 시간이 지날 무렵이었다. 현지인 옵서버 두 명이 배에 도착했다.

키가 아주 큰 '리처드'란 금발과 다부진 몸매의 '피터'라는 친구였다. 미리 비워둔 사관용 침실 하나를 그들에게 제공했다. 전 선원들을 식당에 집합시켜 간단히 상견례를 가졌다.

젊고 유쾌한 친구들이었다. 뉴질랜드 상징인 털북숭이 날개 없는 새를 칭하는 키위Kiwi 1과 키위 2로 자신들을 불러달라며 싱긋 웃었다. 키가 너무 커 침대가 불편하겠다는 우려 섞인 말을 건넸다. 리처드가 벌떡 일어서서 다리를 휙 하고 구부리며 기마자세를 취했다.

"No problem. 옵서버 경력 3년 차다. 굽히던 잘라 내던 내 다리는 내가 알아서 한다."

승현의 통역에 모두가 웃음을 터뜨렸다. 소형 트럭 한 대가 경적을 울렸다. 그들의 한 항차 간식거리인 음료수와 초콜릿, 비스킷과 시리얼 따위를 싣고 온 차였다.

"허허, 이놈들 한 달 주전부리가 우리 45명 일 년 치보다 많네, 제기랄."

갑판장이 투덜거리며 선원들을 시켜 그들 방으로 들여라 지시했다. 잠시 수군거리던 그들이 호쾌하게 절반을 뚝 떼어 선원들에게 선물삼아 내놓겠다는 말을 했다. 모두 박수와 환호로 화답했다.

갑판장이 짐을 싣는 선원들을 물끄러미 쳐다보며 승현에게 나직이 말했다.

"1항사님, 아니 초사님. 애들도 좀 넉넉하게 쉬게 하고 출항해야 하는데 너무 서두르네요. 그리고 조리장도 주문한 부식류가 적게 들어오니 불만이 좀 있을 겁니다. 자꾸 뭐가 꼬이는 것 같네요…."

따로 대답해 줄 말이 없었다. 그에게 담배를 내밀었다.

이튿날 아침은 화창했다. 따사로운 햇살이 부두에 쏟아졌다. 건너편 다이아몬드 베이Bay에 묶어 둔 요트들이 은빛 광선을 튕겨내며 번들거렸다. 이른 아침부터 급유를 서두르고 두 번째 항차 뱃길을 재촉했다.

기지장은 승현에게 옵서버 대응이며 합작사에 양도할 어종이며 차질 없이 조업해 줄 것을 신신당부했다.

와일드 퍼시픽 3
- 옵서버의 승선, 갈등의 연속

    강풍이 바다를 뒤집으며 사방팔방으로 흩어지고 있었다. 백파白波들이 벌떡벌떡 일어섰다 깨진 파두波頭가 물보라를 튀겨냈다.
    리틀턴 항에서 400마일 가까이 동으로 내처 달렸다. 채텀 섬Chatham island 해역으로 항해하는 데 꼬박 하루 반나절이 걸렸다.
    경도 180도, 날짜변경선에 걸치는 해역이었다. 국제자오선 협약에서, 영국 그리니치 천문대 중심을 본초자오선경도 0도으로 정하고, 지정 후 혼란을 최소화하기 위해 인구 밀집 지역과 토지가 없는 태평양상에 날짜변경선이 위치하게 했다. 이 선을 넘나들며 조업하더라도 날짜 조정은 필요 없었다. 해도상에 그어 본다면 돌출된 지그재그식 선으로 나오듯 뉴질랜드 부속 섬들을 같은 시간대로 묶었기 때문이었다.
    바다는 거칠었다. 몰아치는 파도 속에 투망을 했으나 연 이틀째 물방헛방이었다. 고기들이 보이지 않았다. 겨우 몇 팬 호끼와 민대구가 올라왔으나 반찬 고기 정도 양에 그쳤다. 선장은 처음 보는 어종들을 신기해했다.

고기들 점액질 피부를 단단히 붙들지 못한 선원 하나가 드레스Dress-고기 머리를 잘라 낸다는 의미용 회전 칼날에 손가락을 베였다. 통신장이 네 바늘을 꿰맸다. 스파이니 도그피쉬Spiny dogfish-기름상어 등지느러미 가시에 찔린 또 다른 선원의 팔뚝이 부어올랐다. 소독을 하고 연고를 바르는 것 외에 달리 조치할 방안도 없었다.

투양망 때마다 시간이 지체되었다. 옵서버들이 올라온 고기들 체장을 재고 개체중량을 확인하는 샘플링 작업 때문이었다. 그들의 작업방식은 철두철미했다. 말도 잘 안 통하는 선원들이지만 유쾌하게 장난을 걸고, 조리장이 얼렁뚱땅 주물러 바친 샌드위치며 으깬 감자를 곁들인 등심구이도 불평 없이 넙죽넙죽 받아먹었지만, 막상 자신들 고유 업무가 닥치면 눈빛부터 달라졌다.

승현이 기록하는 어획일지 숫자와 자신들이 샘플링으로 추산한 포획량과 일치하는지 꼼꼼하게 살폈다. 반찬 고기 정도야 눈 감아 주더라도 상품 가치가 없어, 버려야 할 손가락 크기 치어들도 그 양을 철저하게 확인하고 기록했다. 승현의 어깨를 두드리며 리처드가 말했다.

"칩, 프렌드 이즈 프렌드, 벗, 비즈니스 이즈 비즈니스Friend is friend, but, business is business…."

공과 사는 엄격히 구분하자는 말이었다. 다행히 그물이나 어로 장비에는 문외한들인지, 치어 남획을 금지하기 위해 불법 내장망Inner net-바둑판 모양 좁고 촘촘한 그물 사용이나 끝자루 그물 메쉬 사이즈Mesh size-그물코 간격를 140밀리 이하로 사용할 수 없는 규정 같은 것들은 살피지 않았다. 눈치껏 내장망을 부착해 치어까지 싹쓸이하듯 해저를 훑어버리는 한국 배들 습성을 알고 있지만, 자신들이 눈을 버젓이 뜨고 있는데 그럴 리야 있겠냐는 식이었다.

며칠 계속된 어획 부진에 선장이 속이 타기 시작했다.

"이리 고기도 없는데 엉뚱한 어종 찾아다니며 잡으라고? 그 새끼 택도 없는 소리 하고 있네. 뱃놈이 무조건 뱃짐부터 채워야지…."

지독한 입 냄새를 풍기며 눈앞에 보이지도 않는 기지장을 향해 욕설을 퍼부어 댔다.

나흘째 되는 날, 워낙 고기가 없어 일반적인 예망 코스를 한참 벗어난 수역에서 그물을 한 번 던져봤다. 그물 사고에 대비해 잔뜩 긴장하며 손톱만큼 찍히는 어탐 기록을 따라 두 시간을 끌었다. 올려본 그물에는 고기가 한 자락 들었으나 생소한 어종들이었다.

반 정도가 잔뜩 물을 머금고 가시를 곤두세워 부풀어 오른 복어였다. 당구공 크기에 머리부터 꼬리까지 희고 검은 반점이 빽빽하게 박힌 '가시복Porcupine'이었다. 아예 상품 가치가 없는 어종이었다. 나머지는 관상용 금붕어처럼 생겨 한국에 서식하는 '꽃자리'라는 어종과 유사한 분홍빛 '핑크 마오마오Pink maomao'였다.

선원들이 물줄기를 뿜어대며 갑판을 구르는 복어들을 보망칼로 찔러 터뜨렸다. 옵서버 확인이 끝난 후 버릴 수도 없어 마대 자루에 싸서 그대로 어창에 던져 버렸다. 스님의 머리를 연상시킨다 해서 '몽크피쉬Monkfish'라 부르는 아귀가 두세 마리 섞여 올라왔다. 옵서버들이 머리를 쓸어 넘기는 손동작을 하며 웃었다. 선심 쓰듯 포획된 숫자와 양만 기록할 테니 먹든지 말든지 하라는 말을 했다. 조리장이 찜이라도 할 요량으로 냉큼 주방으로 들고 가버렸다.

선장이 처리실로 내려갔다. 난생처음 보는 핑크 마오마오 몸체를 뒤집어 보며 유심히 살폈다. 승현이 앞 어기 경험상 한국 시장에 생소한 어종이라 선호도가 떨어져 채산성이 없었다고 보고했다. 선장이 엉뚱한 의견을 내놓았다.

"모르는 소리 하지 마라. 맛보기 샘플이라 잡아 보낸 양이 적었다며? 내 보니 옥돔 비스무리한 꼬라진데 한국은 대가리 붙은 붉은 고기는 다 좋아할 거다. 많은 양을 전국에 뿌려봐야 제대로 답이 나오지. 한 마리 구워 와 보라 해라. 호끼다 민대구다 헛지랄 말고 일단 뱃짐부터 채우자."

이미 정해진 합작사와의 공급 약속을 어기고 엉뚱한 어종을 잡자는 말이었다. 기지장의 신신당부를 떠올리며 승현이 반대의견을 피력했지만 일언지하에 묵살되었다.

쿼터니 목적 어종이니 자신이 이해하기도 힘든 조항들은 아예 나 몰라라 였다. 무슨 어종이든 한 마리라도 더 뱃전에 올려놓아야만 직성이 풀리는 사람이었다. 무엇보다 자신이 그물을 던지면 없던 고기도 나타난다는 그 옛날 명성을 되찾고 싶어 마음이 조급했다.

생소한 어장이었다. 드문드문 어탐기에 록Rock-암초으로 보이는 해저의 검은색 돌출지형이 나타났다. 그럴 때면 일명 '건너뛰기'로 와프를 감아 그물을 수중에 띄워 올려 지나쳤다. 입망이 보이면 전개판만 매달고 배를 반대 방향으로 선회하고, 입망 포인트 지점을 저격하듯 다시 그물을 내리는 '돌려치기'로 며칠 동안 고기를 잡아 올렸다.

씨알은 좋았으나 정해진 처리 규정이나 따로 한국식 명칭도 없는 어종이었다. 명태를 담듯 머리를 바깥쪽으로 눕히게 나열하고 사이즈도 자체적으로 구분해야 했다. 선장 지시대로 그냥 갖다 붙인 '홍볼락'이란 이름으로 나무 도장을 새겨 포장 상자에 표기했다.

기지와는 일주일 넘게 교신도 하지 않았다. 본토와 거리가 멀고 기상이 나빠 수신이 잘 잡히지 않는다는 핑계였다. 엉뚱하게 돌아가는 상황에 승현은 머리가 깨질 지경이었다.

영원히 숨길 수도 없는 일이었다. 계속되는 기지의 교신 요청에 현재 조업 상황을 실토할 수밖에 없었다. 기지장은 승현을 길길이 뛰듯 나무라며 선장을 바꾸라 했다. 하지만 선장은 아예 교신 자체를 거부해 버렸다. 거역할 수도 없는 선장의 명령이었다. 이제 승현도 될 대로 되라는 심정이었다.

아무도 건드리지 않은 어장이었던지 '홍볼락'은 꾸준히 잡혔다. 기상은 나날이 나빠졌다. 호되게 몰아치는 파도에 비틀거리는 배로 계속 조업을 했다.

드물게 잔잔한 날 옵서버들이 승현에게 면담을 요청했다. 진지한 표정이었다. 며칠을 생각해 정리한 듯 여러 질문과 요구사항을 조목조목 늘어놓기 시작했다.

사전계획과 전혀 방향이 다른 조업을 하는 것 같은데 이유를 말해 달라. 통신실 SSB로 자신들 콘트롤타워인 수산청과 교신을 하게 해 달라. 둘이 열두 시간씩 교대로 일하는데, 자신들 눈길을 피해 확인도 안 된 치어들을 처리원들이 몰래 바다로 버리는 것 같으니 강력히 시정해 달라. 매일 해수로 몸을 씻고 있지만 1주일에 한 번은 청수로 샤워하고 싶다….

몇 가지 더 있지만 투양망 때 마이크로 고함을 질러대는 선장의 시퍼런 서슬을 떠올렸는지 이 정도에 그친다는 표정이었다. 청수 목욕까지는 요구가 과했다 싶었던지 곧바로 철회 의사를 밝혔다. 승현은 대답이 궁한 자신의 위치가 한심했지만 이리저리 둘러댈 수밖에 없었다.

"오케이, 그동안 적합한 어군을 찾지 못해 임시방편으로 행한 조업이었다. 곧 정상적으로 호끼와 민대구를 잡는 어장을 찾겠다. 교신도 기상이 허락하는 대로 연결시켜 주겠다. 처리원들 행태는 즉시 시정하겠다…."

피터가 머뭇거리는 표정이었다. 중대한 결심이라도 한 듯 침을 꿀꺽 삼키고 말을 이었다.

"…칩, 미안하지만 부탁이 하나 더 있다. 우리 둘에게 주방 시설과 조리 기구 사용도 허락해 줬으면 한다."

앞으로 정해진 식사 시간을 피해 따로 식사를 하겠다는 말이었다. 바로 짚이는 구석이 있었지만 확인차 다시 물었다.

"Why? 그 이유를 말해 줄 수 있나?"

대답은 예상대로였다. 쭈뼛거리던 리처드가 헛기침을 하고는 나직이 입을 열었다.

"칩, 정말 실례되는 표현이지만 씻지 않는 선장의 몸 냄새를 견디기 힘들다. 외국인들의 독특한 체취가 염려되어 우리는 식사 때마다 겨드랑이를 씻는 등 최선을 다 하지만 솔직히…."

식사 때 선장이 즐겨 먹는 마늘장아찌며 젓갈 냄새도 그렇거니와, 선장의 몸에서 나는 악취에 그들이 애써 숨기던 역겨운 표정이 떠올랐다. 앞 어기 어느 옵서버가 한국 배 식단에서 젓갈을 지적하며 신고 비슷한 행동을 해 곤욕을 치렀던 경험도 생각났다. 말이 점잖아 상한 음식 운

161

운이지, 그대로 옮긴다면 부패한 음식이라 표현하지 않았을까 싶었던 해프닝이었다.

리처드는 주위 담을 수도 없는 말을 뱉어낸 난감한 표정이었다. 그가 다시 조심스레 입을 열었다.

"절대로 선장에게 방금 한 말이 전해지지 않기 바란다. 그래서 우리가 따로 식사하겠다는 표현이었고, 매 끼니 밥상을 두 번 차리는 수고를 덜기 위해 직접 음식을 조리해 먹겠다는 뜻이니 부디 이해되었기를 바란다."

십분 납득할 만한 말들이었다. 그렇게 조치하겠다는 언질을 줄 수밖에 없었다. 하지만 이 건으로 며칠 뒤 돌이킬 수 없는 사태가 벌어지고 말았다. 그들에게 주방 사용을 허락하고, 식사 시간에 왜 옵서버들이 보이지 않느냐는 선장에게는 일이 바빠 식사를 건너뛴다는 말로 둘러댔다.

연일 '홍볼락'이 처리량을 초과할 만큼 많이 잡혔다. 최소당직자를 제외한 전 선원들이 투입되었다. 조리장과 싸롱보이, 게다가 통신장까지도 몇 시간씩은 처리 작업을 거들라는 선장의 오더가 떨어졌다.

그 바쁜 와중에 자신들 식사를 따로 준비하던 두 옵서버가 서툰 몸짓에 접시 몇 개를 깨뜨렸다. 실수로 불을 잘 못 건드렸던지 주방 바닥 미끄럼 방지용으로 깔아 둔 카톤 박스를 태우는 작은 소동까지 일어났다. 선장이 승현의 통역을 통해 둘을 질책했다.

"이 배 선장은 나다. 이런 사고위험이 있는 독단적인 행동은 묵과할 수 없다. 바쁘거나 일에 쫓기는 것은 너희 사정이다. 여하튼 우리 선내 규율에 따라 식사 시간을 엄수해라."

이 새끼들 어쩌고 하며 쏟아낸 한국어 육두문자였다. 나름 걸러서 점잖게 전달한 내용이었다. 자신들 실수도 있는지라 마지못해 그들이 고개를 끄덕거렸다.

다음 날 아침이었다. 통신실에 기지장의 다급한 교신 요청이 있었다. 피하는 것도 한두 번이지 마지못해 선장이 송수신 마이크를 잡았다. 바로 험악한 언사가 쏟아졌다.

"형님. 정말 이러실 겁니까…."

기상도 나쁜 데다 원거리 교신이었다. 찍 찍 송신기에 묻어나오는 잡음이 심했다. 뱃전을 후려갈기는 바람 소리까지 겹쳤다. 겨우 알아들을 만한 음질에 볼륨을 최대로 높였다. 떠나갈 듯 화난 목소리가 통신실에 울려 퍼졌다.

"가공시설까지 증설해 기다리고 있는 합작사는 어쩌려고 이럽니까? 에이 참, 수산청을 통해 들은 옵서버들 보고도 엉뚱한 고기 잡고 있다는데, 제 체면이나 한국 본사 입장을 모른단 말입니까?"

선장은 선장대로 붉어진 얼굴로 씩씩대더니 그대로 송수신기를 꺼버렸다.

"이 새끼가 겁대가리 없이 선배도 모르고 함부로 떠들어 대네. 내 이번에 입항하면 최 상무한테 말해서 이놈부터 잘라 버려라 해야지…."

같이 청취하고 있던 승현과 통신장이 들으라는 듯 욕설을 내뱉고는 통신실을 나가버렸다. 승현은 통신기도 꺼버려 당장 연락할 방법도 없이 혼자 펄펄 뛰고 있을 기지장의 화난 얼굴을 떠올렸다.

한 시간 뒤였다. 기지에서 보낸 긴급전문이 도착했다. 거두절미하고 한국 본사에서도 야단이 났으니 긴급히 어장이동을 하라는 내용이었다. 통신장이 곤혹스러운 표정으로 전문을 들고 선장 침실을 두드렸다.

이번에는 선장도 어쩔 수 없었다. 본사 입장 운운에 마음이 켕기는지, 머뭇거리며 이번 방질로 '홍볼락'을 끝내고 지정하는 어종을 잡으러 가자는 오더를 내렸다. 좀 멋쩍었는지 통신장을 통해서 승현에게 전달한 내용이었다.

엎친 데 덮친 꼴이었다. 저녁 식사 때였다. 선장이 옵서버들에게 네놈들이 수산청 보고로 고자질을 했느냐는 식으로 한국어 욕설을 퍼부어 댔다. 눈치로 때려잡은 거북한 상황에 그들이 움찔했다. 눈길을 피하며 머뭇거리다 빵 몇 조각을 얹은 접시를 들고 자신들 방으로 향하는 그들을 선장이 붙들어 주저앉혔다. 불똥이 엉뚱한 데로 튀었다.

"이것들도 진짜 말 안 듣네. 바쁜 배에서 밥 차리는 것도 성가신데 그릇 들고 이리 갔다 저리 갔다 정신 사납구로."

그들을 향했던 삿대질을 멈추고 선장이 식탁을 가리켰다.

"이제부터 쌀밥에 김치만 줄 테니까 처먹든지 말든지 알아서 해라. 뭐하노 초사, 빨리 그대로 통역해라."

그때였다. 통역도 필요 없었다. 선장 말의 의미를 다 파악했다는 듯 피터가 눈을 부라리며 벌떡 일어섰다. 벌겋게 상기된 얼굴이었다.

"…칩, 대단히 불쾌하다. 지금부터 내 말을 그대로 옮겨 주기 바란다."

그의 손이 파르르 떨리고 있었다.

"우리는 정중함을 잃지 않으려 노력해 왔다. 나름 당신들에게 예의를 갖춰왔다고 생각한다. 수산청에 전달한 보고 때문에 선장이 화를 내는 것 같은데, 그게 왜 문제가 되는지 전혀 이해할 수 없다. 그리고 칩. 당신에게 부탁했듯이 우리가 밝혔던 명확한 이유로 선장과 같은 자리에서 식사를 피할 권리가 있다고 생각한다."

리처드가 애써 그를 가라앉히려 했다. 한 성질 할 것 같게 생겨 먹은 피터는 자신을 굽히지 않았다. 리처드를 밀치며 목소리를 높였다.

"존중은 아니라도 무시당하는 상황은 피하고 싶다. 규정상 우리에게 어떤 음식을 대접하라는 조항은 없을 것이다. 한국 음식도 주는 대로 먹도록 노력하겠으나, 방금 선장 말의 뉘앙스는 분명히 한국어로 욕설이지 싶은데 사과를 요청한다. 만약 욕설이 아니었다는 것을 칩이 자신 있게 증명할 수 있다면 내가 다시 사과하겠다…."

난감했다. 예민한 내용을 옮기기도 괴로운 일이었다. 저희 딴에 이런저런 불만을 참아왔는데, 먼저 건드렸으니 내친김에 한번 따져보자는 식이었다.

"…뭐라카노? 일마들."

옆구리에 팔을 얹고 일어선 피터의 기세에 선장 눈이 휘둥그레졌다. 가슴이 벌렁거렸다. 가뜩이나 이놈 저놈 이래라저래라 간섭은 많고, 말한마디에 설설 기던 옛날 배와 달리 전부가 꼬박꼬박 충고 같은 말대꾸에 화를 돋우는 장면들이 지천에 깔려있었다. 열이 오른 선장에게는 눈길도 주지 않고 승현이 계속 옵서버들과 조용히 대화를 이어 나가려 했다.

일단 화가 난 선장을 대신해 자신이 정중하게 사과했다. 지금은 상황이 여의찮으니 나중에 다시 이야기하자는 말을 건네는 중이었다. 울컥한 선장이 식탁을 손바닥으로 내리치며 고함을 질렀다.

"초사, 너 인마, 내 말이 말 같지 않나? 내 말에는 대답도 없이 이놈들하고만…."

사태가 험악하게 돌아가고 있었다. 기관장과 통신장이 옵서버들을 떠밀 듯 사관 식당에서 끌고 나갔다. 피터가 알아듣지 못할 영어로 무어라 말하며 자신들 방문을 쾅 하고 소리 나게 닫았다.

화를 주체하지 못한 선장이 승현을 브릿지로 끌고 올라갔다. 이런저런 억하심정이 엉뚱한 시간, 엉뚱한 곳에서 터져버렸다.

"니 눈에 내가 선장으로 안 보이나? 기지장 그 새끼가 나한테 달려들고, 망했다가 다시 배 타러 온 내가 영어도 못 하니 뭐 우습게 보이나? 밥도 같이 안 먹으려는 놈들하고 내내 혼자만 수군거리고, 니가 이 배 선장이가?"

승현도 울컥 가슴이 벌렁거렸다. 이제는 어쩔 수 없다는 듯 자세를 바로 하고 마른침을 삼켰다. 이 마당에 돌려 말할 것도 없다고 생각했다.

"…죄송합니다. 여러 번 나왔던 말인데, 이 친구들이 선장님과는 아무래도 같이 식사를 못 하겠다고…."

짧은 말이지만 선장은 언뜻 그 말의 의미를 알아챘다.

바다로 나서기만 하면 씻지도 않고 이도 닦지 않았다. 뱃놈이 된 이후로 자신만이 고수했던 바다를 대하는 혼자만의 독특한 의식이기도 했다. 입신의 경지에 오른 고기잡이 대가大家의 경외로운 행동으로 비쳤던 자신만의 기행이, 옵서버들의 말이었다지만 난생처음으로 새카맣게 어린 후배 항해사를 통해 불결하고 지저분한 것으로 추락하는 치욕스러운 순간이었다.

걷잡을 수 없이 눈이 뒤집혔다. 욱하며 솟구친 감정에 선장이 팔을 휘둘러 승현의 뺨을 후려쳤다.

마찬가지로 치밀어 오르는 무엇인가에 얼굴이 상기되어 있던 승현이 선장의 따귀에 울컥 코피를 쏟았다. 브릿지 바닥에 붉은 피가 뚝뚝 떨어졌다. 놀란 2항사가 화장지 뭉치를 들고 다가서며 선장 눈치를 살폈다. 정신을 가다듬은 승현의 시선이 허공을 향했다. 한 손으로 코를 싸쥐고 한숨을 내뱉었다. 솟구쳐 오르는 흥분을 애써 가라앉히는 것 같은 그 동작이 선장의 화를 더욱 부추겼다. 다시 팔을 치켜든 선장을 계단을 뛰어 올라온 통신장이 뒤에서 붙들며 급하게 제지했다.

"선장님, 선장님, 고정하이소. 이러시면…."

선장이 움찔했다. 언뜻 제정신이 돌아왔다. 순간의 화를 참지 못해 손찌검을 했다는 짧은 후회가 뇌리를 스쳤다. 하지만 울화는 쉬 가라앉지 않았다. 못난 꼴을 보였다는 자책이 스멀거리며 밀려왔지만 달리 행동할 수도 없었다. 못 이기는 척 통신장에게 이끌리다시피 브릿지 계단을 내려가며 가시 돋친 한마디를 주절거렸다.

"모두 내 말 거역했다가는 죽을 줄 알아라. 새끼들이 건방만 늘어서…."

2항사가 밀대걸레로 바닥에 흩뿌려진 혈흔을 닦으며 휴지를 건넸다.

"…초사님, 괜찮읍니꺼…."

승현이 말없이 고개를 끄덕거렸다. 휴지를 뜯어 피가 흘러내리는 코를 틀어막았다. 눈앞이 아찔하며 핑하고 현기증이 일었다. 다시 가슴에 뜨거운 것이 치밀어 올랐다.

투양망 때마다 정해진 당직 시간도 없이 쪽잠을 설치며 온 배를 휘젓고 다녀야 했던 피로가 한꺼번에 몰려왔다. 멀미처럼 욕지기가 일며 오싹하는 한기가 등줄기를 타고 흘러내렸다. 담배를 피워 물고 고개를 뒤로 젖혔다. 군 면제를 조건으로 배를 타는 특례보충역 조항에 걸린 자신의 처지, 그리고 어머니와 까까머리 고등학생인 동생을 생각했다.

왈칵 가슴이 아렸다. 자신의 꼴도 서글펐지만 지금 눈앞에 돌아가는 엉망진창 상황들이 곤혹스러웠다. 모든 것들이 엇박자로 돌아가고 있었다.

골이 넓은 물마루를 가르며 어장이동 중인 배가 천천히 흔들렸다. 밤하늘은 무심히 맑았다. 별들이 영롱하게 반짝거렸다. 담배 연기를 길게 내뱉으며 수평선 쪽으로 눈길을 줬다.

그리고 뜬금없이 그냥 그저, 아무런 근거도 연유도 없이 입항 때 만났던 혼혈 아가씨 타니화의 상큼했던 미소와 촉촉이 젖은 눈동자를 떠올렸다.

어장을 옮겼음에도 호끼와 헤이크의 어획은 부진했다. 어군 밀집도가 큰 호끼마저 큰 기록이 보이지 않았다. 드문드문 발견되는 작은 기록을 좇아 작업을 해야 했다. 갑판장도 고개를 갸웃했다.

"호끼는 들었다 하면 한 방썩인데 찔끔찔끔 잡히는 게 영 감질나네…."

그날 이후 모두가 편치 않은 심기를 애써 감추고 서로 데면데면했다. 옵서버들은 승현의 눈치를 보며 조심스러워했지만 그는 아무 일 없었다는 듯 덤덤히 대했다.

선장은 욱하는 성질에 저질렀던 화풀이 같은 행동이 후회막급이었다. 유일하게 이 어장 경험이 있는 항해사가, 결정이 쉽지는 않겠지만 홧김에 잔여 어기를 포기하고 귀국하겠다는 말이라도 나올까 슬그머니 걱정이 들기도 했다. 기관장과 통신장이 건의한 대로 의기소침해 있을 승현의 기분을 풀어줄 기회를 엿보고 있었다.

다행히 줄기찬 어탐으로 군집을 발견해 연이틀 대어를 했다. 자신들 때문에 승현이 구타까지 당했다고 여긴 옵서버들은 선심이라도 쓰듯 작업을 지연시키지 않고 약간 줄여서 쿼터 소진 양을 추산해 주기도 했다.

배를 띄워놓고 표박 처리하는 저녁이었다. 선장이 승현을 불러 위스키 한 병을 건넸다. 위신이나 체면에 사과 까지는 못하겠고, 그냥 마음이라도 알아달라는 식이었다.

"…자기 전에 한 잔씩 해라. 어쩌다 보니 그리됐다. 힘내고…."

괄괄한 성질에 나름 최대한으로 자신을 굽힌 표현이었다. 예. 눈길을 마주치지 않고 승현이 짧게 대답했다.

합작사 양도용에는 턱없이 모자랐으나 열흘 정도 작업에 뱃짐을 다 채웠다. 예정에도 없이 잡아 올린 500톤 정도나 되는 한국향 '홍볼락'은 운반선 편에 전재하고, 현지판 호끼와 헤이크 100톤 정도는 어창에 구분 적재 해뒀다가 입항해서 부려야 했다. 두 번째 항차를 마감하는 교신 때 기지장은 큰일났다며 승현에게 걱정을 쏟아냈다.

하루 반나절 걸리는 귀항이었다. 다시 있을 철두철미한 위생 검사를 위해 처리실과 거주시설을 청소하고 꿀맛 같은 휴식을 취했다. 이번 입항에는 그리던 가족들의 편지도 도착했을 터였다.

조리장이 특식을 마련했다. 매운 소스를 얹은 호끼 생선까스와 민대구 튀김이었다. 한 병씩 배급된 소주가 선원들 입맛을 돋우었다.

"…땡큐다 이놈들아, 좌우간 너거나 우리나 욕봤다."

항차를 마치고 옵서버들과 곧 헤어질 마당이었다. 선장도 어색하게 껄껄 웃었다.

저들이 평생 듣도 보도 못했던 이해할 수 없는 험악한 사단도 있었지만 그 일로 행동거지가 변할 선장도 아니었다. 선장이 누런 이를 드러내며 때에 전 손을 내밀어 악수를 청했다. 그들도 어쩔 수 없이 억지웃음을 지으며 마지못해 화답을 했다.

그간 작성한 어획 보고를 서로 비교 검토한 후였다. 승현은 사관 식당에서 그들과 함께 캔 맥주를 마셨다. 리처드의 요청으로 비디오테이프를 틀었다. 포르노가 아닌 고전영화 더스틴 호프만의 「졸업」이었다.

리처드가 말했다. 여자 친구 결혼식장에서 신부를 끌고 도망치는 장면, 손을 잡고 내달려 무작정 버스에 올라타는 엔딩을 열 번도 넘게 봤다 했다. 자신도 지금 힘에 겨운 사랑을 하고 있는데, 이 장면에서는 언제나 가슴이 뛴다며 맥주를 들이켰다.

승현이 덤덤하게 웃었다. 그리고 건조한 어투로 입을 열었다. 사랑을 얻은 주인공들보다 날벼락을 맞듯 신부를 빼앗긴 한심한 처지의 신랑이 더 애처롭고, 도망친 저 인간들 미래가 걱정스럽다는 말을 했다.

"…칩, 너는 현실주의자구나. 젊은 우리에게는 물불 가리지 않는 사랑이 먼저 아닌가?"

리처드와 승현이 눈을 마주치고 같이 쓸쓸하게 웃었다.

"고마웠다. 칩과 선원들 수고에 경의를 표한다. 여러 가지 우리가 이해할 수 없는 것들에 대해서는 언급하지 않겠다. 이번 항차 승선 리포트는 철저하게 주관을 배제하고 있는 그대로 보고하겠다. 다시 만날 수 있을지 모르겠지만 행운을 빈다."

악수를 나누었다. 각자 주어진 임무에 충실 하려 부딪쳤다 화해하고 또 서로를 격려했던 한 항차였다. 청춘은 각자에게 주어진 영역에서 각자의 방식으로 존재하기에, 그 빛깔과 무늬와 결 또한 다를 것이라 승현은 생각했다.

전 항차 입항 때 퍼블릭 바에서 마주쳤던 뉴스 화면이 겹쳐 떠올랐다. 한국에는 나라 전체가 민주화 열풍으로 몸살을 앓고 있었다. 과격한 데모와 시위 현장이 이방인들의 TV 뉴스에 자주 등장할 때였다.

최루탄이 폭죽처럼 터지는 화면 속, 전쟁의 포연을 방불케 하는 시위 현장 학생들은 눈물범벅이었다. 대치하는 젊은 전투경찰들도 울고 있었다. 누가 적인지도 모를 혼돈상태에서 서로를 공격하던 그 화면은 쉬잊을 수 없는 아픈 장면으로 남아있었.

승현은 혼잣말을 했다. 누구나 저마다의 청춘을 제각기 다른 장소에서 맞이하고 다른 방식으로 보낸다. 어쩔 수 없지 않은가. 파도를 떠다니는 젊은 뱃놈은 주어진 운명대로 바다와 싸우는 수밖에.

거미여인의 입맞춤

바다색은 하늘빛이었다. 수심이 얕은 내항의 바다는 하늘을 반사하는 거울처럼 깨끗했다. 햇살이 봄 바다에 무수한 화살처럼 내리꽂혔다. 물비늘이 반짝대며 일렁거렸다.

아카로아Akaroa 앞바다 돌고래 투어를 준비하는 소형 크루즈가 날렵한 자태로 관광객들을 태우고 있었다. 19세기 중반 영국 식민지화를 위해, 언덕이 병풍처럼 둘러싸인 이 항구에 4척의 배로 정착민 1세대가 도착한 곳이었다.

승현은 현문에 기대어 담배를 피워물었다. 차분하게 능선이 뻗은 포트 힐스 언덕 사면으로 타니화가 가리켰던 주택들 쪽에 눈길을 보냈다.

입항하자마자 선장과 기지장의 한 바탕 말다툼 소동이 있었다. 정해진 수순이었다. 기지장을 통해 들은 소식은 암울한 것들 뿐이었다. 첫 항차 한국으로 보낸 전갱이가 값싼 중국산 수입 고등어에 밀려 판매가 부진하다 했다. 이번 항차는 엉뚱하게 '홍볼락'이라는 한국향 어종을 잡는 바람에 합작사가 새로 증설한 가공시설을 놀려야 할 판이었다.

본사로부터 엄중한 질책에 침울해진 선장은 침실에서 두문불출이었다. 그나마 다행이었다. 이제 현지에서 돌아가는 상황을 어느 정도 선장이 감을 잡은 것 같았다.

점심때 선내 임시전화로 기지장에게서 연락이 왔다. 지난 일은 지난 일이고 합작사 사장 찰스가 다시 심기일전해 잘해보자며 선장과 기관장을 저녁 식사에 초대한다는 전갈이었다.

겨우 100톤 남짓한 현지판 고기들 하역을 시작했다. 현지인 하역노조들은 시간 급한 줄도 몰라 세월아 네월아 판이었다. 딱히 할 일도 없는 선원들에게 돌아가며 외출을 허락했다. 갑판장이 다가왔.

"초사님, 내일이 토요일이라 휴무 들어갈 건데 오늘 중에 하역이 끝날란가 모르겠네요. 내일은 애들 정유공장 뒤편 운동장에서 축구 시합이나 한 판 하고, 지천에 깔린 전복하고 홍합이나 따서 술 한잔하면서 놀라 합시다."

고개를 끄덕였다. 부두를 가로지른 차 한 대가 배 쪽으로 다가왔다. 멀리서 보면 딱정벌레를 연상시킬 것 같은 주황색 소형 승용차였다. 짧게 두 번 경적이 울렸다. 운전석 창이 열리며 선글라스를 낀 젊은 여자가 이쪽을 보고 손짓을 했다.

아, 타니화! 그녀임을 직감한 승현이 담배를 눌러 끄고 차로 다가갔다. 가슴이 뛰었다. 차에서 내린 그녀 손에도 담배가 들려있었다. 햇살에 눈이 부셨다.

"한 달 반 만이네 미스터 황. 하우 아 유?"

악수를 청하며 그녀가 말했다. 작고 따뜻한 손이었다. 실버 편Silver

fern이라 부르는 은빛 고사리 문양이 새겨진 야구점퍼에 찢어진 청바지 차림이었다.

"당신들 덕에 오전 근무로 일찍 일을 마쳤다."

무슨 말이지 하는 표정에 그녀가 보조개를 패며 미소를 지었다. 갈색 선글라스에 덥수룩한 승현의 얼굴이 투영되어 있었다.

"고기를 적게 잡아 오는 통에 생산 라인 일부를 멈췄거든. 난 재무 파트로 당신 배와 합작사업에 회계를 담당한다. 입항 소식을 듣고 지나가는 말이라도 했던 말을 꼭 지키라는 외할아버지 말씀이 생각났다. 일전에 내가 한 번 들르겠다고 했던 바로 그 말."

그녀에게서 옅은 민트향이 났다. 승용차가 햇살을 튕겨내며 번들거렸다. 선원들 몇이 갑판에서 이쪽을 쳐다보고 있었다. 왠지 마음이 급해진 그가 불쑥 여섯 시 이후에나 외출이 가능하다는 말을 했다. 돌아온 대답도 솔직하고 시원했다.

"오케이, 작정하고 왔다. 일곱 시, 런던 스트리트 부두박물관 앞에서. 차로 픽업은 안 되겠다. 걸어 나와라."

그리고는 얼굴을 당겨 귓속말을 건네듯 나직이 덧붙였다.

"내가 오늘 한잔하고 싶거든. 후후, 오해는 마라, 쉬운 여자는 아니다. 한국에 관심이 많은 정도로만 알아라…."

그녀가 입꼬리를 올리며 웃었다. 경적을 한 번 약하게 울리고 그녀는 돌아갔다. 선장을 픽업하기 위해 다시 들렀다가 승현과 마주친 기지장이 한숨부터 내쉬었다.

"초사, 알다시피 일이 많이 꼬였어. 일단 합작사 사장과 임원들에게는 내가 손이 발이 되듯이 빌었어. 나도 나지만 자네 마음고생도 잘 알고 있어. 어쨌건 열심히 해줘야 해."

그리고는 아무런 대답도 없이 우두커니 선 승현의 어깨를 토닥거렸다.

거리에 땅거미가 젖어 들었다. 약속 시간에 정확히 나타난 그녀는 연회색 트레이닝복 차림이었다. 손을 든 승현에게 고개를 까딱하며 다가왔다. 숨을 가쁘게 몰아쉬며 자신의 허리를 툭 하고 두드렸다.

"유You가 올 때까지 십 분 동안 거리를 달렸다. 자꾸만 옆구리 살이 붙는 것 같아서."

오래된 친구 사이같이 허물없는 말투였다. 그녀가 이끄는 대로 박물관 옆 해산물 레스토랑으로 들어섰다. 삶은 홍합을 올리브 오일에 껍질째 적셔 토마토와 바질로 버무린 요리와 풀 향기 그윽한 소비뇽 블랑Sauvignon Blanc 와인을 주문했다. 조금은 어색한 분위기를 깨려는 듯 그녀가 음식에 관한 이야기부터 꺼냈다.

"그거 알아? 마오리족이 튼튼한 심장과 관절을 가진 게 이 나라에 지천으로 깔린 로열젤리Royal jelly와 이 그린 홍합Green mussel을 섭취했기 때문이래."

전채로 나온 양파 샐러드를 보며 어떤 기억을 들추어내는 표정을 지었다.

"…외할아버지는 말야. 한국전쟁 참전 후에 돌아와 당신 나라에서 겪은 경험 들을 사람들에게 이야기해 주기를 좋아했어. 내가 어릴 적에도 식사 때 캐비지 피클Cabbage pickle, 양배추절임을 곁들이며 킴치? 맵고 짠 그런 한국 음식에 대해 들려주고는 했어. 난 한 번도 그 음식을 먹어보지 못했네. 사진으로만 봤는데 그 강렬하고도 시뻘건 색깔이 무서

웠어."

물 한 모금을 마신 그녀가 무엇인가 생각난 듯 정확하게 한 음절씩 끊어가며 아, 리, 랑, 하고 말했다. 그리고는 아리랑 첫 소절을 허밍으로 흥얼거렸다.

친절하고 자유분방하면서도 각자의 사생활은 철저히 존중하는 게 이들 문화였다. 촌스럽게 이것저것 호구조사처럼 묻기도 어색했고, 파도와 싸우는 게 직업인 젊은 항해사가 따로 꺼낼 말이 별로 없었다. 합작사의 규모를 물어보는 것 정도로 무미건조한 대화가 헛돌았다. 와인 한 모금을 삼키고 그녀가 말했다.

"찰스가 당신을 '빛나는 눈'이라 불렀어."

권위 의식을 차리지 않는 곳이라지만, 사장 이름을 자연스레 친구처럼 불렀다. 와인 잔을 든 그녀가 덧붙였다.

"찰스의 눈동자는 하늘색이지. 초점이 어디로 잡혔는지 가늠할 수도 없는 옅은 하늘색 Light sky blue."

"당신은 우리처럼 검은 눈동자 아닌가? 이곳에는 온 천지에 부드러운 파스텔풍 색들이 많이 보인다. 우리는 무채색으로 검거나 흰 색을 좋아하지."

"그는 사람을 처음 만나면 인사말로 꼭 눈동자를 언급해. 나를 처음 만난 날도 내 눈을 보며 Black이나 Dark라 하지 않고 Ebony eyes라 했었어."

사장은 합리적이고 젠틀한 사람인데, 합작사업이 시작부터 엇박자라 고심하고 있다는 말을 했다. 괜히 미안한 기분이 들었다. 레스토랑 안은 조용했다. 이 평안하고 청결하며, 침묵의 양떼구름에 둘러싸인 나라에서는 도무지 '열정Passion'이란 단어는 존재하지 않는 듯했다. 그 느낌이 통했을까, 그녀가 와인 잔을 이리저리 굴리듯 흔들며 말했다.

"단조로우며 경건하면서도 고리타분하고 답답한 곳이야, 이 나라는."

"인정, 우리 같은 뱃놈들에게는 '지루한 천국Boring paradise'이지."

"모든 게 다 그래. 심지어 영화나 드라마에서도 불같이 열정적인 사랑 같은 것은 찾기 어려워. 감정을 조절하며 진지한 대화로 싱겁고 밋밋한 사랑을 하고, 연인이 아니라 사업 파트너를 구하듯 계산적으로 조용한 결혼을 하고…."

잠시 말을 멈춘 그녀가 음식에 딸려 나온 과일 키위를 집어 들었다. 스푼으로 과육을 파내 한입 떠넘기며 말했다.

"키위 새를 떠올려 봐. 공격해 오는 천적이 없어 스스로 비상력을 잃었지. 날개가 퇴화하여 주저앉은 새, 바로 그게 이 나라 이미지야. 사탄을 상징하는 뱀이 아예 살 수도 없는 땅. 전쟁과 침략의 위험도 없이 그저 평안하기만 한…."

승현이 동의한다는 표시로 고개를 끄덕였다.

"외할아버지도 그러셨어. 그 옛날에도 한국은 '즐거운 지옥Joyful hell'이었다고. 지금의 나보다 어린 나이였는데 가슴 속에 끓어오르는 뜨거움을 주체하지 못해 다른 나라 전쟁에 지원했고, 가난한 원주민 출신에 아마추어 화가이자 연극배우였던 그는 전쟁통의 당신 나라에서 '다이내믹'을 경험했을 것 같아."

"김치를 안다고 했지? 역동적인 음식이야. 기회가 된다면 라면에 김치를 대접하고 싶네. 몸에 열기Fevers가 솟아나게 하는 음식…."

"라면?"

"응, 인스턴트 누들."

그녀가 잠시 그 음식들을 상상해 떠올려 보는 표정을 지었다.

"그래, 한 번 시도해 보고 싶어."

"우리 배 선원들이 하루에 소비하는 고춧가루는 이 도시 전체, 아니 이 나라 국민이 하루에 소비하는 양보다 많지 않을까. 하루에 5킬로그램."

그녀가 재미있다는 듯 활짝 웃었다. 승현이 말을 이었다.

"다이내믹도 식생활과 관련 있지 않을까? 화끈한 음식을 먹는 민족이 강한 근성을 가졌다는…."

"다시 인정, 마오리들 음식 항이Hangi-지열에 달군 돌로 채소, 육류를 익힌 음식나 호전적이고 용맹한 춤 하카Haka를 볼 때면 나도 피가 끓어오르는 것 같아. 그러면서 이곳이 지겹기도 하고…. 그런데 당신은 역동적인 사람?"

승현은 마오리족 럭비 선수들이 기마자세로 도열해 서서 부릅뜬 눈으로 혀를 내밀고, 자신들 몸을 두드리며 승리를 기원하는 춤을 떠올렸다. 대답 대신 승현이 그들을 흉내 내듯 불쑥 혀를 내밀었다. 그녀가 파안대소했다.

"No. 그들이 내미는 혀는 상대를 잡아먹겠다는 의미야. 그 춤은 War cry, 포효, 함성의 의미지만 전쟁의 눈물이라는 뜻도 숨어있어."

갑자기 그녀가 표정을 바꿨다. 난데없이 자신의 집안이 몰락Downfall했다는 말을 꺼냈다. 몇 번 눈을 깜박이더니 곧바로 분열Division로 어휘를 수정했다. 무거운 표현이었지만 감정이 이입되지 않은 차분한 어투였다.

자신을 이 도시와 항구로 흘러 들어온 엽서Postcard 같은 존재라 표현하며 희미하게 웃었다. 우연히 이곳에서 밥벌이For a living 직장을 얻었으며, 부두 쪽에 거처를 마련한 것은 매일 바다를 보고 싶어서였다고 했다.

조금은 울적해진 얼굴이었다. 그 기분을 떨쳐내고 싶었을까, 애써 지어낸 듯한 미소로 그녀가 승현에게 건배를 권했다.

"치어스Cheers. 우리 검은 눈동자들을 위해,"

왼손잡이였다. 잔을 들어 내민 팔뚝에 언뜻 거미 문신이 보였다. 새까만 몸통에 여덟 개 다리가 회오리치듯 손목을 휘감고 있었다. 시선을 느낀 그녀가 나직이 말했다.

"…거미, 이제 생각하니 잘못 새긴 거야. 운명의 실을 짜내 줄 걸로 여겼지만 끝내 자신이 쳐둔 거미줄을 벗어나지 못할 것 같다는 생각이 들어. 눈을 새겨 넣지 않은 것도 실수지, 확실한 의지마저 없게 한 것 같아서…."

와인 몇 잔에 낯빛을 바꾼 그녀가 승현에게 자신의 이야기를 들려 달라고 했다.

갑작스런 물음이었다. 무슨 이야기를 해야 하나, 잠시 응? 하는 표정을 지을 수밖에 없었다. 가족의 밥벌이로부터 자유롭지 못한 뱃놈들 숙명에 빗댄 자신의 처지, 아직 해결되지 않은 군 문제, 그리고 바다에서 치열한 전투와 같은 고기잡이에 대해 건조하고 짧게 말했다.

"꼭 돈 때문만은 아니야. 송두리째 내 모든 것을 맡겼으니 이제 바다가 내게 전부가 되어버렸지."

해놓고 보니 공연히 멋을 부린 잠언 같은 말이 되어버렸다. 겸연쩍어진 그가 와인을 연거푸 들이켰다. 그녀는 아직 한 번도 이 나라를 떠나본 적이 없다고 했다. 남자로 태어났다면 뱃사람이 되고 싶었으며, 외할아버지에 대한 추억 때문이라도 한국은 꼭 한번 들러보고 싶은 나라라 했다.

지도에서 찾았다며 한국과 인접한 일본에 대해 물었다. 마치 전쟁을 사랑하거나 전쟁이 일어나기라도 바라는 것처럼, 한국과 일본의 전쟁, 그리고 한국에서 일어난 남북 간 전쟁에 대해 물었다. 외딴곳의 전쟁이 외할아버지 인생에 큰 영향을 미쳤듯이, 자신의 삶에도 어떤 큰 변화나 전기가 있기를 바라는 것처럼 들렸다.

한 시간 반 넘게 둘은 사랑과 은혜, 이런 단어들은 떠오르지도 않았던지 전쟁과 이별, 지루함과 열정에 대한 말들을 늘어놓았다.

"술을 조금 했으니 내일은 5분을 더 달려야 할 것 같아."

원래가 보수적으로 틀에 맞는 생활을 하는 그들이었다. 아침 운동을 거르지 않기 위해 일찍 잠자리에 드는 습관을 이야기했다.

"이제 일어나야겠네. 나 데려다줄 수 있지? 언덕 위 칼리지 로드까지."

더치페이가 일상화된 곳이지만 그녀가 계산을 서둘렀다. 멋쩍게 선 그에게 버릇처럼 다시 한쪽 눈을 찡긋하며 말했다.

"걱정 마, 내 돈 아니야. 찰스에게 당신을 만날 거라니 자신이 대접한다 생각하고 계산하랬어. 그리고 격려하래. 칩, 당신이 잘 헤쳐 나가기 바란다고."

"…."

고맙다는 생각보다 난처한 기분이었다. 혹 배 상황이나 정보 같은 것을 알아내기 위함인가 하는 의문이 언뜻 들었지만, 그간 나눴던 대화 내용이나 일개 항해사에 지나지 않는 자신의 위치에 괜한 생각이라 여겼다. 표정을 읽은 그녀가 말했다.

"편하게 생각해. 아무런 의미 없어. 나는 돈이 많지 않은 데다 그에게서 주급으로 급여를 받는 노동자야. 휴식 시간에 마주쳐 당신을 만날 거라 했더니 그냥 건네 본 말이겠지. 그는 사업가이니까. 합작사업이 잘 굴러가기 바라는 마음에서 했던 말 일 거야."

그녀가 행낭처럼 허리에 걸친 작은 스포츠 백을 열었다. 포켓판 책자를 한 권 꺼내 내밀었다. 영 단어 빈칸 메우기 십자 크로스 워드 퍼즐 Cross word puzzle 소책자였다.

"이건 선물이야. 마땅한 게 없어서…."

거리에 어둠이 깔려있었다. 밤거리는 한적했고 달무리가 고왔다. 경사진 도로를 걸어 오르며 그녀가 나직이 노래를 불렀다. 뉴질랜드의 아리랑이랄 수 있는 전통민요 「포카레카레 아나」였다.

그도 나직이 따라 불렀다. 아름다운 호수를 둘러싸고 벌어진 부족 간 반목 속에 이루어지지 못할 젊은 남녀의 사랑을 떠올렸다.

Pokarekare ana,포카레카레 아나

nga wai o Waiapu 나 와이오 와이아푸

Whiti atu koe hine,휘티 아투 코에 히네

marino ana e마리노 아나 에

E hine e, hoki mai ra,에 히네 에-호키 마이 라-

ka mate ahau i te aroha e. 카 마테- 아우 이 테 아로하 에-

-북풍 몰아치는 와이아푸의 바다는
그대가 건넌다면 잠잠해지리라.
그대여 내게 돌아오라.
너무도 그대를 사랑하나니

그대에게 쓴 편지에 반지를 함께 보낸다.
내가 얼마나 상심하는지 알 수 있도록,
그대여 내게 돌아오라.
너무도 그대를 사랑하나니

뜨거운 태양 아래서도
내 사랑은 마르지 않으리
내 사랑은 언제나 눈물에 젖어있을 테니.

노래를 마치고 마주 보며 웃었다.
"유You도 아는구나, 이 노래. 한국전쟁 참전 때 마오리 출신들이 고향을 그리워하며 즐겨 불렀대."
"한국에서도 유명한 노래야. 그때 전해진 노래라고 나도 들었어. 한국에서는 「연가戀歌-Song of love」라는 이름으로 번안되어 불려져. 가사는 앞전 어기 같이 탔던 옵서버에게 배웠거든."
그녀가 웃음을 거두고 조용히 말했다.

"당신은 언제나 사무적인 보고 형태 말투야. 그리고 …검은 눈동자 속에 얼핏 원인 모를 갈등이나 불안이 보여. 미안, 이런 말을 해서."

"…그런가. 정통회화를 공부하지 못한 뱃놈영어해사영어, Semen's English 라서 그렇겠지. …갈등과 불안? 인정해야겠네. 대범한 뱃놈인 척하지만 속으론 옹졸하고, 지금의 모든 상황이…."

변명 같은 대답을 하려다 그만 말을 삼켰다. 둘은 더 이상 별말도 없이 언덕 사면을 걸어 올랐다.

"이제 돌아가. 다 왔어."

언덕에 올라탄 듯, 쌍둥이 형태로 똑같이 생긴 성냥갑같이 작은 두 집이 좁은 정원을 마주하고 있었다. 어슴푸레한 어둠 속에 키 작은 나무들 사이로 만발한 꽃향기가 아찔했다. 어느 쪽이 그녀의 집인지 알 수 없었다.

달빛이 고즈넉했다. 잠깐 하늘을 올려다본 그녀가 망설인 듯하더니 그의 눈을 똑바로 바라보며 말했다.

"이리 다가서 봐. 만날 때 하는 인사를 헤어질 때 해야겠네."

이마를 맞대고 코를 스치는 마오리 인사 홍이Hongi였다. 서로 코를 비비며 생명과 숨을 함께 나눈다는 의미, 영혼이 만나 융합된다는 인사. 그녀가 그의 어깨에 손을 올렸다. 살짝 눈을 감고 이마를 세워 코를 내밀었다. 옅은 와인 냄새가 풍겼다. 가슴이 약하게 두근거렸다.

그녀의 눈썹이 파르르 떨리고 있었다. 서로의 코가 부딪히며 입술이 스쳤다. 울컥 뜨거운 기운이 솟아올랐다. 둘은 동시에 움찔하며 몸까지 가볍게 떨었다. 어깨를 붙들었던 그녀 손이 스르르 아래로 풀려 내려갔다.

그녀가 참았던 숨을 내뱉듯 크게 몰아쉬었다. 눈길을 마주치지 않은 채 달빛을 올려다보며 천천히 말했다. 어떤 충동으로 솟아오르는 열기를 애써 가라앉히려는 표정이었다. 그녀가 손을 들어 승헌의 뺨을 쓰다듬었다.

"…이제 정말 돌아가."

마찬가지로 잠시 숨을 고른 그가 고개를 끄덕였다. 그도 마찬가지였다. 배에서 힘들 때 문득 떠올렸던 그녀를 만나 대화하고, 집 앞까지 와서 코 인사에 입술을 스치며 왈칵 끌어안고 싶은 충동도 있었지만, 그 자신 안의 또 다른 그가 그를 억누르고 있었다. 돌아가야 할 시간이기도 했다. 뒤숭숭한 선내 분위기에 배를 오래 비워둘 수도 없는 처지였다.

그래서 어쩌자는 것인가. 이 끓어오르는 감정이 무엇인지, 그것을 막는 또 다른 내면의 감정은 무엇인지 알 수 없었다. 말로 설명하거나 논리로 짚어낼 수 없는 감정이었다.

같이 노래를 부르며 언덕을 오를 때 가로등 불빛에 드리워진 두 그림자, 밤 정원의 아찔한 꽃향기에 섞인 그녀의 몸 냄새, 입술이 마주쳤을 때 더운 입김과 그녀 머리 위로 올려다보이던 검푸른 하늘과 달빛, 서로의 가슴에 은은하게 전해지던 온기, 같이 내려다보는 언덕 아래 고즈넉한 밤 풍경들이 한데 어우러진 아스라한 감정이었다.

눈길을 마주치지 않고 몸을 돌렸다. 차 한 대 지나지 않는 적막한 거리를 천천히 걸어 내려왔다. 뒤를 돌아보지 않았다. 입술을 스쳤던 그녀에게 애틋한 감정이 다시 살아났지만 현실의 무게가 더 무거웠다.

승헌은 생각했다. 바다, 파도와 바람에 나뒹굴며 흔들리는 삶에서 나는 과연 어디까지 왔으며 어디로 가고 있는 것일까.
 그녀는 휘적휘적 걷는 내 뒷모습을 지켜보고 있을까. 이국 만리타향에서 슬며시 내 삶에 스며든 이 여자는 누구일까. 모험을 갈구하듯 우수에 찬 검은 눈동자의 여자가 나에게 원하는 것은 무엇일까. 그녀의 눈동자가 자꾸만 어디론가 같이 떠나자고, 어디론가 데려다줄 수 없냐고 말하는 것 같았다.
 언뜻 내린 밤안개였다. 휘적휘적 언덕을 내려오며 부두를 내려다보았다. 검푸른 어둠 속 부두의 오렌지빛 등불 아래, 엷은 안개 속에 묶여 있는 배는 상처 입고 웅크린 짐승 같아 보였다.

음모 陰謀

아침 일찍 출근한 최 상무는 의자에 드러눕듯 몸을 기대고 있었다.

온몸이 물먹은 솜처럼 축하고 늘어졌다. 골치 아픈 현안들 때문에 입이 바싹 말랐다. 커피를 몇 모금 들이켰지만 마음이 진정되기는커녕 가슴이 울렁거리고 진땀이 솟구쳤다.

"휴…."

한숨을 내쉬며 손 갈퀴로 머리를 빗어 넘겼다. 악재들이 줄을 이었다. 갑작스런 심장질환으로 요양 중인 사장을 대신해 업무를 지휘해 왔으나 감당이 어려운 상태였다. 물속 일이라는 게 반은 하나님 소관이라는 말도 있지만, 현재 회사 운영 상황이 하나같이 머리 아픈 것투성이였다.

인도양 어장 조업 중이던 참치 독항선 한 척이 선령 노후로 인한 기관 고장으로 침몰해 버렸다. 제때 신속한 수리를 해 주지 않아 사고가 났다며, 앙심을 품은 기관장의 인터뷰기사 때문에 선원들을 착취하는 악덕 원양 선사로 낙인찍힐 지경이었다. 다행히 인명사고는 없었지만, 현지 해경의 구조로 살아 돌아온 선원과 가족들이 부산지사를 두드려 엎었다. 회사 잔고를 긁다시피 보상금과 위로금을 서둘러 지급해야 했다.

뒷수습 과정을 지켜본 사장의 큰아들이 원양어업에 흥미를 잃어버렸다. 아버지 병환을 틈타 뚝심과 기다림이 경영 미덕인 원양 산업 분야를 축소하고, 호텔인수와 서비스산업 쪽으로 경영 기조를 선회하려 했다. 미국 법인장으로 보낸 둘째 아들까지 카지노에서 큰돈을 잃었다는 직원의 비밀 보고가 있었다. 이제는 아예 경영은 뒷전이고 현지 자금을 곶감 빼먹듯 한다 했다.

시국 또한 만만찮았다. 군사정권은 의도적인 3S Screen, Sex, Sports 우민화정책까지 동반해 국민들 관심을 돌려 올림픽 개최며 대외적인 국가 위상 확장에 혈안이 되어있었다. 또한 농산물시장 개방이 확대된 우루과이 라운드 협상 이래, 수입 자유화 정책으로 1차산업들이 타격을 받기 시작했다. 원양 산업은 정책 우선순위에서 밀리며 아예 뒷전이었다.

자구책을 강구한 대형 수산 회사들이 경제발전에 따른 의식과 입맛 변화를 미리 감지하고, 무조건 퍼 올리기 식 원양어업에서 탈피할 움직임을 보일 때였다. 선망 조업으로 참치 캔 사업 분야를 선점하거나, 고급 어종 양식 산업과 특화된 가공수산물 공장을 증설하고, 동남아 하급 선원들을 태워 인건비 절감을 꾀하고 있었다.

최 상무 자신의 능력이나 아이디어로도 그들을 따라잡지 못할 바 아니었다. 하지만 오너 일가의 잇단 변심과 불협화음으로 엄두를 내지 못

할 형편이었다. 자연스레 원양 파트의 총책임자가 되었지만, 사업을 일으킬 획기적인 방안이 없다면 자신의 입지도 순식간에 추락할 것 같은 불안한 상황이었다.

무엇보다 머리 아픈 것은, 자신의 주도로 안상수를 파견하고 이광조를 선장으로 천거해 야심 차게 출발했던 뉴질랜드어장 상황이 엉망으로 돌아가는 데 있었다.

"진짜 죽을 맛이네. 대만에서 배를 사들여 수리다 항해다 엄청난 초기자금을 투입했지만 아직 변변한 수익조차 내지 못하고 있으니…."

첫 물량 전쟁이는 값싼 중국산 고등어 물량에 영향을 받아 거의 판매정지 상태였다. 냉동창고에 쌓아둔 채 보관료만 꼬박꼬박 물리고 있었다. 둘째 항차 운반선 편으로 도착한 '홍볼락'도 매한가지였다. 육질이 무른 고기라 한국 시장 선호도가 떨어진다며 유통체인에서 인수 자체를 거부했다. 부득불 사료용으로 판매해 생산원가를 밑도는 기름값 정도만 겨우 건졌다. 제멋대로 엉뚱한 고기를 잡아대는 통제 불능인 선장의 독단적인 행동에 골머리를 싸매야 했다.

기지와 통화할 때마다 안상수도 볼멘소리를 늘어놓았다.

"합작사 사장은 천성적인 양반입니다. 약속했던 어종을 제때 공급 못 해 발생한 손해 같은 걸로 법적 절차를 밟거나 하지는 않을 것 같고요. 여하튼 곧 닥칠 오징어 철에 한배 잡아서 본사 자금부터 좀 보태고, 이쪽은 제가 조금만 더 기다려 보자고 잘 구슬려 놓겠습니다."

그도 선장 때문에 속깨나 썩이고 있다는 걸 잘 알고 있었다. 오죽하겠나 싶기도 하지만, 예상치 못했던 과감한 의견을 내놓기도 했다.

"…이 선장님이 바뀐 세상을 못 따라가는지 고기잡이도 그렇고 배 전체 사기도 그렇고…. 외람되지만 최악의 경우도 생각해 둬야 할 것 같습니다. 지금 이 선원들과 계약을 파기하고 새로운 선장을 구해 다시 시작하든지, 아니면 입어권을 포함해 타 선사로 매각을 추진하든지, 제 거취는 두 가지 경우 어느 것에도 시간이 걸릴 테니 천천히 생각해 볼까 합니다."

그의 말을 차분히 곱씹어보았다. 독불장군으로 손발이 맞지 않는 이 광조를 내쳐야 한다는 말이었다. 현실적으로 영 틀린 말도 아니거니와, 자신과는 유일한 공모자이기도 했다. 비밀과 약점을 틀어쥐고 앉아 은근히 제 유리한 쪽으로 일을 끌고 가려 하는구나, 여하튼 숙고해서 전갈을 넣겠다 일러둔 터였다.

"흠, 그렇다면…."

두 잔째 커피를 들이켰다. 반평생 원양어업에서만 잔뼈가 굵은 그였다. 배와 선원들 생리를 잘 알고, 어획 제품 판매와 자금관리까지 그의 손이 닿지 않은 분야가 없었다. 특유의 친화력과 추진력에, 그간 쌓았던 인맥이며 두루 경험한 사고처리 대처에도 업계에서 그를 따를 자가 없다 해도 과언이 아니었다.

"좋다. 호랑이 굴에 굴러떨어져도 정신만 똑바로 차린다면야…."

심호흡을 한 번 하고 마음을 다잡았다. 백색 갱지를 책상 위에 펼치고 만년필을 움켜쥐었다. 문제점과 그에 따른 해결책들을 기록하며 다시 점검해 보기로 했다. 더 이상 물러설 곳이 없다는 극한 상황이 되레 그의 마음을 편하게 만들었다.

먼저 최악의 사태를 상정해 봤다. 간단히 생각하니 자신의 회사도 아니거니와, 결국에는 자신이 일자리를 잃는 경우밖에 없었다. 골치 아픈 상황들을 버리고 홀가분하게 떠날 수도 있다고 생각하자 더 차분히 타개책들을 점검할 수 있었다. 떠날 때 떠나더라도 자기 사업이라도 할 수 있을 만큼은 챙겨둬야 한다 생각했다.

안상수를 시켜 조성한 비자금은 아직 만족하기에는 턱없이 모자랐다. 큰아들에게 흘려보내 준 돈이 태반이었으나, 서로의 비밀과 민낯을 속속들이 알아버렸기에 언제고 부메랑이 되어 자신을 쳐낼 비수가 될지도 모를 일이었다.

어쨌거나 유일하게 희망을 걸 곳은 뉴질랜드어장뿐이었다. 지금 자신의 비밀스러운 계획을 터놓고 의논할 상대는 안상수 단 한 사람이지 않은가. 숨을 한번 몰아쉬고 세부 사항을 다시 더듬어 보았다.

일단 다음 항차는 한국향 오징어가 주종이니 한 달 반 만선이면 30억 가까운 자금이 마련될 터였다. 다른 어장 배에서도 적든 많든 여하튼 고기는 잡아 보내올 테니 큰아들을 구슬려 이탈 자본을 최소화하고, 채산성이 없는 배 몇 척을 매각한다면 자금 운용에 숨통이 트일 것이다. 여기까지 생각하다 갑자기 손바닥으로 자기 이마를 쳤다.

"그렇지, 침몰 선박 보험금이 있었지…."

절차상 보험금 지급에 시간이 걸리고 있지만, 엄밀히 말하자면 회사로서는 크게 덕을 볼 상황이었다. 얼마나 더 운항하게 될지도 모를 오래된 고물 배가 가라앉았으니 사실은 우는 놈 뺨 때려 준 격이었다. 고철 가격 수준 노후 선박이지만 조만간 지급될 보험금은 손실을 상쇄하고도 남을 금액이었다.

언뜻 DS호의 경우, 선박 가치 두 배가 넘는 국제 해상보험에 가입한 사실을 떠올렸다. 판매자인 대만 측 자료가 부실한 점을 이용해 인수

금액을 부풀리고, 수리 비용과 선진국 어장 입어권 가치를 과다 계상한 수치였다.

가슴이 두근거렸다. 담배에 불을 붙였다. 스멀스멀 연기처럼 피어오르는 엉뚱한 생각에 흠칫 미간을 찌푸렸다. 심장이 벌렁대며 얼핏 씁쓸한 감정이 피어올랐다. 역시 막다른 골목으로 몰리다시피 한 이광조를 구슬려 배를 고의침몰 시켜버리는 방안이 떠올랐기 때문이었다. 착잡한 마음을 애써 짓누르며 뱉어내는 혼잣말에는 사뭇 비장기 마저 흘렀다.

"…친구에게는 다른 배를 추천할 수도 있다. 지급될 보험금에서 재무 서류를 조작해 선장과 기관장에게 한 뭉치씩 떼어주는 방안을 마련하면 된다. 정산해봤자 찾을 돈도 없을 선원들에게는 3, 4개월 치 급여를 위로금 조로 건넨다면 아쉽지는 않을 것이다. …그리고는 역시 자금난으로 고심하고 있는 다른 회사 배를 인수해 안상수와 더불어 다음을 모색할 방법도 있다."

내친김에 별의별 생각들이 꼬리를 물었다.

스크루에 연결된 추진축이 배 밖으로 빠져나가 해수와 만나는 부분에, 공기압으로 해수 침입을 막는 스턴 튜브Stern tube-선미관 쪽 트러블이나, 처리실에 고이는 해수를 배출하기 위한 선외변 체크밸브Check valve 고장으로 바닷물의 선내 범람같이 그럴듯한 침몰계획까지 떠올렸다.

국제 해상보험은 준거법인 영국법에 따라 고의사고 입증책임이 보험사에 있고, 확증을 제시하지 못하면 보험금을 지급하는 구조였다. 해당 선박 실소유주가 내국인일지라도, 선박국적과 사건발생지가 해외라면 국내 수사기관에 반드시 통보할 의무가 없는 조항도 기억해 냈다.

말이 새어 나갈 수 있는 만일의 사태에 대비해 선장과 기관장 외에는 아무도 모르게 진행하고, 주변에 같이 조업하는 배가 많을 때를 맞춰 빈 배는 버리고 안전하게 선원들을 미리 구조해야 한다.

세차게 머리를 흔들었다. 아니, 내 알량한 지식만 가지고 이럴 게 아니라 먼저 극비리에 선장과 기관장의 수락 여부부터 확인해야 한다. 만약 승낙한다면 방법적인 문제는 그들이 더 잘 알 수도 있다.

몇 번을 복기하며 계획을 마음에 새겼다. 다음날 안상수와 통화에서 조심스럽게 자신의 속내를 털어놓았다.

표정을 읽지 못하는 통화였지만, 잠시 멈칫하는 기색이 있고서는 서로 믿고 도울 사람은 둘뿐이라는 데 생각이 미쳤는지, 머리 회전이 빠른 친구답게 기다렸다는 듯이 대답했다.

"…무슨 말씀인지는 잘 알겠습니다. 오징어 철부터 정상적으로 잘 돌아간다면 자동으로 없어지는 이야기로 알겠습니다. 그야말로 최악에 대비하자는 말씀으로…."

그리고 자신이 미처 생각지도 못했던 부분까지 덧붙여 제안을 해왔다.

"차분히 시점을 기다리겠습니다. …말하다 보니 생각났는데 이건 또 어떨까요? 바이 캐취By catch-혼획, 목적 어종 외에 자연스레 포획되는 여분의 어획로 올라오는 돔 종류를 기름상어 같은 값싼 비쿼터 어종으로 표기해서 보내면 한국에서 재포장 판매가 가능할까요? 큰 양은 아니라도 가격이 서너 배가 넘으니 티끌 모아 태산이라고 비자금 형성에도 제법 보탬이 될 것 같습니다."

무릎을 쳤다. 이놈 봐라, 뛰는 자 위에 나는 자가 있었구나. 멋들어진 계획이었다.

"…여기는 신용사회라 아직은 한국 배들에게 믿음을 가지고 있습니다. 혹 발각이 되더라도 몇 번 정도는 영어가 짧은 선원들 표기 실수로 둘러댈 수 있을 겁니다. 어쨌건 그물에 자연스레 딸려 올라 올 이런 어종들이 많을 때는 10퍼센트 정도나 되니 이윤이 적지 않지요."

어종별 쿼터별 입어료는 아끼면서, 한국에서 판매 대금을 따로 챙기자는 계획이었다. 결론이 났다. 비자금을 조성하며 갈 데까지 가 보다 최악의 경우 고의침몰 건을 비장의 카드로 숨겨두기로 했다. 의기투합한 둘은 마음 한편에서 일어나는 일말의 불안을 억눌러야 했다. 금지된 장난을 벌이는 것 같은 두려움 반, 설렘 반의 심정으로 더욱 긴밀히 연락하며 때를 기다리기로 했다.

"오케이, 일단 오징어 철 조업을 지켜보자고."

입항한 이광조에게도 국제 전화로 여하튼 모든 것을 기지장 지침에 따르라고 어르고 달래고 신신당부를 해둔 터였다.

원양어업 개척 때부터 오로지 한 길을 걸어 여기까지 온 그였다. 끝까지 지켜내야 할 국가기간산업이라는 자부심을 가졌던 지난 젊은 시절을 돌이켜 보았다. 쓸쓸하게도 막다른 벼랑에서 이런 궁여지책이나 논하고 있는 자신의 처지가 서글프기도 했다. 결코 고의침몰 같은 극한 상황이 와서는 안 될 것이라는 바람을 가지고 싶었다. 하지만 살아남아 뒷일을 도모하기 위해서는 이 최후의 계획도 버릴 수는 없다고 생각했다.

한숨을 몰아쉰 그는 오늘은 일찍 퇴근해 혼자서 술이나 한잔 기울이고 싶은 마음이었다.

와일드 퍼시픽 4
- 경비정과의 조우

또다시 떠밀리듯 출항했다. 하늘은 무심히 맑았다.

어기가 8개월째를 넘어서고 있었다. 앞 네 항차 조업실적은 형편없었다. 쿼터 소진량에 저촉받지 않는 통삼치와 기름상어 같은 저가 어종으로 뱃짐을 겨우 채웠고, 합작사에 양도한 어종들도 미미한 수준이었다. 큰 기대를 걸었던 모두에게 실망스러운 결과만 안겼다.

네 번째 항차에는 보름간 그대로 부두에 발이 묶이는 일까지 발생했다.

위생 검사차 들이닥친 검사원들이 처리실을 둘러볼 때였다. 그들이 용접 작업 중이던 조기장기관 부원 조장급 직장의 마스크 미착용을 지적했다. 그가 기침을 심하게 했다는 이유로 강제 검진까지 권고받았다. 결과는 엉뚱하게도 초기 B급 간염이었다. 바로 병원에 격리되고, 전 선원 항바이러스 접종에 선내 소독 명령으로 이어졌다.

도무지 급한 것도 없는 병원 시스템이었다. 조기장의 재검 결과가 나올 때까지 부두에 묶인 채 전 선원이 지정 부두를 벗어날 수 없다는 이동제한 조치까지 뒤따랐다. 자신 때문에 배가 묶였지만, 안 그래도 고기잡이가 시원찮아 별 가망도 없다 생각했는지 조기장은 병원 치료 후 곧바로 귀국을 원했다. 덩달아 영악하고 눈치 빠른 중고참 선원 둘도 자진 귀국 의사를 밝혔다.

"이 배 타봤자 돈 되기는 틀린 것 같데이. 후딱 가서 다른 뱃자리나 알아보는 기 더 영양가 있을끼다."

그들을 붙들기도 어려웠다. 기지장에게 후처리를 맡기고 출항을 서둘러야 했다. 이동 제한 기간 기지장은 배에 얼굴도 내밀지 않고 전화로만 승현과 소통하려 했다.

바다에만 나서면 워낙에 밀어붙이는 선장의 조업 스타일에 선원들 분위기도 좋지 않았다. 게다가 입항만 하면 쫓아내듯 서둘러 출항시키는 바람에 불만이 높아지고 있었다.

"괴기라는 기 한방 아이가. 쬐께이 있어봐라. 이 선장 실력은 내가 안다. 용왕님이 이 선장 그냥 안 놔둔다…."

기관장과 갑판장이 선원들을 다독이며 꾸려가고 있는 형편이었다.

승현은 타니화를 두 번 더 만났다. 아니, 만남이 아니라 입항 때 새벽 조깅 나온 그녀가 불러 내 같이 부두를 반 시간 정도 걸었고, 또 한 번은 저녁 산책을 같이했다. 언제나 배에 매인 몸이라 따로 시간을 내는 것은 아예 불가능했다. 별말도 없이 부두를 걷다가 헤어질 때 그녀는 인사처럼 그의 뺨을 살며시 쓰다듬었다.

외부인과 접촉이 금지된 이동 제한 때는 아예 만날 수도 없었다. 평상시 입항 때는 기껏해야 1박 2일 짧은 체류 기간에, 사실은 따로 연락할 수단도 없어 그저 그녀를 기다려야 하는 처지였다. 출항 후 조업 중에 문득문득 떠오르는 그녀의 해맑은 미소, 하지만 왠지 서늘한 큰 눈망울, 짧게 스쳤던 입술과 뺨을 쓰다듬던 손길을 덤덤히 기억해 내고는 했다.

네 번째 항차를 마치고 선장은 본사와 통화 후에 눈에 띄게 말수가 줄었다. 온 바다 고기를 다 잡아 올릴 것처럼 호기를 부렸지만 몇 항차를 지나고도 결과는 말이 아니었다. 기가 찰 노릇이었다.

무슨 어종은 쿼터가 없어 잡을 수 없다 하고, 덩어리로 잡아 보낸 '홍볼락'은 한국 시장에 맞지 않는다 했다. 도대체 10년도 안 된 사이에 입어 규약이니 선호도 변화니, 이해하기 어려운 것투성이였다. 다른 배들이 어획고를 얼마나 올렸니 어쩌니 하는 소리에 부아가 치밀었다.

"이 선장, 지난 것들은 잊고 느긋하게 해봐라. 하는 데 까지는 해 봐야지."

형식적인 격려로 시작된 최 상무와의 통화였다. 그가 이러구러 설명하는 회사 지침 어쩌고 하는 말들은 귀에 들어오지도 않았다. 지금까지 조업 적자가 크다는 한마디에 체면을 구긴 그는 입도 벙긋하지 못했다. 하는 데 까지는 해 봐라? 격려인지 비아냥인지, 이 말도 가슴을 후벼 팠다.

"흠, 최 상무 이것도 사람을 졸로 보고 있네. 이제 어쩐다…."

고기를 못 잡는 선장은 전쟁에 패한 장수 대접밖에 받지 못하고, 이 유여하 막론에 무슨 수를 써서라도 대어 만선으로 회사와 선원들, 그리고 그 가족들 생계까지 책임져야 하는 게 어선 선장의 숙명임을 경험으로 알고 있었다. 이제 한국향 오징어가 목적 어종이다. 별다른 제약이 없다면 체면을 살릴 수 있는 기회의 항차가 왔다고 마음을 다져 먹었다.

합작사에는 신제품으로 출시할 스낵용과 오징어 부산물에서 추출할 건강 기능 식품 원료용으로 소형 사이즈 일부만 양도하기로 결정되었다.

하루를 내리 달렸다. 위도 47도선 하단, 남쪽 스튜어트Stewart섬 아래쪽 어장이었다. 극지방에 가까운 남쪽 어장은 기상이 험한 곳이었다.

아직 개체가 성숙하게 자라지 않은 어기 시작 무렵이었다. 2S, Ssmall의 의미 사이즈 손가락 크기만 한 소형 오징어부터 잡아야 했다. 서둘러 투망한 첫 방에 빈 그물이 올라왔다. 규정상 140밀리 끝자루 그물코 사이즈를 지키자니 소형 오징어들이 거의 다 빠져나갔다. 그물코에 박혀 주사기처럼 물을 뿜어내는 것들을 털어내 겨우 몇 팬씩 담아내는 감질나는 조업이었다.

또 마음이 조급했다. 선장은 옵서버도 없는 판에 고기가 모이는 끝자루 안에 내장망을 부착하라 지시했다. 고기 씨를 말리는 명백한 불법 조업이었다.

"거봐라. 확실히 입망이 다르제?"

좁은 그물코에 해저의 진흙 펄이 뭉쳐 섞인 채 올라왔지만 어획량은 조금 늘었다. 피쉬 폰드에 부을 때 동키 호스로 펄을 씻어내고, 처리실에서도 샤워를 시키듯 물을 퍼부어가며 오징어를 골라내야 했다.

오징어 사이즈가 조금씩 커질 무렵 날씨가 나빠지며 어장이 들썩댔다. 기상도 등압선 간격이 일그러진 늙은 나무의 나이테처럼 좁아졌다. 거센 바람에 일어난 파도가 허옇게 바다를 뒤집기 시작했다.

저기압들은 시도 때도 없이 들이닥쳤다. 배 곳곳이 억지로 짜내는 휘파람같이 음산한 소리로 둘러싸이고, 널을 뛰듯 배는 파도에 솟구쳤다 곤두박히기를 반복했다. 부서지는 파도에 물꽃 비말들이 어지럽게 휘날렸다.

겁 많은 소련 배들은 날이 나쁘다 싶으면 곧바로 조업을 포기했다. 히브 투Heave to로 파도와 바람 방향을 정면으로 마주하면서 엔진을 낮춰 저항을 최소화해 떠 있는 피항법이었다. 너무 심한 날씨에는 아예 조업을 포기하고 긴급입항을 서두르기도 했다. 공산주의 체제하에선 많이 잡건 적게 잡건 공평하게 임금이 분배되는지, 그렇게 애면글면 고기잡이할 의사가 없는 듯했다.

세력이 큰 저기압들이 연이어 몰려왔다. 강풍에 바다가 뒤집히는 아수라장이었다. 웬만한 저기압에도 악착같이 그물질해대던 한국 배들도 하나둘 그물을 걷고 피항에 돌입했다. 하지만 DS 호는 달랐다. 선장이 호기 있게 외쳤다.

"옳거니, 저기압이 바다를 한 번씩 뒤집어놔야 고기들이 잘 가라앉지. 암, 옛날 북태평양에서 이 정도는 바람 취급도 안 했어."

배가 사정없이 흔들리며 꼬꾸라져도 어김없이 그물을 던졌다. 투양망 때 물벼락을 뒤집어쓴 선원들이 흔들리는 갑판에서 몸의 중심을 잡기 위해 안간힘을 썼다.

"불사조 선장님, 우리는 벌써 피항 중입니다. 대단하십니다. 이런 날씨에…."

약간의 빈정거림이 섞인 듯한 다른 배 선장들과의 교신이 더욱 호승심을 부추겼다. 네놈들이 죽었다 깨어 나봐라 나를 따라잡을 수 있는지.

"허허, 젊은 사람들이, 투양망 때만 조심하면 아직은 할 만하구먼."

모두가 며칠씩 피항하는 중에도 포기하지 않고 꾸준한 양을 잡아 올렸다. 악천후 속 파도 밭에서 힘든 작업에 선원들 피로가 극에 달했다. 국솥 밥솥이 엎어질 판이었다. 집기들을 묶어 고정하고, 국물 있는 식사 마련이 어려워 얼렁뚱땅 주물러 낸 비빔밥을 그릇을 들고 서서 먹어야 했다. 안전사고에 대한 우려에 잠시도 마음을 놓을 수 없는 긴장의 연속이었다.

두 개의 고약한 저기압이 연이어 어장을 쓸고 지나갔지만, 티끌 모아 태산이라고 다른 배들보다 근 200톤가량 오징어를 더 잡아 올렸다. 교신 때 기지장은 안전 조업을 당부하면서도 입에 발린 격려 또한 잊지 않았다.

"수산청 보고에 배들이 죄다 기상악화로 피항 중이라 나오던데 역시 형님입니다. 오징어 첫 물량을 다른 배들보다 훨씬 많이 잡겠네요. 바다가 거칠지요? 수신기까지 바람 소리가 들리네요, 너무 무리는 마시고…."

선장은 회사 자금 사정이 어렵다는 최 상무와의 통화를 떠올렸다. 이번 항차 만선으로 그동안 꼬였던 불편한 관계들을 일거에 청산하고, 역시 이광조구나 하는 찬탄을 듣고 싶은 마음이 샘솟아 올랐다.

저기압이 숨을 고르며 한 타임 쉬어가듯 파도의 기세가 어느 정도 가라앉았다. 배들이 조업 손실을 만회하려 서둘러 투망을 했다. 어장이 북적대며 활기가 돌기 시작했지만 어획이 현저하게 떨어졌다. 선장이 푸념 섞인 말을 쏟아냈다.

"거봐라. 남들 안 할 때 부지런히 잡아 올려야지. 좁은 어장에 여러 척이 한꺼번에 긁어대니 대번에 고기가 떨어지지."

이른 아침에 느닷없이 경비정이 출동했다. 아직 잔여파가 남아 바다는 제법 거세게 출렁대고 있었다. 자신들 안전에 대한 우려로 이 정도 기상이라면 출동하지 않을 거라는 예상을 뒤집고 허를 찌른 경우였다. 연안을 따라 느리게 항해하다 갑자기 수직으로 선회해 전속 항진으로 조업선들 쪽으로 다가오고 있었다. 공동밴드에 선장들의 교신이 쏟아졌다.

"어이구야, 경비정이네. 큰맘 먹고 한 건 올리러 나왔는 갑소."

"어허, 또 그 말, 통나무로 부르기로 했잖소. 한국말 중에 쟤들이 알아듣는 단어가 있다니까."

"여하튼 호출할지도 모르니 모두 공동밴드 16번 채널 켜둡시다."

"올 테면 오라지, 우리야 규정 다 지키고 있고 옵서버도 태우고 있으니 뭐 별문제야…. 올라온다 해도 서류 검사나 하고 말겠지."

아차 싶었다. 소련 배를 포함해 일고여덟 척이 같이 작업하고 있지만 어느 배를 지목해 올라올지 알 수 없었다. 그물에 부착된 내장망이 적발된다면 낭패였다.

긴급 양망 벨을 울렸다. 새벽 당직을 마치고 잠이든 승현을 브릿지로 깨워 올렸다. 허겁지겁 뛰어 올라오느라 안전모도 미처 착용하지 못한 윈치맨이 브레이크를 풀고 메인 와프를 감기 시작했다. 끝자루까지 들어 올리려면 삼십 분 정도 시간이 소요될 것이었다.

엎친 데 덮친 격이 되고 말았다. 조업 중인 배들로 접근하던 경비정이 갑자기 선수를 돌려 DS 호를 향했다. 모두 정상적인 예망 속도를 유지하는데 이 배만이 긴급 양망으로 스피드가 현저히 줄어든 것을 간파했지 싶었다.

경비정이 DS 호를 호출했다. 외판에 페인트로 새긴 콜사인Call sign-호출부호, 한국 배는 6이나 D, H로 시작하는 네 자리 국제통용 신호부자을 한 자 한 자 끊어치듯 정확한 발음으로 불렀다. 호출부호만으로도 선명을 대번에 유추할 수 있었다. 한 번도 자신들의 점검을 받지 않은 배라는 점과 양망으로 인해 거의 정선 상태라 배에 오르기가 수월한 이유도 있어 모든 게 맞아떨어진 상황 같았다.

"6XXX, 6XXX, 감도 있는가? 인쇼어 패트롤Inshore patrol-연안 순찰대이다. 귀선에 오르겠다. 승선용 줄사다리를 우현에 준비하라."

딱딱하고 카랑카랑한 음성이었다. 승현이 일단 응답만 간단히 했다.

"롸져Roger-알겠다는 의미."

지시대로 갑판장과 1갑원이 줄사다리를 우현에 걸쳤다. 안절부절못하던 선장이 말했다.

"…야, 엔진 고장이라면 겁나서 안 올라 올라나? 뭐 방법이 없겠나?"

"어떤 경우라 해도 올라 올 겁니다. 재빨리 양망해서 끝자루 통째로 피쉬 폰드에 흘려 넣고 시간 끌면서 처리실에서 내장망을 걷어내는 수밖에는…."

"이런 제기랄, 확 받아서 가라앉혀 버릴까."

백번 말해봤자 소용없는 소리뿐인 선장을 승현이 되레 진정시켜야 했다. 속이 타기는 마찬가지였다.

"서류 검사부터 할 겁니다. 커피나 대접한다면서 시간을 벌어봐야지요, 일단 저들이 어리둥절하게 선수를 이리저리 흔들며 올라올 시간도 지연시켜야겠네요."

이런저런 핑계를 더 해 여하튼 내장망 해체까지 시간을 끌자는 말이었다. 선수를 조금씩 변침하면서 그물은 그대로 감아올렸다. 경비정이 위태롭게 우현으로 접근했다. 두 척 배끼리의 조파저항으로 경비정 선체가 좌우로 기우뚱거렸다. 오렌지색 방수복 차림 두 경비원이 차례로 줄사다리에 매달려 1갑원이 내민 손을 붙들고 간신히 배에 올랐다. 선미 쪽 와프가 감기는 톱 롤러를 잠시 쳐다보고는 3항사의 안내를 받아 브릿지로 들어섰다.

"굿모닝."

그들이 장갑을 벗고 손을 들어 수 인사를 했다.

"양망 중이구나. 선수가 휘둘리던데 무슨 문제가 있는가?"

선임자로 보이는 하얀 눈썹의 경비원이 물었다. 배를 호출했던 그 목소리였다. 조타륜에 문제가 있어 배가 휘둘리는데 양망에는 문제가 없다고 대답하며 담배를 권했다. 그들은 정중히 사양했다. 배를 아는 자들인지라 조타륜과 타각 지시기를 이리저리 둘러보며 고개를 갸우뚱했다.

몇 분이라도 시간을 더 지연시켜야 했다. 멀쩡한 커피포트를 작동이 안 된다며 조리장에게 오더해서 끓여올 테니 잠깐 기다리라 말했다. 선박국적증서 같은 서류와 항해일지, 어획일지를 해도 테이블에 천천히 올렸다.

서류를 훑어보던 중에 양현 톱 롤러에 전개판을 걸쳤다. 날개그물이 올라오기 시작했다. 다행히 양망 과정을 갑판에서 참관할 의사까지는 없는 것 같았다. 눈치 빠른 3항사가 얼핏 어떤 꾀가 떠오르는지 해도 테이블 서랍에서 다섯 가지 색으로 포장된 형광펜을 꺼내며 승현에게 말했다.

"…초사님, 이것 부두에서 애들한테 보여주니 환장하던데요."

멀뚱히 쳐다만 보고 섰던 선장이 옳다구나 싶었던지 낚아채듯 손에 쥐고 그들에게 내밀었다.

"헤이, 일마들아. 이것 봐봐라, 코리아 칼라 펜슬, 프레전트…."

3항사가 다섯 색을 모두 열어 백지에 선을 그으며 그들의 눈길을 끌었다. 어리둥절한 상황에 눈을 껌벅대는 그들에게 날라 온 커피를 권하며 승현이 말했다.

"궂은 날씨에 수고들 많다. 선장님이 당신들에게 약소하지만 선물을 주고 싶어 하신다. 거창한 것도 아니고 간단한 필기구니 받아 주기 바란다. 애들에게 주면 좋아할 것이다."

둘 다 별말도 없이 덤덤하게 받아 윗주머니에 그대로 집어넣었다. 면장갑까지 한 켤레씩 건넸다. 내친김에 3항사가 손지갑만 한 소형 계산기를 꺼내 들고 작동법을 설명한답시고 시간을 끌다가 하나씩 손에 쥐여줬다. 이번에는 간단한 셈이라도 해보듯 몇 번 두드려 보더니 짧게 말했다.

"Thanks you."

흰 눈썹이 손가락으로 오징어 어획량을 짚어가며 어획일지를 뒤적거렸다. 입어선들 어획 정보를 공유하고 있다면, 다른 배에 비해 유독 소형 사이즈가 많이 올라오는 이유를 묻지 않을까 머리칼이 쭈뼛했다. 하지만 거기까지는 생각이 미치지 못했던 지 언급이 없었다. 단지 조업

위치보고와 투양망 지점이 일치하는지를 하나하나 살피는 것 같았다.

이러구러 갑판이나 처리실로 내려갈 시간을 제법 끌었다. 그물이 다 올라왔다. 방질 한 시간 만에 급작스레 들어 올린 끝자루는 고기가 없이 홀쭉했다. 예망 시간도 짧았지만, 이번에는 차라리 고기가 없는 게 다행이었다. 진흙 펄과 다른 찌꺼기가 오징어와 섞여들었을 때, 눈썰미가 있는 경비원이라면 그물코가 좁지 않나 생각할 수도 있기 때문이었다.

"갑판장 단디 해라. 알았제?"

조급해진 선장이 마이크로 내장망 문제를 상기시켰다. 갑판장이 손을 들어 알았다는 수신호를 했다. 해치커버를 열었다. 미리 일러둔 대로 끝자루 그물을 세탁기에 빨래를 집어넣듯 통째 피쉬 폰드로 흘려 넣었다. 처리실에 대기하고 있는 1갑원과 선원 몇이 지퍼 형태 매듭을 서둘러 풀어내고 내장망을 제거해 기관실 통로에 감출 것이었다.

브릿지에서 내려다보기에는 평상시 양망과 다를 바 없는 형태였다. 잠시 후에 그들이 처리실로 자신들을 안내하라는 명령을 내렸다. 안절부절못하는 선장을 두고 승현이 그들과 함께 처리실로 내려갔다. 우비와 장화를 착용한답시고 또 몇 분 시간을 끈 후였다.

갑판을 지나 연돌 통로 계단을 통해 처리실로 들어섰다. 눈길이 마주친 갑판장이 고개를 끄덕였다. 내장망은 이미 분리되어 치워져 있었다. 통로 옆에 쌓아둔 페인트 깡통 결박 용도로 보이기 위해 그것들 위로 덮어씌워져 묶여있었다.

"최 군아. 거기다 대고 물 한번 쏴라."

노련한 갑판장의 지시였다. 처리원 하나가 그쪽을 향해 청소라도 하는 척 호스로 물을 뿜어대 가까이 갈 수도 없게 만들었다. 그 광경을 물 끄러미 지켜보던 흰 눈썹이 갑자기 손을 들어 물 뿌림을 중단하라는 신호를 했다. 가슴이 철렁 내려앉고 입이 바싹 말랐다.

하지만 그는 페인트 깡통쪽을 흘깃 일별하고는 5미터 정도를 그냥 지나쳤다. 뜻밖에도 어획물 처리 후 내장이나 부산물들을 바다에 흘려 보내는 렛고 구멍Let go hole쪽에 시선을 줬다. 일반 쓰레기나 폐기물을 바다에 버리지 말라는 말과 함께 개폐 시 수밀 정도를 살폈다.

이어서 처리실 바닥에 차오르는 해수를 배출하는 배수펌프 작동을 잠시 지켜봤다. 뭔가 생각난 듯 흰 눈썹이 손짓으로 승현을 불렀다. 얼마 전 소련 배 한 척에서 처리실 해수 범람 사고가 있었다는 말을 했다. 평소에는 수압으로 닫혀있어 해수유입을 막고, 펌프를 가동할 때만 열리는 체크밸브 작동 여부를 항상 주의 깊게 살피라는 당부였다. 다시 처리실 이곳저곳을 둘러봤지만 그 외 별다른 지적이나 검사는 없었다.

안전을 기원한다는 말을 남기고 그들이 돌아갔다. 다른 한국 배는 호출도 하지 않았다. 항적을 추적해 보니 육지로 향하는 코스였다. 뉴질랜드 땅끝마을 격인 남섬 최하단 블러프Bluff항으로 귀항하는 듯했다.

"자슥들, 쓸데없이 기어 올라와 사람만 성가시게 했네."

나름 긴장했던지라 선장이 담배부터 뽑아 물었다. 승현도 안도의 한숨을 몰아쉬었다. 안전사고를 방지해 주의를 환기하는 형식적인 순시였을 거라 생각했다. 신용사회를 사는 그들이 아직은 한국 배들을 믿어 주고 있다는 느낌을 받았다.

가슴 졸이던 한 시간 정도가 지나고 서둘러 다시 투망을 했다. 내장망 없이 던진 그물에는 역시 고기가 없었다.

"에라이 고기들아, …갑판장, 내장망 다시 부착해라."

그제야 몇백 박스 돔 종류들을 엉터리 기름상어로 표기해 둔 것에 생각이 미쳤다. 기지장의 지시였다. 행여 그들이 어창까지 내려가 제품화한 고기를 개봉해 검사했다면, 단순한 표기 실수라 보기에는 양이 너무 많아 둘러대기도 어려운 일이었다. 작정하고 적발을 염두에 두었더라면 과징금부과에다 어장 퇴출까지 거론될 명백한 규정 위반 항목이 몇 가지나 된다는 말이었다.

"휴…."

다시 한번 가슴을 쓸어내려야 했다. 긴장이 사라지며 나른해졌다.

짧은 낮잠 시간에 맞춰 선장이 침실로 내려갔다. 승현은 브릿지 바닥에 털썩 주저앉아 3항사에게 커피 한잔을 부탁하고 담배를 피워 물었다.

세상 모든 계기와 시스템을 다 싣고 다니는 배였지만, 사랑, 은혜, 믿음 이런 단어들은 결코 처지에 어울리지 않는 생경한 것들이었다.

우리를 믿어주는 자들을 속이고 따돌려야만 하는 피를 말리는 고기잡이. 원칙대로, 믿음을 전제로, 신사답게 조업할 수 있는 어장은 과연 이 지구상에 있기나 한 것일까. 고기가, 그러니까 돈이 먼저인지 인간들의 존엄이나 신뢰가 우선인지, 자본이 기획하고 화폐에 대한 욕망으로 바다에 나선 뱃놈들이라면 한 번씩 찾아드는 회한이었다.

와일드 퍼시픽 5
- 실종失踪, 야만野蠻의 바다

우박과 비를 머금은 적란운積亂雲-쎈비구름이 하늘을 뒤덮었다. 태풍의 전조였다. 다시 지독한 저기압들이 물밀듯이 어장으로 들이닥쳤다.

기압이 970헥토파스칼 아래로 급격히 떨어졌다. 초속 50미터가 넘는 바람이 날을 세웠다. 보퍼트 풍력계급Beaufort scale 10을 상회 해 육지에서라면 가로수가 뽑힐 정도의 위력이었다. 폭풍으로 칭하는 노대바람全強風, Storm으로 파고波高가 7,8미터 넘게 솟구칠 거센 바람이었다. 파도를 앞세운 저기압은 용트림하듯 일어서서 바다를 두들겨 대기 시작했다. 배가 전후좌우로 요동치며 부르르 떨었다. 결박해 둔 드럼통들이 삐걱대면서 쇠끼리 부딪치며 깎이는 마찰음을 냈다.

선수가 파곡波谷에 처박혔다 삽질하듯 퍼 올린 해수가 폭포처럼 갑판을 휩쓸고 지나갔다. 몇 길을 솟구쳐 올랐던 배가 공중 부양 상태처럼 허공에 잠시 머물렀다가, 벌버스Bulbous- 구상선수 球狀船首, 파도를 가르기 위해 선수 아랫부분에 코처럼 돌출된 부분로 장작을 패듯 물마루에 다시 꼬나 박혔다.

갑판은 물바다였다. 거주시설로 해수 범람을 막기 위해 통로마다 수밀문水密門, Scuttle을 타이트하게 걸어 잠가야 했다.

또다시 피항하는 배들을 제쳐두고 나보란 듯이 조업을 강행했다.

선원들도 많이 지쳤으니 하루만이라도 피항하자는 갑판장의 건의에도 선장은 요지부동이었다. 달라진 게 있다면 거친 언사로 선원들을 몰아붙이던 때와 달리 언행이 그나마 많이 부드러워진 것이었다.

"보래이, 갑판장. 피항하는 것보다 차라리 투망해서 그물 담가놓으면 장력 때문에 배가 많이 안 까불 것 아이가. 그때 교대로 잠시 눈들 좀 붙이라 해라."

갑판장을 내려보낸 선장이 혼잣말을 했다.

"이 친구들아. 지나간 조업 손실 만회하려면 조금 무리하는 건 감수해야지. 나 혼자 잘 먹고 잘살자는 게 아니다. 다들 좀 더 참고 견뎌라. 나 따라온 것 후회하지 않게 말이다…."

통신장이 조업선들에게 피항을 권고하는 연안경비대의 전통과 기상도를 내밀었다. 기관장까지 심한 동요로 기관실까지 해수가 흘러들어 올 지경이라며 피항을 종용했으나 선장은 못 들은 척 대답도 하지 않았다.

소련 배들은 벌써 피항차 입항 길에 오른 후였다. 피항 중인 한국 배들도 파도 더미에 파묻혀 물속에 잠겼다가, 분기공으로 물을 뿜으며 솟구쳐 오르는 고래처럼 롤러코스터 두레박질을 계속하고 있었다.

투망 코스로 헤딩Heading-침로의 의미을 잡자 일정한 패턴도 없이 일어난 삼각파가 배를 두들겼다. 클리노미터Clinometer-경사계 추가 좌우 20도까지 불안정하게 흔들렸다.

갑판에서 중심을 잡지 못해 비틀거리는 선원들이 물세례를 덮어쓰며 가까스로 투망을 했다. 브릿지에서 같이 투망 작업을 내려다보던 기관장이 중얼거렸다. 심한 롤링에 두 손으로 해도 테이블 귀퉁이를 붙든 채였다.

"어이구, 이런 걸 비디오로 찍던지 집구석 마누라들한테 보여줘야 하는데…."

바다는 더욱 거세졌다. 교신용 안테나가 휘고 조명등 몇 개가 강풍에 박살이 났다. 파도 봉우리가 큰 해머로 내리치듯 연이어 배를 두들겼다. 파두가 깨져 흩날리는 비말에 온 바다가 눈 꽃송이 몰아치는 벌판 같았다. 홍수 같은 물벼락이 사방에서 배를 삼키듯 덮쳐댔다.

현장舷牆, Bulwark을 뛰어넘은 파도가 갑판을 점령하듯 올라탔다. 바닷물이 기울어진 쪽으로 넘쳐흘렀다. 어디선가 우지끈하며 무엇인가 부서지는 소리가 들렸다. 갑판으로 역류하는 해수를 막으려 슬립 웨이에 철판 앵글로 둑처럼 막아 끼워둔 5센티 두께 나무판자였다. 선미 쪽 허옇게 부풀어 오른 큰 파도 하나가 격파하듯 판자를 두 동강 내버렸다.

강풍에 40미터 후갑판을 가로질러 날아 온 판자가 트롤 윈치 하부를 때리고 산산조각이 났다. 투망 전에 갑판장이 우려한 대로, 메인 와프가 터지거나 해서 전개판과 그물을 통째로 잃을 수도 있겠다는 걱정이 슬며시 일어났다. 사나운 저기압 끝물이 지날 때까지 어쩔 수 없이 하루 정도는 피항해야 할 것 같았다. 천하의 이 선장도 마지못해 양망을 지시했다.

파도의 아우성에 온 배의 공간마다, 틈새나 구멍마다, 바람이 후벼파고들어 쉰 목소리 같은 신음이 났다. 파도는 계속해서 배를 물고 할

퀴듯 사납게 덤벼들었다. 구명동의 차림 선원들이 물벼락에 자칫 쓸려갈까 미리 갑판에 도열 하지 않고, 연돌 통로에서 고개를 내밀고 전개판이 올라오기를 기다리고 있었다.

방아 찧듯 연신 좌우로 기우는 배의 롤링에 와프가 갑판에 닿을 정도로 출렁거렸다. 그물 장력에 28밀리 두께 메인 와프가 엿가락처럼 늘어날 것 같았다.

선수가 물마루에 처박히듯 내리꽂혔다. 반작용으로 선미가 들리면서 스크루가 반쯤 수면 위로 솟아올라 바람개비처럼 헛돌며 공회전을 했다. 벌써 윈치는 끽끽 앓는 소리를 냈다. 나름 강약 조절하는 윈치맨의 조작에 겨우 조금씩 감기고 있었다.

신경이 곤두선 갑판장이 윈치실에 올라 조심해 감으라며 주의를 환기할 때였다. 왼쪽 와프에 폐그물 한 자락이 꼬여 올라왔다. 그물 자락이 톱 롤러 홈을 미끄러지듯 빠져나오며 너풀거렸다. 연일 쉼 없이 계속된 악천후 조업이었다. 와프에 발라둔 그리스Grease-젤 형태 윤활제가 씻겨나가 마찰로 인해 돋은 철사 가시에 걸린 것 같았다.

윈치 드럼에 감긴다면 낭패였다. 무리해서 그대로 감았다가 피항 때 다시 풀어 떼 낼 수도 있겠지만, 지름 2미터가 넘는 윈치 드럼에 폐그물이 감겨 꼬인다면 좌우로 동시에 같은 길이와 장력으로 감아야 하는 균형이 깨져 양망 자체가 힘들 수 있었다.

폐그물 자락 때문에 망설이던 윈치맨이 일단 감기를 멈췄다. 강풍에 폐그물 자락이 깃발처럼 퍼덕댔다. 동작이 잽싼 갑판원 하나가 그물을 쳐내기 위해 보망칼을 들고 조심스레 갑판에 발을 내디뎠다. 선장이 마이크로 소리쳤다.

"조심해라. 미끄러지지 않게."

이 정도 강풍이면 갑판에서 마이크 소리도 들리지 않을 것이었다. 갑판에 선다면 숨을 들이마시고 내뱉는 호흡마저 쉽지 않을 정도였다.

그때였다. 따귀를 치듯 좌현을 덮친 파도에 배가 다시 기우뚱거렸다. 중심을 잃은 그가 갑판에 미끄러졌다. 둔중한 물벼락이 두 번 연이어 슬립 웨이로 들이닥쳤다. 첫 번째 파도로 유입된 물벼락이 갑판 위를 범람하고, 채 씻겨나가기도 전에 들이닥친 두 번째 파도였다.

양동이로 퍼붓듯 갑판에 밀어닥친 파도에 그가 내동댕이쳐진 채, 선수가 치솟으며 엄청난 양의 해수가 선미 쪽으로 쓸려 내려갔다. 쏴 하는 함성이 들리는 듯했다. 눈 깜짝할 새였다. 폭포수처럼 슬립 웨이로 흘러내리는 물살에 휩쓸린 선원이 바다로 추락해 버렸다. 거대한 괴물의 혓바닥 같은 파도가 그를 삼켜버린 것이다.

선장이 의자를 박차고 벌떡 일어났다.

"스톱. 엔진 스톱…."

구명동의와 안전모의 주황색과 흰색이 언뜻 점처럼 보였다가 스크루 물살에 휘말려 금방 선미 뒤편 바다로 멀어져갔다. 비명마저도 파도와 바람이 삼켜버렸다.

선장은 바로 정신을 가다듬고 스톱 엔진 오더를 취소해야 했다. 이 정도 기상에 엔진을 정지시킨다면 배가 휘둘릴 뿐만 아니라, 추진력이 감소해 와프나 그물이 아래로 처지며 스크루에 감기기라도 한다면 걷잡을 수 없는 운항 불능 상태가 될 것이었다.

승현의 머릿속이 띵하고 울렸다. 어금니끼리 부딪치는 소리가 귀속에 울려 퍼졌다. 피가 얼어붙는 것 같았다.

"…."

 브릿지며 갑판이며 모두가 넋이 빠졌다. 거친 파도는 연이어 후갑판을 때렸다. 배가 다시 요동쳤다.

 순식간에 눈앞에 벌어진 이 믿을 수 없는 사고가 사실이 아니기를 바라는 멍한 상태가 되었다가, 모두 제정신이 돌아오자 마른침을 꿀꺽 삼키며 진저리를 쳤다. 1갑원이 본능적으로 연돌 통로에서 갑판으로 튀어나오려다 몰아치는 파도의 서슬에 다시 물러섰다. 누구라도 갑판에 서기만 하면 떠내려갈 판이었다. 갑판장이 윈치실에서 몇 발짝을 뛰어올라 브릿지 뒤창을 벌컥 열어젖혔다. 혼란을 억누르지 못해 부르르 떨며 눈에 핏발이 서 있었다.

 "와프를 절단합시다. 남철이부터 찾아 올려야지요…."

 와프를 잘라 전개판과 그물을 바다에 버리고 실종 선원부터 찾아 올리자는 말이었다. 그 방법밖에 없었다. 완전 양망을 끝내려면 시간이 너무 걸린다. 사람이 물에 빠진 상황에 이것저것 따질 겨를이 아니었다.

 선장은 가슴을 진정시키려 노력했다. 눈을 한번 질끈 감았다 떴다. 슬립 웨이 후미를 계속 난타하는 파도에 또다시 누군가가 쓸려내려 갈 위험한 상황이 계속되고 있었다. 눈앞의 일에만 신경 쓰느라 더 큰 일이 발생할 수 있을지를 생각해야 했다. 목소리가 떨렸다.

 "그래, 절단기 준비해라. 선원들 전부 허리에 로프 길게 매고 갑판 기둥에 고정시켜 쓸려 내려가지 않게 하고…."

 말이야 쉽지만 행동으로 옮기기에 너무 제약이 많은 거친 파도였다. 절단기 준비에 로프 처리며 시간이 필요한 일이었다. 제정신이 아니었지만 다시 마이크를 잡았다.

"앞바람으로 배 돌린다. 별도 명령 있을 때까지 갑판에 나서지 말고 그대로 통로에서 대기해라."

엔진을 올려 배를 선회했다. 뒷 파도의 물벼락이 제일 큰 방해 요인이었다. 앞바람으로 180도 선회해 좌우 동요를 피하고 전후 동요만으로 작업을 해볼 심산이었다. 나름 위험을 최소화한 양망법이었다. 선회 중에 횡파를 한 번 더 맞았다. 25도 가까이 기울어진 선체에 배 전체가 삐걱 소리를 냈다. 해도 테이블에서 삼각자와 디바이더가 바닥으로 와르르 쏟아졌다.

배가 너무 기울어 연돌이나 통로로 해수가 범람해 폭포수처럼 기관실로 유입될 수도 있었다. 엔진과 발전기가 물벼락을 덮어쓴다면 배의 숨통이 끊어질 판이었다. 엔진을 최대로 올려 배를 앞바람으로 세워야 했다.

가까스로 배를 돌려 선수를 파도 정면으로 마주하게 했다. 슬립 웨이 뒤에서 넘쳐 오르던 파도의 기세를 그나마 조금이라도 누그러뜨린 방법이었다. 좌우 동요는 덜했으나 선미가 위아래로 들썩거렸다. 와프가 톱 롤러에 팽팽하게 새기며 일직선으로 물속에 뻗었다.

전개판 연결 부위까지 얼마 남지 않은 와프도 감도록 명령했다. 마음이 급하기야 이루 말할 수 없었지만, 절단하고 물속에 버렸다가 나중에 찾아 올린다면 전개판이 스크루를 후려칠 사고가 있을 수도 있다는 생각을 했다. 전개판만이라도 살리고 후릿줄을 절단하기로 마음먹었다.

"얼마 안 남았으니 전개판은 걷어 올려라."

한결 나아진 동요에 절단기를 준비하고 목숨 줄로 허리에 로프를 맨 선원들이 멈칫거리며 갑판으로 나섰다. 거북 등처럼 보이던 전개판이 서서히 올라왔다. 갑판장이 손을 들어 윈치맨에게 더 천천히 감으라는 수신호를 했다.

선미가 내려앉을 때는 천천히, 솟구쳐 오를 때는 잠시 정지하며 조심스레 와프를 감고 있었지만, 끽끽 비명 같은 소리를 계속 내뱉는 트롤 윈치 과부하 브레이크가 불안했다.

가파른 산등성이 같은 파도를 또 하나 타고 넘자 엔진 맥박 소리가 숨 가쁘게 헐떡거렸다. 가까스로 전개판을 갤로우스에 고정시켰다. 전개판의 슈Shoe-신발을 의미하는 해저와 닿는 밑부분가 덜컹거리며 갤로우스 기둥을 긁어댔다.

전개판에서 분리한 후릿줄을 절단하려는 때 또 하나 큰 파도가 선수를 강타했다. 브릿지 선회창까지 물벼락이 날아들었다. 다시 선원들이 통로 쪽으로 몸을 피했다. 절단기가 갑판에 나뒹굴었다. 선수가 물에 잠겼다가 엘리베이터를 타고 부상하듯 현장舷墻 배수구로 물을 뿜으며 솟구쳤다.

장력을 견디지 못한 트롤 윈치 과부하 브레이크가 떨어져 나갔다. 윈치도 작동을 멈췄다. 후릿줄이 저절로 터지며 바다가 그물마저 통째로 삼켜버렸다.

선미에 매달렸던 그물 장력에서 갑자기 홀가분해진 배가 움찔하며 털털거렸다. 급히 엔진을 낮춰 안전 속도를 유지했다. 그 와중에도 양망을 시작했던, 갑판원 정남철이 추락한 지점을 어장도 상에 확인했다. 배는 이미 반 마일이나 파도에 밀려 서쪽으로 떠내려와 있었다.

멀리 동편 하늘에서 희뿌연 먼동이 터오기 시작했다.

납빛으로 물든 구름이 수평선에 드리워져 있었다. 먹장구름들과 검은색 바다가 맞붙어 바다와 하늘이 잘 구분되지 않았다. 매일 마주쳤던 새벽의 전조였지만, 사방에 여우 울음소리가 들리는 듯 낯설고 음산한 어스름이었다.

승현은 침을 삼키고 세차게 머리를 흔들었다. 배가 이 정도로 무자비하게 떠밀리는 물살과 파도에 정남철의 몸은 이십여 분이 지났는데 어디까지 떠밀려 갔을까.

어린 실항사가 훌쩍하며 울음을 터트렸다. 실항사를 밀쳐낸 2항사가 오더도 내리기 전에 양망 지점으로 침로를 변경했다. 다시 배가 전후좌우로 요동치기 시작했다. 선원들은 통로 쪽에 몸을 숨기고 있었다. 고무줄로 묶어 고정시킨 커피포트에 담긴 물을 벌컥대며 선장이 말했다.

"빨리 가보자…."

달리 할 말이 생각나지 않았다. 멍한 상태였다. 파도를 뒤집어쓴 갑판장이 브릿지 후문으로 들어섰다. 브릿지에서의 군기며 예의 따위도 잊었다. 젖은 담뱃갑을 꺼내 떨리는 손으로 한 개비를 뽑아 물었다. 하지만 담배도 죄다 젖어있었다. 그대로 담뱃갑을 구겨 움켜쥐면서 말했다.

"라이프 재킷은 입었으니 떠 있기는 하지 싶은데…. 수온이 차서, 저체온증이 걱정이네요."

"…."

딱히 대답해 줄 말도 없었다. 음울한 침묵 속에 물살에 휘둘리며 파도 밭을 내달렸다. 판자로 물을 때리며 전진하듯 슬래밍Slamming-선수 선저부가 파도와 맞부딪히는 충격으로 배가 덜컹거렸다.

흐릿한 여명 속이었다. 갑판 조명등을 그대로 켠 채 쌍안경을 들고 뚫어져라 사고 지점 부근을 살폈다. 아무것도 발견할 수 없었다. 파도의 이빨 같은 백파 거품만 이리저리 바람에 휘날려 흩어지고 있을 뿐이었다. 그물을 차지 않아 다소나마 조선이 자유로운 것은 다행이었지만, 암울하고 답답한 상황이 계속되자 모두 거친 숨을 몰아쉬었다.

승현이 침묵을 깨트리며 조심스레 말했다.

"…기지에 알리고 다른 배들에게도 연락해서 협조를 구해봐야 하지 않을까요?"

"아니. 잠깐 더 수색해 보고…."

선장이 새 담배를 피워 물었다. 짧은 시간에 많은 생각들이 머리를 스쳤다. 침착해야 한다. 냉철하게 배를 지휘해야 한다는 다짐을 했지만 입이 마르고 가슴이 벌렁거렸다.

사실이 알려지면 기지며 본사며 난리법석이 벌어지고, 여러 척 한국 배들의 호들갑도 성가신 일이었다. 바다에 추락해 떠밀려 간 선원을 빨리 구조할 수 있다면 얼마나 다행일까. 그런 요행을 바라고 싶었다.

식당에 전 선원들이 모여 앉아 담배 연기를 내뿜으며 웅성거렸다. 해수가 역류해 넘쳐 들어와 식당 바닥이 홍건했다. 모두가 어찌할 바를 몰랐지만 언제 있을지 모를 구조작업에 대비해야 했다. 담요를 준비하고 구조 때 몸을 덥힐 한 드럼 해수까지 데우며 불안과 일말의 희망이 섞인 눈망울들을 굴리고 있었다. 먼저 말을 꺼내는 쪽이 지는 내기라도 건 것처럼 생 침을 삼키며 말을 아꼈다.

파도 밭을 왔다 갔다 하며 삼십 분을 간절한 마음으로 수색했으나 별무 신통이었다. 빠른 속도로 동진하는 저기압에 날뛰던 바다가 아주 조금씩 누그러지고 있었다. 차라리 저기압이 조금이라도 잘 때까지 몇 시간 더 예망을 계속했더라면 하는 때늦은 후회가 일었다. 하지만 소용없는 일이었다.

"불사조, 불사조 감도 있습니까? 여기는 장미…."

조업도 아니고 피항도 아닌 엉뚱한 움직임을 보이자 다른 배들에게서 호출이 왔다. 혹시 무슨 사고가 있는지 걱정되어 확인하는 습관이었다. 가뜩이나 정신 사나운데 말을 섞기도 싫었다. 2항사를 시켜 경미한 엔진 트러블이 있다 둘러대게 했다. 곤혹스러운 표정에 2항사 목소리도 함께 떨렸다.

고참 격인 백두산과 장미의 교신이 공동밴드에서 흘러나왔다.

"아이고, 한 며칠 파도 밭에 뒹굴었더니 삭신이 뻐근합니다. 침상에 구르며 여기저기 부딪혀 두들겨 맞은 듯 온몸이 멍든 것 같네요. 한나절 더 피항하다 오후에는 무리해서라도 다시 그물 담가봐야겠수다."

"징글징글합니다. 내 이놈의 고기잡이 언제 때려치나 싶어요. 허허."

"어쩌겠소. 한 마리라도 더 잡아야 한 푼이라도 더 받을 건데. 어쨌거나 불사조 선배님은 대단하십니다. 우리보다 몇백 톤 더 잡으셨으니 첫 물량 한국에 도착하면 다른 배들은 본사에 야단 좀 맞겠네요. 소형 사이즈가 다른 배들 피항으로 귀해져서 수양고가 몇억 차이가 날 테니…."

부러움인지 염장 지르기인지 한가하게 대화를 나누는 교신도 듣기 싫어 볼륨을 줄여버렸다. 선장이 가쁜 숨을 몰아쉬었다. 바싹 마른 입이 써서 담배를 뽑아 물었다가 그대로 눌러 꺼버렸다.

무엇보다 차가운 수온이 문제였다. 저층 수온이 3, 4도에 불과했으니 표층 수온은 높아야 10도 정도로 본다 해도 생존 예상 기간이 최대 3시간이 못 될 것이었다.

두 시간 넘은 수색에도 진전이 없었다. 흉기에 찔려 몸서리치는 짐승같이 날뛰던 바다는 아주 조금씩 가라앉고 있었지만, 잔여파가 남아 아직도 심하게 출렁거리고 있었다. 모두 모래를 씹은 듯 아침 식사도 거르다시피 하고 물만 들이켜며 타는 속을 달랬다.

교인인 통신장은 기도라도 올리는지 눈을 감고 있었다. 출항 고사를 잘 못 지내 사고가 난 건가 하고 웅얼거리던 기관장은 따가운 눈총을 받고 이내 입을 다물어야 했다.

물러가는 먹구름 조각 사이를 뚫고 짧은 우박이 쏟아졌다. 우박은 콩 볶는 소리를 내며 기관총을 난사하듯 뱃전과 갑판을 두들겨 댔다. 바다는 아무 일도 없었던 것처럼 시침 떼며 파도의 숨을 조금씩 가라앉히고 있었다.

와일드 퍼시픽 6
- 바다에서 죽다

갑판원 정남철, 서른여섯, 경북 해안가 출신이었다.

원양 트롤어선 경력이 10년 넘는 중고참에, 몸이 날래고 성격도 원만해 갑판의 궂은일을 도맡아 처리하듯 했던 알짜 선원이었다.

배에서 떠도는 말로, 몇 어기 모아둔 돈을 아이도 없이 살던 첫째 아내가 들고 튀었다 했다. 이번 출국 전에 어릴 적 고향 친구인 무녀巫女 아내를 만나 말 많고 눈치 보이는 고향을 버리고 부산에서 새살림을 꾸렸다 들었다.

막내라지만 찢어지는 가난에 노모를 보살필 집안도 못 되었던지, 가족 생계비 반은 큰 형에게 부치고, 나머지를 아내 몫으로 보내달라는 부탁을 하며 낯을 붉히던 내력도 있었다. 그도 이번 어기에 큰 희망을 걸었을 것이었다. 말수가 적어 그저 씨익하고 웃던 그의 미소가 아련했다.

시간은 더디게 흘렀다. 한나절 걸린 수색에도 그를 찾지 못했다. 저기압이 바다를 짓밟고 지나가는 속도는 빨랐다. 정오를 지나자 눈에 띄게 바다는 안정을 되찾았다. 마스트 끝에 무지개가 걸렸다. 찬바람만이 잔여파 위로 윙윙대고 있었다.

모두가 망연자실해 줄담배로 연기를 뿜어댔다. 이제 더 이상 살아있을 희망은 없었다. 시신이라도 건졌으면 하는 바람이었지만 누구도 시신이라는 말은 입 밖에 내지 않았다. 행여 브릿지에서 살아 떠 있는 그를 발견해 달려가지 않을까 노심초사하며 신경을 곤두세우고 있었다. 입에서 단내가 났다. 조리장이 말없이 주전자에 탄 커피를 한 잔씩 돌렸다.

배들이 앞다투어 투망을 해댔다.

브릿지에는 무겁고 침울한 침묵만이 흘렀다. 기관장과 통신장이 안절부절 들락거렸지만 아무 말도 꺼내지 못했다. 선장이 한숨을 토해내며 중얼거렸다.

"이게 무슨 일인가. 나에게, 우리 배에 이런 끔찍한 사고가 닥치다니."

그제야 이대로 시간을 흘러서는 안 된다는 판단이 섰다. 통신실에서 급히 기지를 호출했으나 외출이라도 한 듯 응답이 없었다. 지정 교신 시간까지는 두 시간이 더 남아있었다.

승현이 몇 번이고 선장에게 요청한 대로 다른 배들에게 알려 협조를 구하기로 했다. 이 경황에도 선장 체면을 생각해 승현이 대신 나섰다. 선장이 통신실로 내려갔다. 초사 당직 시간이라 쉬고 있을 각선 선장들을 예의를 갖춰 정중히 불러올렸다. 그리고 고해성사하듯 새벽부터 지금까지 사고 경위를 짧게 설명했다.

"뭣이라? 아이구야. 그런 사고가…. 지금 브릿지에 선장님 계시나?"

청취하던 선배 선장 한 사람이 목소리를 높였다. 통신실에 내려가셨다는 말에 그가 화가 난 어투로 덧붙였다.

"아니, 그 상황에 그저 입 다물고 있었단 말이가? 후딱 알렸어야지. 모두 피항 중이라 그물도 차지 않은 상태였으니 흩어져서라도 찾았더라면…."

그를 진정시키며 백두산 선장이 나섰다.

"어쩔 거요, 소용없는 말들은 그만두고 바로 그물 뽑읍시다. 밀려 나간 파도 진행 방향 감안해 포위하듯 둘러싸서 수색합시다. 해지기 전에 바짝 찾아봐야지요."

모두 승현이 전하는 위치정보를 듣고 양망을 서둘렀다. 어느 배가 고기를 많이 잡니 어쩌니 경쟁적인 관계이기도 했지만, 이역만리 바다에서 한국 선원 실종 소식에 일사불란하게 수색에 협조하기로 뜻을 모았다. 달리는 중에 백두산 선장이 승현을 따로 호출했다. 담배라도 피워 물었는지 후우하는 긴 한숨을 내쉬며 말했다.

"초사, 마음 단단히 먹어. 브릿지가 흔들리면 선원들이 동요하는 것 잘 알잖아. 어느 배나 마찬가지야. 사고라는 게 누구 얼굴 봐가며 오는 게 아니지. 아무리 베테랑들이라도 아차 하는 순간에 닥치는 사고는 속수무책이야, 어쩔 수 없지. 그래서 항상 긴장과 조심이 필요한 거고. 그리고 언제든지 공동채널 열어두게. 이제 와서 하는 말이네만 그 배는 조업 스타일이 독특하고 함부로 우리가 호출하기도 좀 어려울 때가 있었어…."

백번 지당한 말들이었다. 선배로서 따뜻한 마음을 담은 충고이기도 했다.

조류와 풍압을 추산해서 한 시간 넘게 15마일 정도 서쪽으로 함께 달렸다. 백두산의 지휘하에 각자 1마일씩 벌린 거리로 도열해 동쪽으로 미속 전진하며 바다를 살피기로 했다. 갈매기들이 끼룩대며 배들을 따랐다. 느릿한 날갯짓이 저기압이 물러가고 있음을 알려주는 듯했다.

"응? 뭐라고요?"

지정 교신 시간이었다. 통신장에게서 이 사실을 들은 기지장 안상수는 어안이 벙벙해 무슨 말부터 꺼내야 할지 몰랐다.

자신도 바다를 익히 경험한 선장 출신이 아닌가. 바다에 몸을 의탁해 꿈을 품고 배에 오른 선원의 실종이라니. 명치끝이 아리며 그 선원에 대한 연민부터 치밀어 올랐다. 끊은 지 10년이 지난 담배 생각이 간절했다. 어서 본사와 연락해 대책부터 마련해야 했다. 그가 천천히 말했다.

"시차 감안해서 본사에 알릴 거요. 우선 계속 잘 수색해 보라 전하세요. 사건은 벌어졌지만 현명하게 대처해야 합니다. 이제부터 항시 밴드 오픈해 놓을 테니 상황을 언제든지 보고하세요."

교신을 마친 안상수는 고개를 뒤로 젖히고 마음을 진정시키려 했다. 출발부터 삐걱대더니 결국은 이런 사고가 터졌구나. 경험상으로도 이런 사고가 있었던 배들은 앞으로 정상조업이 어려울 터였다. 선장의 평소 행태를 보더라도 선원들을 잘 타일러 무마하기는 힘들 것 같고, 언제든지 선상 반란이나 작업거부의 위험이 도사리고 있다고 생각했다.

어쩌지, 어떻게 해야 하나. 재빠르게 머리를 돌려봤다. 언뜻 최 상무와의 묵계부터 떠올렸지만 우선은 실종 선원 수색이 먼저였다.

교신을 마친 통신장은 미간을 찌푸렸다.

-현명하게 처리하라, 현명하게 대처하라.

이십 년 배 경력에 경험했던 예기치 않은 크고 작은 해난사고에 대한 육지의 지침은 언제나 그런 식이었다. 하기야 그들이 눈으로 보지 못하며 알 수 없는 바다에서의 급박한 상황에, 해 줄 수 있는 말은 이 말들 외에 과연 무엇이 있을까. 통신장은 다시 정남철의 시신이라도 찾을 수 있게 도와달라는 간절한 기도를 올렸다.

다섯 척 배들이 함께한 단체 수색에도 해 질 무렵까지 아무런 흔적도 발견하지 못했다. 백두산 선장이 전체교신에서 말했다.

"오늘 어획 보고는 한국 배 모두 피항으로 어획량이 전무했다 보고합시다. 옵서버 태운 배는 한국 배 한 척이 엔진 트러블로 조선에 문제가 있어 만일의 사태를 대비해 주위에 대기한다 둘러대시고, 각선 기지 교신에도 실종이니 어쩌니 호들갑 떨지 말고 수색 결과 나올 때까지 함구합시다."

같은 운명을 가진 뱃사람들로서 모두의 입장을 배려한 말이었다.

바다에 어둠이 내려앉았다. 모두 저녁 식사도 하는 둥 마는 둥이라 양동이에 휘저은 미숫가루를 식당 테이블에 올려놓았다. 조리장이 바게트에 햄을 끼운 샌드위치와 커피를 브릿지로 들고 올라와 슬그머니 내려놓았다. 마주친 그의 두 눈도 벌겋게 충혈되어 있었다.

승현은 음식들을 물끄러미 내려다보았다. 억장이 무너지는 현실을 앞에 두고서도 살아남은 자들은 결국 짐승처럼 먹고 배설해야 한다는 사실이 울컥하니 슬펐다.

　백두산의 지휘로 조금씩 더 서쪽으로 수색 범위를 넓혔다. 한 방향으로만 미속 전진 하던 배들을 두 팀으로 나눠 서로 마주 보고 교차하는 방식으로 수색하기로 했다. 또 두 시간 정도가 지났다. 조용하던 VHF에 다급한 목소리가 들렸다.

　"불사조, 감도 있어요? 불사조, 불사조….''

　서편 끝자락을 수색하던 장미였다. 시간은 밤 열 시로 치닫고 있었다. 백두산 선장이 먼저 대답했다.

　"장미, 왜 그래요? 무슨 소식이라도 있습니까?"

　장미의 항해사였다. 어디를 뛰어다녀 오기라도 한 듯 숨이 찬 목소리였다.

　"우리 배 우현 200미터쯤에 주황색 부유물 같은 게 떠 있습니다. 서취라이트로 바다 위를 둘러보고 있는데, 단정 지을 수는 없지만 쌍안경으로 확인하니 라이프 재킷처럼 보입니다."

　승현이 잽싸게 송수신기를 움켜쥐었다.

　"장미, 불사조입니다. 그쪽으로 가겠습니다. 도착할 때까지 흘러가는 방향을 확인하고 대기 바랍니다. 감사합니다. 오버."

　"예, 지금은 잔잔해서 크게 이동은 없지 싶네요. 너무 가까이 간다면 우리 배가 일으킬 물살에 멀어질 수 있으니, 최대한 근접해서 정선하고 동태를 살피겠습니다. 오버."

　급하게 엔진을 전속으로 올렸다. 협조 중인 배들 위치와 수색 방향 항적은 2항사가 이미 어장도 상에 플로팅Plotting, 좌표기록해두고 있었다.

새벽 사고 지점부터는 남서쪽으로 12마일이나 떨어진 거리였다. 실종자가 떠밀릴 걸로 예상했던 해류 방향과 일치하지 않는 비켜난 지점이었다.

선장실로 전화를 넣었다. 배들이 장미의 위치로 내닫기 시작했다. 전속으로 주기를 올리자 선원들이 술렁댔다. 승현이 마이크를 집어 들었다.

"비상대기 스탠바이. 일단 다른 배에서 발견한 것 같다는 소식이 왔다. 전속으로 달린다. 40분쯤 소요된다. 갑판장 브릿지로 올라오시오."

갑판장이 브릿지로 뛰어 올라왔다. 손칼로 머리를 갈무리하는 그에게서 약한 술 냄새가 났다. 꼬박 하루 가까이 우의 작업복 차림 그대로 속을 태우다 답답한 마음에 소주라도 한잔 들이킨 것 같았다. 하지만 번득이는 눈빛 그대로 승현의 오더를 듣고 구조 준비를 서둘렀다.

갑판장이 히빙 라인Heaving line-연락줄 형태 가는 밧줄 끝에 후크를 달고 줄을 사렸다. 선원들에게 학갓대고리가 달린 대나무 장대를 두 개씩 연결해 길이를 늘여 준비하게 했다.

다른 배 선장들도 모두 브릿지로 올라왔다. 백두산 선장이 다시 나섰다.

"어두워서 시야가 문제겠지만 너무 접근하면 배끼리 충돌 위험도 있으니, 우리 배만 불사조 뒤에 대기하고 다른 배들은 반대 방향에서 서취라이트를 불사조 쪽으로 밝히며 대기해 주세요."

사고가 일어난 지 열다섯 시간이나 지난 시각이었다. 생존 가능성은 없다는 말들은 모두 아끼고 있었다. 배들이 일사불란하게 움직였다. 장미가 배를 앞으로 빼며 물러났다. 그 위치에 배를 도착시켰다. 일러준 쪽으로 서치라이트를 비췄다. 부표처럼 주황색 부유물 하나가 검푸른 바다에 점 하나를 찍어둔 듯 확인됐다. 승현은 마른침을 꿀꺽 삼켰다.

바람을 좌현으로 받아 부유물보다 풍하風下-바람아래 쪽에 배를 위치하게 했다. 우현 전타에 엔진을 전속 후진으로 짧게 한번 썼다. 전진 타력에 따른 회두를 줄이기 위함이었다. 다시 스톱 엔진 상태로 조정해 배를 정선시켰다.

부유물이 밀려와 좌현으로 접근하기를 기다렸다. 쌍안경으로 확인하니 틀림없는 주황색 구명동의로 보였다. 물살을 막고 선 배의 일렁거리는 조파저항 때문인지 근접 속도가 눈에 띄게 느렸다.

상황을 묻고 싶어 안달이 난 선장들을 백두산 선장이 진정시켰다.

"비상 상황에 대비해 다른 배들은 교신을 자제하고 그대로 기다립시다."

그리고 무언가 생각을 가다듬은 듯 연이어 말했다.

"불사조는 듣기만 하세요. 우리 배가 선수를 귀선과 수직으로 두고 엔진을 약하게 써서 스크루 물살로 시신을…. 아니, 그 라이프 재킷으로 보이는 물체를 떠밀리게 할 수도 있겠는데, 그저 감안만 하고 상황 판단 후에 언제든지 협조 요청하세요."

브릿지 아래 통로에서 바다를 살피던 1갑원이 갑판장에게 말했다. 축축이 젖은 떨리는 목소리였다.

"갑판장님, 속이 타서 안 되겠네요. 저한테 줄 길게 묶어 주이소. 뛰어내려 헤엄쳐서 건져보겠습니다."

아직 바람이 차가웠다. 담배를 피워 문 갑판장이 침착하게 대답했다.

"수온 때문에 맨몸은 안 되고 잠수복 준비하려면 그만큼 시간이 또 걸릴 거야, 좀 더 있어봐라. 근접하면 히빙 라인으로 건져보자."

서치라이트 불빛이 훑어 내는 바다는 비닐장판처럼 번들거렸다. 아주 천천히 뱃전으로 밀려오는 부유물을 다시 살폈다. 이제는 맨눈으로도 식별이 가능한 거리였다. 안전모는 확인되지 않았다. 단지 구명동의만 떠 있는 것처럼 보였다. 갈매기들이 먼저 부유물을 확인하듯 주위를 돌며 자맥질했다.

아주 긴 시간이 지나가는 것 같았다. 다가오기를 기다리기에는 너무 속이 탔다. 엔진을 초 미속으로 한 번 올렸다 다시 정선했다. 스크루 물살이 뒤로 빠지며 부유물과 거리가 20미터 정도로 좁혀졌다.

아직 적정거리가 아닌데도 급한 마음에 구명동의를 향해 갑판장이 히빙 라인을 던졌다. 실패였다. 껍질을 벗긴 야구공 모양으로 실타래를 뱅뱅 감아 고정한 히빙 라인 추가 풍덩 바다에 빠졌다. 거리가 미치지 못했다.

길게 늘어뜨린 로프 같으면 중간지점을 조준해 낚아채듯 걸어 올리지만, 과녁의 한 점 같이 떠 있는 부유물을 조준하기가 쉽지 않은 일이었다. 물살을 당기듯 엔진을 미속으로 한 번 더 후진시켰다.

갑판장이 재빨리 줄을 사려 올렸다. 한숨을 한번 토한 그가 다시 히빙 라인을 던졌다. 또 실패였다. 학갓대를 움켜쥔 1갑원이 숨이 가쁜 듯 바다를 향해 마른침을 뱉어냈다. 선미까지 늘어서서 네 개의 학갓대를 잡은 선원들도 두근대는 가슴을 억누르며 구명동의에 시선을 떼지 않고 있었다.

세 번째 시도였다. 마침내 10미터 정도로 접근한 구명동의에 히빙 라인 고리가 걸렸다. 줄이 타이트하게 새겼다. 행여 고리가 이탈할세라 줄을 느슨하게 조절하며 구명동의가 선미 쪽으로 천천히 흘러가게 했다.

틀림없는 정남철의 시신이었다. 아직 얼굴은 확인할 수 없었다. 갈매기들이 구명동의 쪽에 끼룩거리며 내려앉았다가 다시 수면을 박차고 날아올랐다.

구명동의가 좌현에 거의 밀착하듯 근접했다. 1갑원이 학갓대를 내밀어 끝에 달린 날카로운 고리로 구명동의 등판 부분을 후려 찍었다. 시신의 머리를 때릴 수도 있었지만 선택의 여지가 없는 행동이었다. 조마조마하던 갑판장이 안도의 한숨을 토해냈다.

갑판장이 줄을 풀었다. 1갑원 혼자 손힘으로만 버티는 학갓대 끝부분을 다른 선원 하나가 달려와 같이 움켜쥐며 힘을 보탰다. 또 다른 선원이 다른 학갓대를 다시 구명동의에 걸었다. 또 한 선원이 달려와 힘을 합쳤다.

시신은 고개를 숙이고 있어 앞으로 엎드린 것처럼 보였다. 1갑원이 천천히 학갓대를 잡아당기자 빙글 돌며 바로 누운 자세가 되었다. 학갓대를 잡은 세 명의 선원이 장애물들을 피해 가며 선미 쪽으로 불안한 걸음을 옮겼다. 갑판장이 선미로 내달려 갤로우스 기둥에 걸리지 않게 밖으로 돌려 뺀 카고 윈치 훅크를 움켜쥐었다.

아이보리색 갤로우스 육교 형 거치대에 새겨진 '안전제일安全第一'이라는 진녹색 글씨가 허망하게 승현의 눈에 꽂혔다.

"슬립 웨이 쪽으로 천천히 끌고 와라."

시신이 선미 외판 굴절 부위에 맞닿았다. 갑판장이 우물에 떨어진 두레박을 건져내는 동작으로 구명동의 등판에 훅크를 던져 걸었다. 행여 훅크가 이탈할세라 구명동의에 박힌 학갓대를 그대로 선원들이 붙들고 있었다. 갑판장이 나사를 돌리는 동작같이 조심스레 수신호를 했다. 1갑원이 신호를 따라 천천히 카고 윈치를 감았다.

구명동의와 고무 우의가 슬립 웨이 바닥에 긁히며 정남철의 시신은 갑판에 천천히 끌려 올려졌다. 그제야 구명동의에 박힌 학갓대를 제거했다. 모두 깊은숨을 토해냈다.

브릿지에 2항사만 남겨두고 선장과 승현이 갑판으로 달려 내려갔다. 다리가 후들거렸다. 전 선원들이 갑판에 모여들었다.

"…."

모두 입을 굳게 다물고 있었다. 학갓대 고리에 찍혀 찢어진 구명동의 아래 검은색 고무 우의가 번들거렸다. 1갑원이 그의 몸을 굴려 바로 눕혔다. 뻣뻣하게 굳은 몸이었다. 흠뻑 젖은 머리칼 아래 얼굴이 드러났다.

밀랍 인형처럼 굳은 정남철의 얼굴은 귀기가 서린 유리 빛이었다. 셀로판지를 덧씌운 것같이 매끈하고 창백한 얼굴에 조명등 불빛이 서늘하게 내려앉았다. 눈을 감은 채 양쪽 주먹을 꼭 쥐고 있었다. 마치 화가 난 듯한 얼굴이었고 무척이나 외로워 보였다. 입술을 깨물었던지 아랫입술이 짓이겨져 있었다. 숨이 멎어 핏기가 사라진 얼굴이 풀빛에 물든 것처럼 파리했다. 구명동의와 고무 우의에서 물이 뚝뚝 떨어졌.

안전모는 그가 벗어버린 것일까, 거센 파도와 바람에 저절로 벗겨졌던 것일까. 허리띠에 찬 바늘대 주머니는 그대로 부착되어 있었다.

"…남철아, 이 새끼야. 눈 떠봐라 일마, 진짜로 죽은 기가…."

친했던 선원 하나가 무릎을 꺾고 꿇어앉아 시신을 붙들고 울먹거렸다. 3항사와 실항사가 펑펑 울기 시작했다. 갑판장이 시신을 부둥켜 잡은 선원의 어깨를 두드렸다. 잠깐 시간을 두고 눈짓으로 1갑원에게 그를 떼어내게 했다.

시신이 상하거나 물고기나 갈매기들에게 뜯기지는 않은 것 같았다. 1갑원이 장화를 벗겨 고인 물을 빼냈다. 발이 부르텄는지 양말은 잘 벗겨지지 않았다. 피우던 담배를 바다에 집어 던지고 달려온 기관장이 1갑원을 거들며 말했다.

"…이 양말도 씻어 놓자. 나중에 유품들 모아 배에서 태워버리게."

우두커니 섰던 선장이 입을 열었다. 목이 잠긴 듯 낮은 목소리였다.

"여기서 말고 일단 처리실로 옮겨라. 모두 고생했다. 시신부터 씻기든지…. 우선 말끔히 닦기부터 해야 안 되겠나."

아직 울음을 그치지 못한 선원이 갑자기 몸을 일으켰다. 그가 선장을 향해 악다구니를 내질렀다. 눈물범벅에 떨리는 목소리였다.

"보이소 선장님. 빨리 와프부터 절단하고 물에 빠진 일마부터 찾아야 됐을 것 아닙니까. 전개판 걸어 올린다꼬 시간 다잡아 무삐리니 일마가 떠내리 가뿐 거 아닙니까."

선장이 움찔했다. 사고로 받은 충격에서 아직 헤어나기도 전이었다. 이 또한 배에서 난생처음 당해보는 하극상 같은 상황이었다. 충혈된 눈에 삿대질로 달려들며 나선 그를 갑판장과 1갑원이 제지했다. 기관장이 눈짓으로 3항사에게 선장이 자리를 피하게 하라는 신호를 보냈다. 그리고는 선장을 대신하듯 머뭇거리며 말했다.

"…그기 이 사람아. 시간이야 아끼겠지만 와프를 잘라 버렸다가 나중에 건져 올릴 때 전개판이 프로펠러나 선미에 부딪혀 봐라. 전부 다 골로 간다 아이가. …그물은 내버려도 전개판은 무리해서라도 건져 올리는 기 맞다 아이가. 더 큰 사고를 방지할라 한 건데 니가 그리 말하믄 안 된다…."

선원이 한쪽 소매로 눈물을 훔치며 안전모를 벗어 갑판에 패대기쳤다.

"더 큰 사고요? 사람이 물에 빠졌는데 그딴 거 생각하요? 그 날씨에 딴 배들 다 피항하는데 허구헌 날 양투망에, 나도 돈 한 푼 벌라고 이 배 타고 나왔지마는 그저 고기, 고기, 무조건 밀어붙이다가 이리된 것 아니요? 죽은 놈만 서럽지…."

갑판에 부딪혀 튀어 오른 안전모가 선장 발 앞에서 팽이처럼 데구루루 뒹굴었다. 선장 얼굴이 모욕감과 처참함이 한데 섞여 붉게 상기되었다. 모골이 송연했다. 움켜쥔 두 손이 벌벌 떨렸다. 다리가 후들거려 주저앉을 것 같았으나 가까스로 정신을 차리며 서 있었다. 배에서 전지전능한 위치에만 있었던 선장의 위신이 나락으로 떨어지고 있었다. 생 침만 삼키며 어떻게 응대해야 할지 몰랐다. 가슴이 덜컥 소리 내며 내려앉았다.

선장이 3항사에게 떠밀리듯 브릿지로 발걸음을 옮겼다. 참혹한 심정이었다. 오죽하면 이러나 싶어 윽박지르지도 못하던 선원을 갑판장이 가까스로 진정시켰다. 선원들이 덩달아 속이 아리고 목이 타는지 헛기침을 뱉어내고 있었다. 그가 갑판장을 쳐다보며 다시 울먹거렸다.

"갑판장님, 내는 더 못 하겠습니더. 남철이 시체 보낼 때 나도 보내

주이소. 친구 하나 쥑이놓고 고기고 돈이고 지랄이고 더는 못 하겠읍니다."

갑판장도 눈시울이 붉어져 있었다. 말없이 그의 어깨를 토닥이며 담배를 뽑아 내밀었다. 그리고 엉거주춤 섰던 다른 선원들에게 말했다.

"천천히 맘 가라앉으면 다시 이야기하자. 몇 명 나와라. 남철이 시신부터 옮기자. 그리고 초사님, 상차림 부탁 하입시다."

훌쩍거리던 몇 선원들이 캔버스Canvas, 범포帆布로 둘러싼 시신을 처리실로 옮겼다. 오더를 내리기도 전에 조리장이 알았다는 듯 붉어진 눈으로 주방으로 달려 내려갔다. 기관장이 염습殮襲 처리를 준비한다며 알코올을 모으기 위해 통신장과 약품 창고로 향했다. 갈매기들의 끼룩거리는 소리가 구슬프게 들렸다. 어둠 속에 갇힌 정선 상태의 뱃전을 쓰다듬는 물결들이 쌀을 이는 듯한 소리를 냈다.

승현은 갑판에 잠시 멍하니 서 있었다. 핑하고 눈에 이슬이 맺혔다.

우리가 눈으로 볼 수 없어 알지 못하는 시간, 파도에 추락한 정남철은 얼마나 무서웠을까. 물에 빠진 자신의 눈앞에서 배를 선회하고 그물을 감아올리는 동안, 파도에 떠밀려 자신이 배와 자꾸만 멀어질 때 그는 얼마나 두려웠을까. 숨이 붙어 있을 때까지 살기 위해 있는 힘을 다해 자맥질하면서, 있는 힘을 다해 살려달라고 우리를 부르지 않았을까.

나도 선원 하나를 수장시킨 무능하고 비겁한 항해사다. 견고한 바닷새의 부리로 쪼이거나, 어떤 흉기로 후벼 파이듯 가슴이 아렸다.

바다여, 뱃놈의 운명이 따로 있다면, 그 운명으로 자신들을 맡겼다면, 너는 어머니같이 우리를 품고 쓰다듬어 줘야 하지 않는가. 정남철을 잔인하게 삼켰던 바다를 향해 승현은 그렇게 외치고 싶었다.

다른 배들에게 시신 인양 결과를 알렸다. 정중하게 고맙다는 인사도 전했다. 배들은 머뭇거리는 말투로 한 마디씩 격려의 말을 남겼다. 이제는 따로 도울 일도 없기에 다시 투망을 위해 흩어져야 했다.

어느 배나 마찬가지일 터였다. 행여 그런 사고가 자신들 배에서는 일어나지 않기를 바라며 묵묵히 고기잡이를 이어가는 것, 먹고살기 위해 다시 그물을 던지는 것, 그것만이 지금 할 수 있는 유일한 일이었다.

기관장과 갑판장이 청수로 시신을 닦아냈다. 다시 알코올로 한 번 더 닦은 후에 수의壽衣 대용으로 여분의 흰색 침대 시트를 둘러싸 몸을 덮었다. 나무판자로 튼튼하게 관을 짜 입관했다. 죽음의 그림자가 쓸고 지나간 배는 암울했다. 모두 치밀어 오르는 슬픔에 굳게 입을 닫고 있었다.

처리실 준비 공간에 관을 내리고 정갈한 상을 차렸다. 양초를 켜고 절을 할 때 몇 선원이 다시 훌쩍거리기 시작했다. 갑판장 건의대로 술을 한 상자 내려줬다. 선원들이 모여 앉아 술잔을 기울이는 식당 쪽에서 이런저런 큰 소리들이 들려왔다.

1갑원과 몇 선원이 따로 당직을 서듯 담배를 물고 관 옆에 우두커니 앉아있었다. 승현이 이제 관을 어창에 내려 잘 고박해두라 지시했다. 1갑원이 대답도 없이 고개만 끄덕거렸다. 선원들은 초점 없이 횅한 눈으로 담배 연기만 뿜어댔다.

SSB 앞에서 몇 시간을 속 타게 기다리던 기지장에게 통신장이 시신 인양 사실을 알렸다. 기지장이 대뜸 화부터 냈다.

"아니 그때그때 진행 상황을 바로 알려야 여기서도 처리 방안을 강

구할 것 아니오. 몇 번을 호출해도 나오지도 않고…."

말하는 중에 자신부터 냉정을 찾고 침착해야 한다는 생각이 들었다.

"통신장, 미안해요. 경황없기는 배나 여기나 마찬가지니 이해하시고, 시신을 찾았다니 그나마 다행입니다. 고생했어요. 회사에 전하고 처리 방안을 의논할 건데 어때요? 선원들이 동요하거나 하지 않아요?"

응대하기가 난감했다. 자신의 권한 밖이라 여긴 통신장이 교신을 중지했다. 어창에 내려가 관을 고박하는 과정을 지켜보던 승현을 찾아 수화기를 넘겼다. 기지장이 빠른 목소리로 말했다.

한국에서 유족들과 보상 관련 합의가 이루어지고, 보험 관련 건도 병행하려면 시간이 걸릴 것이다. 최선을 다해 보상 문제에 협조할 것이다. 가족들의 뜻을 타진해 봐야겠지만, 입항해서 현지 화장 절차를 진행하든지 또는 제대로 된 시신 방부처리와 본국으로 인도에 따르는 경찰조사와 공관 확인 절차를 거쳐야 한다.

이런 말은 좀 그렇지만, 이왕 벌어진 일이니 현명한 방향을 찾아야 하는데, 가장 합리적인 길은 선원들을 다독여 사고와는 별개로 열흘 정도 남은 이번 항차를 오징어로 만선해서 수양고 부터 올리는 것 아니겠느냐. 그게 회사와 선원들 양쪽에 현실적으로 득이 되는 길이다….

기지장이 늘어놓는 이야기에 잠깐 생각을 가다듬은 승현이 대답했다.

"…알겠습니다. 사고도 사고지만 트롤 윈치 브레이크 파손으로 당장 조업은 할 수 없습니다. 지금은 약식으로 제를 올렸고 술 한 잔씩 하는 중입니다. 내일 아침까지 선원들과 협의하겠습니다. …냉정히 말씀드리면 지금 선원들 분위기가 선장님 통제권은 넘어선 것 같습니다."

기지장은 한숨을 내쉴 수밖에 없었다. 결국 이렇게 되는구나. 10개월이 되도록 겨우겨우 조업을 이어가는 중에 이런 사고가 나다니. 결국 최 상무의 극한 상황 대비 전략까지 염두에 두고 일을 진행해야 할 지경까지 왔구나. 우선 마음부터 차분히 다잡아야 했다. 일단 교신을 끝냈다.

"…알겠어요. 상시 연락합시다."

브릿지로 올라온 승현은 한참을 넋이 나간 것처럼 서 있었다. 바다를 내려다보았다. 어화漁火라 부르는, 저 멀리 조업 중인 배들이 밝힌 현등舷燈 불빛들이 아스라이 깜박거리며 눈을 찔렀다.

번쩍하고 눈을 떴다. 이 경황에도 곤두세웠던 신경으로 피곤에 짓눌렸는지, 의자에 앉은 채 깜박 선잠이 든 모양이었다. 배를 띄워둔 정선 상태라 너울에 배가 약하게 일렁거렸다.

2항사가 우두커니 서서 선수 창밖을 바라보는 뒷모습이 눈에 들어왔다. 내용도 없는 짧은 꿈에서, 설핏 정남철의 투명하게 굳은 얼굴이 스쳐 지나간 것 같기도 했다.

기관장과 갑판장이 브릿지로 들어섰다. 기관장이 담배부터 뽑아 물었다.

"초사, 안 되겠네. 일단 전 선원들 작업거부요. 다른 요구 조건까지는 아직 안 나왔는데 고기고 나발이고…. 트롤 윈치 수리해서 조업 더 해보자는 말 꺼낼 상황이 아니요. 이제 그나마 돈 될 오징어 시작인데 거참, 따로 해 줄 말도 없더라고…."

그리고는 또 들으나 마나 한 이야기를 주절거렸다.

"뭐 우리끼리 하는 말인데, 처음 항해 때부터 스크루 날로 고랜지 상어인지 베어 버려 피 칠갑해놓은 데다가, 조리장 대가리 칼로 그이고, 적도제다 출항제다 고사도 부실하게 지내고 난데없이 결핵환자에, 인제 보니 초장부터 안 될 조짐이 있었던기라….”

기관장의 푸념은 그저 한쪽 귀로 흘러들어야 했다. 갑판장 말이 더 현실적이었다. 그도 담배를 피워 물었다.

“시신을 냉동보관은 하면서 조업을 더 하자는 말을 꺼낼 분위기가 아닙니다. 초사님, 사고와는 별개로 데모같이 반란 냄새가 나면 우리가 불리하니 무조건 작업거부하고 입항할 게 아니라, 회사하고 이런저런 조건부터 따져봐야 안 되겠습니까? 함 알아봐 주이소. 애들은 내가 달래고 있을테니요. 기관장님 말씀대로 더 이상 작업은 물 건너갔습니다.”

이러구러 10개월까지 선원들을 다독여 온 그들이었다. 승현은 자신이 나설 필요도 없다 결론을 내렸다. 내일 아침 기지에 알리겠다 말하고 그들을 내려보냈다. 외톨이로 침실에 틀어박힌 선장에게 보고도 하지 않았다. 부연 설명도 필요 없을 것이었다.

호시절에 좋은 조건으로만 배를 타본 선장이 인명사고에다 선원이 대드는 수모까지 당했다. 불현듯 측은한 마음이 일었다. 재학시절부터 전설로 우러렀던 대선배였다. 다시 나선 바다에서 조급함을 떨쳐내지 못했지만 자신의 영달만을 추구하는 사람은 아니었다. 거친 성격에 인간관계가 서툴러 기지와 문제를 일으키고, 초라한 실적에도 자기표현 그대로 선원들을 '내 새끼들'로 여기던 선장이었다.

그나마 힘닿는 데까지 잘 보필해야 한다는 생각을 했다. 기관실로 전화를 넣었다. 기관장에게 선장 방에 들러 지금 상황을 전달해달라는 부탁을 했다. 배는 너울을 타고 미약하게 흔들렸다. 아직 잠들지 않는 바람 소리가 침울에 휩싸인 선원들 마음을 흔들고 있었다.

본사 전 직원이 비상대기 중이었다. 구조 소식을 애타게 기다리던 최 상무에게 기지장이 긴급통화로 연락을 했다. 다행히 시신은 인양했다는 소식과 선원들 작업거부 사실을 알렸다.
"…올 것이 왔구나."
다시 정신을 추슬렀다. 노회한 경영인답게 호들갑을 떨거나 경거망동하지 않고 침착하게 대응책을 마련하려 했다.
이미 벌어진 일이었지만 배 측 입장 표명이 의외였다. 별다른 동요도 없었다. 바다에서 헛고생에 시간만 흘려보내 버렸다는 허탈감 외에는 예상외로 조용한 결과였다. 사망사고도 한 요인이 되겠지만, 그저 남은 어기를 포기하고 그 배를 떠나고 싶다는 선원들 의견이었다. 선상반란이나 사측을 공격하고 매도하는 일반적인 행태와 달랐다. 업계 관례상 아주 드문 경우였다.
선장에게 다시 선원들을 통솔해 조업을 계속해 보라는 권고는 아예 불가능이라 결론 내려야 했다.
정남철의 부인은 소식을 듣자마자 그 자리에서 혼절해 병원 치료 중이라 했다. 워낙에 궁벽한 어촌이라 선동질할 인물도 없었던지, 유가족들이 떼거지로 몰려와 회사를 때려 엎는 불상사도 아직은 없었다. 혹시 모를 문제가 생기기 전에 서둘러 선수를 쳤다. 그의 지휘로 회사는 발빠르게 움직였다.

유가족에게 보험금에 위로금을 더해 상당한 액수의 보상금을 지급할 것이라 약속했다. 선원들도 촉각을 곤두세울 사항이니 기지에도 미리 이 사실을 알렸다.

또 하나, 사측 입장에서야 일방적인 어로 계약 파기로 작업을 거부한 선원들을 배려할 하등의 이유가 없었다. 어획이 형편없었으므로 따로 찾아야 할 정산금 계산도 의미 없기는 매한가지였다.

하지만 갓 출범한 원양어선원 노조가 문제였다. 어떤 경우를 막론하고, 계약 해지 시 넉 달 치 생계비를 전별금 조로 지급하라는 조항을 들고나왔다. 선원들로서는 감지덕지할 강제 규정이었다. 하급 선원들을 동남아 선원들로 채우려는 선주들 정책에 반발해 서둘러 결성된 노조였다. 급격히 세를 불린 노조의 위상도 그렇거니와, 회사 체면을 위해서라도 수용할 수밖에 없는 조건이었다. 불과 하루 만에 일사천리로 진행되고 도출한 결과들이었다.

최 상무는 또 머리를 굴려야 했다. 일전에 안상수와 비밀리에 의논한 방안들을 마음속으로 다시 한번 복기했다. 표면적으로 정해진 사항들과 함께 자신이 일부 변경한 계획까지 전했다.

"크게 동요 없는 선원들 보니 사관들이 통솔은 잘해 온 것 같네. 내 말 잘 들어라…."

선원들 마음이 돌아섰다니 할 수 없지만, 업계에서 자신들 평판을 중시해야 하는 고급 사관들은 회사방침이라면 마지못해 따를 것이다. 하급 선원들만 먼저 귀국시켜라. 후임들 선발할 때까지 시간이 걸린다 말하고, 특별수당을 언급하면서 소수 인원만 태우고 망가진 트롤 윈치와 기관 재점검 차 시운전을 나가게 해라. 그 시운전 때 우리 계획대로 진행하는 걸로 전략을 변경하자. 눈치 빠르고 닳아빠진 기관장은 넘어오지 싶은데, 사고로 위축되어있을 선장을 설득할 수 있을지가 문제다.

내 친구지만 이런 엄청난 계획은 전화로 떠들어서 될 일이 아니다. 피곤하겠지만 네가 거기서 차분히 잘 설득해 봐라. 그 계획만 보자면 차라리 잘 된 상황이다. 말 많고 보는 눈 많은 것보다 소수만 데리고….

하지만 뜻대로 설득이 안 될 수도 있지 않겠나. 그럴 때는 바로 없었던 일로 입막음하면서 신속하게 선장을 비롯한 전 선원 교체로 간다….

배는 다음 날 저녁 무렵 입항을 위해 쓸쓸히 뱃머리를 돌렸다. 사측 입장 표명을 듣기 위해 하룻밤을 꼬박 띄워놓았던 터였다. 백두산 선장이 승현을 따로 불러 위로와 격려의 말을 전했다. 다른 배들과는 작별 인사도 할 심정이 아니었다.

유품을 태우기 위해 깨끗하게 닦은 드럼통을 갑판에 준비시켰다. 정남철이 남긴 것이라고는 여행 가방 하나 분량 초라한 옷가지들 뿐이었다. 침상 벽에 붙여 둔 아내와 찍은 사진도 떼어 냈다. 어깨를 끌어안고 활짝 웃는 사진이었다. 친했던 선원이 귀국해 아내에게 전하겠다며 사진을 집어 들었다. 물을 짜내고 말려둔 그가 착용했던 구명동의와 우의까지 한데 모았다.

갑판장이 보망칼로 구명동의와 우의를 조각조각 찢어 불길이 활활 타오르는 드럼통에 던져 넣었다. 그것들은 칙칙 소리를 내며 눌어붙듯 매캐한 연기와 그을음만 일으키고 잘 타지 않았다.

1갑원이 장작처럼 쪼갠 나무판자를 불쏘시개 삼아 더 집어넣었다. 기관장이 페트병에 담아 온 휘발유를 부었다. 잿빛 연기가 피어오르며 불길이 '확' 하고 솟아올랐다.

선원들이 드럼통 곁에 침통한 표정으로 모여들었다. 장작불에 비친 그들의 얼굴이 붉게 달아올랐다. 불에 대한 의식을 치르는 배화교拜火敎 신도들같이, 그로테스크한 그 얼굴들은 처음 보는 사람들처럼 낯설었다.

침실에 틀어박힌 선장 이광조의 심정은 참담했다.

배는 항구로 돌아가고 있었다. 선수가 파도를 으깨며 가를 때 솟구친 포말이 부서지는 소리가 들렸다. 길길이 날뛰며 출렁거리는 마음은 쉬 가라앉지 않았다. 육지에서 멋모르고 벌였던 사업이 망조가 들었을 때 심사에 비할 바가 아니었다.

한숨을 뱉어냈다. 무리하게 밀어붙인 조업에 선원의 안전을 지켜내지 못했다는 회한이 밀려왔다.

북양 시절에도 악천후 조업에 뱃전이 부서지며 어로 장비가 파손되고, 사고로 손가락 몇 개를 절단하거나 했던 크고 작은 안전사고를 수도 없이 겪었다. 고기로 가득 찬 그물 더미에 깔려 발목이 부러지고, 와이어가 끊기며 후려쳐 정강이뼈가 짓이겨 진 선원을 헬기로 긴급 후송하기도 했다.

거친 배 생활을 견디지 못한 샌님 같은 서울 출신 선원 하나가 입항 중에 물로 뛰어내린 적도 있었지만, 술에 취한 해프닝으로 바로 건져 올려 혼쭐을 내고 웃고 말았던 기억도 있었다.

앞만 보고 달리며 거칠 것 없이 젊고 무모했던 시절이었다. 사고 때마다 선장인 자신을 탓하기도 전에 욱하고 일어나던, 일이 서툰 선원들이 정신줄을 놓쳐 벌어진 사고라 되레 질책하고 싶은 마음을 애써 삼켜야 했다. 공상 처리에 자신의 수입에서 큼지막한 액수 돈 봉투를 위로금 조로 내밀고, 그게 자신이 해 줄 수 있는 적절한 보상이라 여겼을 뿐이었다.

하지만 지금의 사고는 달랐다. 자신도 인생에 극심한 굴곡을 겪어본 후였다. 가진 게 없거나 잃은 게 많아, 자신과 마찬가지로 다시 바다에 희망을 걸었던 선원들이 자신의 분신들이라는 생각도 했었다.

의욕만을 앞세워 바다를 거역하며 밀어붙인 조업이었다. 그에 대한 앙갚음처럼, 산 제물로 바치듯 험한 바다에 선원을 잃은 마음은 참담하기 그지없었다. 입이 바싹 말랐다. 서늘한 기운이 등골을 타고 흘러내렸다.

위스키 한 잔을 따라 벌컥대며 마셔보았다. 하지만 가슴이 벌렁거리며 목은 더 탔다. 자신 개인의 명예나 자존심이 문제가 아니었다. 선원 하나를 바다에 수장시켜 버렸다는 처절한 자괴감이었다. 담배 연기가 한숨에 섞여 침실을 가득 메웠다. 고개를 젖히고 천정을 향했던 시선을 내렸다.

뛰는 가슴을 쓸어내리며 멍하니 앉았던 그의 눈길이 언뜻 성경과 종교 서적들에 머물렀다. 자신을 옥죄고 마음을 가라앉힐 목적으로 한국에서 출항 때 싸 들고 왔지만, 먼지만 쌓인 채 책상에 뒹굴고 있던 것들이었다. 거친 숨만 몰아쉬던 그는 무엇엔가 이끌린 듯 손에 잡히는 대로 한 서적을 펼쳐보았다.

浮雲自體本來空

本來空是太虛空

太虛空中雲起滅

起滅無從本來空

뜬구름 자체는 본래 공한 것

본래 공인 것은 바로 저 허공이니,

허공에 구름 일고 사라지나니

일어나고 사라짐 자체도 온 데 없는 본래 공이네.

이게 무슨 말인가. 온 천지에 모든 것이 허공이라면 대어 만선으로 내 명예를 높이고, 나를 따랐던 선원들에게 돈 보따리를 안겨주기 위한 노력도 뜬구름처럼 공허한 짓들이었단 말인가. 세차게 고개를 흔들었다.

마음을 안정시키고 싶었다. 옛날 망한 사업으로 술에 절어 방황할 때, 아내의 성화를 못 이겨 몇 번 겉치레로 따라나섰던 교회를 떠올렸다. 사지가 뒤틀려 좀이 쑤시다가도, 억지 춘향으로 찬송가를 따라 부르다 얼핏 짧게 스쳐 지나갔던 평안했던 감정을 되살려 보려 했다.

아내가 들려줬던 성경을 펼쳐보았다. 뭐가 뭔지 이해도 못 할 문어체투성이였지만, 아내가 형광펜으로 덧칠해 둔 몇 구절들이 눈길을 끌었다.

'내 아버지의 집에는 많은 저택이 있느니라…. 나 거기에 가서 너희들을 위하여 있을 곳을 마련하리라…. 내가 있는 곳에 그대도 또한 있으리로다.'

'오직 각 사람이 시험을 받는 것은 자기 욕심에 끌려 미혹됨이니'
'욕심이 잉태한즉 죄를 낳고 죄가 장성한즉 사망을 낳느니라'
'바다가 그 가운데서 죽은 자들을 내어주고, 또 사망과 음부도 그 가운데서 죽은 자들을 내어주매 각 사람이 자기의 행위대로 심판받고'

떨리는 손으로 성경을 덮었다.
"이게 무슨 일입니까? 모든 것이 내 잘못입니까?"
새삼 자신에게 퍼붓는 물음들이 꼬리를 물고 일어났다. 환난, 핍박, 인도, 구원, 이런 단어들이 뒤섞여 뒤통수를 후려치며 환청이 들리는 것 같았다. 바다와 육지를 떠돌며 무엇을 얻기 위해 살아왔나. 나를 그렇게 몰아붙인 것은 무엇들이었나.

어떻게 해야 할 바를 몰랐다. 두근거리며 뛰는 가슴이지만 매어 달릴 곳이 아무 데도 없었다. 가슴 속으로부터 안타깝게 그를 재촉하는 소리가 들리는 것 같았다.

자신도 모르게 침실 바닥에 무릎을 꿇었다. 자신이 무모하고 슬픈 잘못을 저질렀음과 탐욕에 가득 차 바다의 경고를 무시하고 밀어붙인 조업을 후회하며 기도를 드리고 싶었다.

기도의 내용도 없었다. 그저 기도하는 자세로 그를 가두어 놓고 있는 절망의 어둡고 깊은 거친 파도를 벗어나, 자신을 인도하는 빛과 이해를 주십사하고 애처롭게 호소했다.

주나 절대자에게 자신의 구원과 도움만을 간구한 것은 아니었다. 죽음으로 물에 떠오른 선원과 그 가족, 그리고 나머지 선원들의 앞날까지도 인도해달라는 간절한 호소였다. 울컥 눈물이 솟아올랐다.

와일드 퍼시픽 7
- 귀항歸港, 바다는 갈매기를 붙들지 않는다

리틀턴 항 진입 수로에서 도선사가 올라탔다. 인명사고로 긴급 입항하는 곡절을 알고 있다는 듯 도선사가 모자를 벗고 정중하게 조의를 표했다.

매번 마주쳤던 항구의 멋진 풍경도 눈에 들어오지 않았다. 승현은 항구의 활기차면서도 평안한 모습과 시신을 싣고 들어가는 배를 두고, 삶과 죽음의 묘한 대비에 울컥 슬퍼지는 감정을 추슬렀다.

경찰차와 운구를 처리할 이송 차량이 경광등 램프를 밝히고 있었다. 무녀인 정남철의 아내가 현지 화장火葬을 거부하고 시신을 그대로 인수하기를 원한다 했다.

세관원과 검역원들도 선원들의 침울한 표정에 평소와 달리 약식으로 신속하게 형식적인 검사만 하고 돌아갔다. 기지장의 사전 조치로 경찰조사에는 선장만 출두하기로 결정되었다. 굳은 표정의 선장이 경찰차에 기지장과 함께 올라 배를 떠났다.

해치커버를 열었다. 카고 윈치로 정남철의 관을 갑판에 들어 올렸다. 갑판 중앙에 자리 잡은 관에 방역원들이 스프레이 형태 분무기로 소독제를 분사했다. 관에 서렸던 살얼음 냉기와 만난 소독제 비말들이 아지랑이처럼 피어올랐다. 관 외판에 소름처럼 돋았던 물방울들이 갑판에 눈물처럼 뚝뚝 떨어졌다.

갑판장이 다시 한번 노제 형식의 예를 갖추기를 원했다. 방역원들이 고개를 끄덕이며 뒷걸음으로 물러났다. 선원들이 관을 향해 두 번 절을 했다. 선원 몇이 또 눈물을 훔쳤다. 제일 연장자인 기관장이 관을 쓰다듬으며 중얼거렸다.

"정 군아, 한국 가서 좋은데 묻히거라. 우리도 곧 니 뒤따라 귀국할끼다. …아니지, 우리가 먼저 한국 가서 니를 기다릴지도…."

부두에 산책 나온 현지인들이 의아해하며 모여들었다. 상황을 짐작한 누군가가 무어라 중얼거리며 경건하게 성호를 그었다. 현지인들도 고개를 숙였다. 하역노조들도 머뭇거리며 우두커니 서 있었다. 평소 때 같으면 떠들썩하게 본선 선원들과 장난질하던 그들도 한껏 굳은 표정들이었다.

노제를 마쳤다. 관에 술을 뿌리려는 갑판장을 방역원들이 제지했다. 갑판장이 순순히 물러나며 손에 든 소주병을 들어 한 모금 병나발을 불었다. 아이스 커버Ice cover 재질 방호 천막을 관에 둘러씌웠다. 다시 카고 윈치로 부두로 떠 올리고, 선원 여덟이 관을 들어 호송 차량의 큰 스테인리스 케이스에 드러눕혔다.

호송차가 배를 떠났다. 선원들이 몇은 손을 흔들거나, 몇은 눈시울을 붉히거나 하면서 그를 배웅했다. 시신의 혈액과 수분을 제거하고,

방부제 약품을 투입하는 엠바밍Embalming 처리를 위해 전문의료기관으로 향한다 했다. 승현은 포르말린으로 박제된 미라처럼 변할 정남철의 얼굴을 상상했다. 그리고는 씁쓸히 담배를 피워 물었다.

경찰조사는 길지 않았다. 대형어선에서 악천후 조업 중에 일어난 사고 경위는 그들이 제대로 알 수 없는 일이었다. 바다라는 동떨어지고 고립된 공간에서 일어난 돌발 사고였다. 전적으로 승현이 작성하고 기지장이 영문으로 번역한 사고 경위 보고서에 의존할 수밖에 없을 것이었다. 거두절미하고 악천후 기상은 불가항력Act of god이며, 황천 조업 때 발생한 실족사失足死, Lose footing and fall to death로 귀결되었다.

조사를 마쳤다. 기지 사무실로 선장을 데리고 들어선 안상수가 선장에게 커피를 권했다. 마땅한 위로의 말도 떠오르지 않았다.

"…형님, 상심이 크겠지만 침착하게 앞으로 어떻게 해야 할 건지 차분히 의논해 봅시다."

"…"

기진맥진한 선장의 몰골이 초췌했다. 경찰조사에도 영어 구사 능력이 없다 밝히고 입 한번 열지 않았다. 학교 선배에다 바다를 호령하던 명 선장의 추락을 함께하는 그의 마음도 편치 않았다. 거칠 것 없던 성품으로 그토록 성가시게 굴었던 사람이었지만, 이제 마주 앉아 바라본 어두운 낯빛이 측은했다.

서로 성격이 맞지 않아 티격태격 보낸 시간이 일 년이 가까웠다. 만리타국에서 한배를 탄 운명이었지만 합심해서 잘 이끌어 오지도 못했다는 일말의 회한도 함께 밀려왔다.

선장이 커피를 한 잔 들이켠 후에 짙은 한숨을 내쉬었다. 아무런 말이 없었다.

막대한 자금 손실을 감내하며 10개월이나 기다려 준 합작사도 예기치 못한 사고에 그저 애도를 표하고 있을 뿐이었다. 심기일전해 새 출발 하듯 나선 오징어 조업에서 인명사고가 덮친 격이었다. 안타까운 사고지만 일은 일대로 처리해야 했다. 신속한 사후 진행과 아울러 합작사 입장을 고려한 차후 계획을 밝혀줘야 할 시점이었다.

마음이 급했다. 어쩔 수 없었다. 아직 사고의 충격에서 벗어나지 못한 선장이지만 최 상무와의 음모를 먼저 전하고 이해를 시키는 일이 급선무라 생각했다. 마른침을 삼켰다. 위스키를 한 잔 따르고 얼음을 준비했다.

"…형님, 나머지 일은 제가 다 처리할 겁니다."

여기까지 말한 그가 술잔을 선장에게 내밀었다. 이제 우리 계획을 알리고 그의 선택을 기다려야 한다. 다시 숨을 고르듯 커피를 한 모금 넘긴 후에 겨우 입을 열었다. 그의 목소리는 속삭이듯 나직했다.

"경황없겠지만 시간이 없어서…, 지금부터 하는 제 말 잘 들으셔야 합니다. 최 상무님과 협의가 끝난 내용인데 형님의 결단과 협조가 필요한 부분이라서…."

"…."

기지장이 조심스레 꺼낸 이야기를 들은 선장의 표정이 처참하게 일그러졌다. 침묵이 흘렀다. 한참 후에 위스키 한 잔을 털어 넣듯 삼킨 선장이 눈길을 마주치지 않고 한숨을 한 번 내쉬었다. 그리고 천천히 말했다.

"…사고 나기 전부터 작정하고 있던 계획이었나?"

"…."

이번에는 안상수가 대답할 말이 없어 입을 다물어야 했다. 이런 경황에 너무 성급했나 하는 생각이 머리를 스쳤지만 다시 주워 담을 수도 없었다. 오죽하면 이런 계획까지 세워두고 있었을까 하는 생각이 선장을 더욱더 무참하게 만든 것 같았다.

SSB에서 잡음이 일었다. 어색한 분위기를 깰 기회라도 잡은 듯 일어서서 볼륨을 껐다. 몇 시간이 흐른 것 같은 답답한 침묵이었다.

"…꼭 강요는 아니지만 최 상무님과 제가 생각한 최선의 방안이라고…."

선장이 의자에서 몸을 일으켰다. 안상수가 선장의 손을 잡으며 말했다.

"…너무 갑작스레 말씀드렸나요? 생각할 시간을 드릴까요?"

선장의 손이 떨렸다. 선장이 그의 손을 뿌리쳤다. 그리고 다시 의자에 털썩 주저앉아 눈을 감았다.

입항 전 새벽녘이었다. 잠 못 이루고 전전긍긍하던 그에게 바다에서인지 마음속에서인지 나직이 가라앉은 어떤 말씀이 들렸다.

-모두가 헛되고 헛된 것이다. 너는 네가 쟁취했다 여긴 너의 운명이나, 한때 누렸던 행운의 빛이나, 교만을 잠재우기 위한 경고까지 소홀히 여겨 너의 것으로 받아들이지 않았다. 다시 일어설 수 있는 기회와, 함께 해야 할 소중한 인연들까지 아무것도 얻지 못하였다. 은혜를 모르는 너

의 아집으로 죄에 따른 벌을 받을 것이니, 너의 끝없는 욕심으로 종내 모든 것을 잃었다….

그는 벌떡 몸을 일으켜 선 채로 침실 사방을 두리번거렸다.
"그러면 제가 어떻게 해야 하겠습니까…?"
간절한 물음이었다. 하지만 환청이었을까, 바다의 속삭임 같았던 그 음성에서 대답은 더 이상 들을 수 없었다. 잠시 넋이 나간 사람처럼 의자에 앉아 뛰는 가슴을 쓸어내렸다.

선장은 뱃전을 쓰다듬던 파도 소리를 배경으로 낮게 들려오던 그 말씀을 기억해 냈다.
자신의 수모나 추락이 문제가 아니었다. 단순한 안전사고가 아니라 과욕이 빚은 사망사고였다. 부진한 조업실적을 만회하기 위해 지독한 황천 파도에 무리한 조업을 강행한 자신의 야욕 때문이었다. 다시 가슴이 쓰라렸다. 선장이 천천히 말했다.
"…아니. 못 들은 걸로 하겠네. 또다시 나를 따랐던 사람들을 속이듯해서 위험에 빠지게 할 수는 없어."
눈빛마저 달라지고 너네하며 함부로 대하는 사투리가 섞인 억센 어투도 사라졌다. 낯설고 차분한 음성이었다.
선원 하나의 목숨까지 버린 후였다. 앞만 보고 달린 자신의 과오를 뉘우치고 있는 선장은 그제야 이치와 순리에 맞는 처신을 하고 싶었다. 수지 타산적인 계산에 따른 엄청난 음모에 자신을 따랐던 인연들을 끌어들여서는 안 된다 생각했다. 자신이야 영욕에 찬 바다를 떠나면 그만이었다. 새파랗게 젊은 후배 항해사들에게 사망사고에 더해 배를 가라앉혔다는 치욕스러운 오명을 달고 다니게 할 수는 없었다.

"…실패한 내가 다시 배를 침몰시키고 보험금에서 내 몫으로 책정한 돈에 구차한 욕심을 내기 싫네. 혹시 내 정산금 남을 게 있다면 전부 선원들에게 나눠주게."

생각을 떠보는 차원에서 건넨 말이었지만 안상수로서는 낭패였다. 단호한 그의 표정에 더 이상 설득은 필요 없을 것 같았다. 재빨리 머리를 굴려야 했다. 고의침몰 건은 아예 없었던 말로 되돌려야 하고, 전 선원들을 교체해 합작사업을 계속 이어가는 플랜B를 가동해야 한다는 판단을 내렸다.

"…알겠습니다. 그렇다면 이런 말 나왔다는 것 자체를 비밀로…."

"그만."

선장이 말을 잘랐다.

"걱정 마. 모든 책임은 나한테 있어. 더 이상 나를 욕보이지 말게. 그리고 떳떳하지 못한 변명도 안 할 것이니 나 혼자 먼저 귀국시켜 주게. 이제 바다를 떠나야지."

사람이 확 바뀐 듯 선장의 단호한 말이었다. 대답도 기다리지 않고 사무실 간이침대에 잠시 누워 쉬게 해달라는 부탁을 했다. 그저 입을 다물 수밖에 없었다.

침대에 몸을 눕히고 눈을 감은 선장의 얼굴을 내려다보았다. 회한과 뉘우침에 더해 모든 것을 내려놓은 자의 공허한 낯빛이었다. 말없이 불을 끄고 커튼을 내렸다. 같은 공간에 머무르기도 거북했다. 혼란해진 마음을 식힐 겸 거리로 나섰다.

심란한 마음과는 달리 거리는 화창했다. 그는 생각했다. 자신이 가졌던 두 가지 상반된 마음. 그 두 마음의 경계에 양심과 분별이 존재했다. 처음 그 계획을 들었을 때 가슴 속에 스멀거리던 두려움에 섞인 묘한 기대와, 한편에서는 절대로 거기까지 가서는 안 된다며 반대편을 억누르던 상반된 마음. 최 상무도 마찬가지가 아닐까. 고의침몰이 궁여지책으로 도출해 낸 극단적인 음모였지만, 친구인 선장이 수락하지 않은 것을 차라리 다행으로 여기지 않을까.

여기까지 생각이 미치자 오히려 후련했다. 사고 후에도 각자도생 방안을 찾는 사람들의 머리 회전은 비상했다. 그래 새 술은 새 부대에, 안타까운 사고지만 받아들이고 다시 새 출발을 해야 한다. 이런 사고에도 불구하고 찰스를 이해시켜 천금같이 공을 들였던 합작사업을 계속 이어 나간다면, 자신의 능력을 좋게 평가받는 계기도 될 것이었다.

미운 정만 들었지만 치욕적인 사고를 당한 선배 선장의 입지가 한편으로 안타깝기도 했다. 선원들과 마주치기가 힘들 것이니 오늘내일 이틀 정도 선장을 따로 호텔에 묵게 하고, 그의 신병 처리에도 최대한 협조하리라 마음먹었다. 거기까지 생각이 미치자 자신도 자기의 앞날만을 챙기는 약삭빠른 사람이 아니라는 이상한 자위 같은 감정마저 일었다.

이틀 후 이른 아침에 선장은 혼자 귀국 길에 올랐다.

따로 챙길 짐도 없었다. 성경과 책들 나부랭이만 작은 가방에 담아 대리점 직원을 통해 호텔로 전달했다. 배의 비상전화로 승현에게 짧은 전언을 남겼다.

"…나 따라와서 모두 고생 많았다. 면목이 없다. 먼저 귀국해서 최대한 선원들에게 불이익이 가지 않는 방안을 찾아보마. 뒷일 부탁한다."

그의 말에 비바람과 파도, 그리고 안개 낀 축축한 바다 냄새가 섞여 있었다. 승현도 울컥했다. 주제넘은 위로는 되삼켜야 했다. 언뜻 다시는 만나지 못할 것 같다는 예감이 머릿속을 스쳐 지나갔다.

"…알겠습니다. 건강히 모든 것 추스르십시오."

전 선원들이 모인 선원식당에서 승현이 선장의 귀국을 알렸다.

"헛, 우리 남겨두고 도망갔답니까?"

"…말조심하고 입 다물어."

한 선원의 비아냥을 갑판장이 윽박질렀다. 기지장에게서 전화로 전달받은 회사 지침을 알렸다. 새로운 것도 없는 내용이었다.

"내일 선원들은 두 팀으로 나누어 귀국편 비행기에 탑승한다. 넉 달치 급여를 계약 파기 위로금으로 산정한다. 원양 선원 노조가 한국에서 기다릴 것이다. 위로금 산정이나 사측에 불만이 있는 사람은 귀국해서 적절하게 의견을 표출하라."

몇 모금 빤 담배를 재떨이 대용인 통조림 깡통에 눌러 끄고 말을 이었다.

"후임 교체 선원 도착까지 삼 주간 배는 부두에 묶어둔다. 엔진도 돌리지 않을 것이니 기관 사관들도 모두 귀국하고 초사인 나만 인수인계를 위해 남는다…."

뒷자리에 앉았던 사롱보이 김 군이 슬며시 손을 들었다.

"…초사님예, 저도 남으믄 안 되겠읍니꺼. 귀국해봤자 올 데 갈 데도 없는데, 배에 보초라도 서면 날짜 계산해서 월급은 줄 거 아닙니꺼. 초사님 밥도 해드리고예."

주정뱅이 아버지를 피해 도망치듯 배에 오른 사연이 있는 어린 친구였다. 승현이 애써 지은 억지웃음으로 대답했다.

"그래. 그러자. 이 동네 도둑도 없지만 안 그래도 혼자서는…. 밤에는 촛불 켜고 둘이 브릿지서 자고 낮에는 낚시나 하고…."

또 한 명이 저도요 하면서 일어섰다. 해병대 제대하고 앞뒤가 막막해 목돈이라도 마련하려 배에 오른 젊은 선원이었다. 승현이 고개를 가로저었다.

"아니, 둘이면 충분해. 이런 배 하루라도 더 머물러봤자 좋을 것 없어. 귀국해서 다른 자리나 알아봐."

해병대 선배인 갑판장이 쓴웃음을 지으며 거들었다.

"그리해라. 해병대 말뚝이나 박지 이 배 와서 애먼 짓만 했구나. 그리고 초사님, 저녁 식사 때 이 배에서 마지막 날인데 남는 술로 한 잔씩 반주라도 하겠습니다."

승현이 고개를 끄덕였다. 선량하고 단순하며 순박한 사람들. 가슴이 아렸다.

이튿날, 떠나는 마당이지만 아침부터 갑판장 지휘로 대청소를 했다.

"우리는 간다마는 입장 바꿔 생각들 해봐라. 이 배 사연도 모르고 다시 오를 후임들이 배가 엉망 돼 있으면 좋겠는지."

배에서 상하 직급 관계만 아니었다면 사회의 형님으로 불러도 좋을 만큼 진중하고 마음이 깊은 갑판장이었다. 1년 가까운 허송세월도 그저 지나치는 운명으로 받아들인 표정이었다. 그가 귀국 짐을 꾸리는 선원들에게 타이르듯 말했다.

"세상일 마음대로 되는 기 어데 있더나. 선장님도 혼자 욕심에 그리 한 것도 아니고, 다 고기 많이 잡아 돈 보따리 안겨 줄라꼬 그랬다 생각하자. 귀국해서 다음 배를 찾더라도 무식한 뱃놈 행세하지 말고, 우리 할 일은 끝까지 단디하고 당당하게 따질 것은 따지고…."

모두 순순히 그의 말을 따랐다. 빈털터리로 귀국하는 선원들이었다. 초라한 귀국선물이랍시고 말린 오징어를 묶어 비닐에 둘러쌌다. 지켜보던 승현이 항해사들을 시켜 선수창고를 열게 했다. 남은 담배와 위스키를 풀어 하급 선원들 우선으로 선물 삼아 배분했다.

점심 식사 후 전세버스가 도착했다. 인원이 많아 항공기 두 편에 나누어 탑승해야 하는 스케줄이었다. 갑판장이 모두 공항까지는 함께 가자는 말을 했다. 선원들이 동의했다. 몇 시간 차이라도 그저 같이 있고 싶은 마음일 것이었다.

언제 준비했는지 갑판장이 망지와 로프 등속에 속구와 장갑 같은 소모품 재고리스트를 승현에게 건넸다. 후임들과의 인수인계 용이었다.

"초사님, 인연이 닿으면 또 만납시다. 언제 선장 진급하시거든 다시 불러주이소. 나도 더 나이 들기 전에 초사님하고는 한 어기 더 해볼 테니요."

기관장도 끼어들었다.

"그래, 우리야 다 늙어서 흘러가는 대로 산다마는 젊은 양반들이 문제네. 이 배에서 좋은 경험 했다 치소. 엔진 끄고 가는 발길이 무겁네. 프로판가스는 연결해 뒀으니 둘이서 밥 끓여 먹는 데는 지장이 없을 거요. 한국 오거든 연락하소…."

짐 가방을 챙겨 든 막내 실항사가 승현에게 안겨 또 눈물을 글썽거렸다. 어깨를 토닥거렸다. 2항사와 3항사에게 선원들을 잘 인솔해 귀국할 것을 당부했다.

모두가 떠나버린 배는 폐가를 연상시켰다.

45명 선원이 북적대던 배는 엔진마저 꺼버리자 썰렁한 적막에 휩싸였다. 기다릴 사람도 반겨줄 사람도 없어 같이 남겠다 했지만, 막상 둘을 덩그러니 남겨두고 선원들을 태운 버스가 떠나자 김 군이 눈시울을 붉혔다.

기지장은 한 번도 배에 들르지 않았다. 둘 뿐이니 남은 부식으로 알아서 식사를 해결하라는 말과, 후임들이 도착할 때까지 배를 잘 지키라는 당부, 급한 일이 있으면 걸어서 10분 거리인 부두 입구 대리점으로 연락을 취하라는 전갈을 끝으로 비상전화마저 끊겼다.

다음 날 아침 김 군은 대나무로 간이 낚싯대를 만들었다. 부두에 걸터앉아 흔히 '꼬시래기'라 부르는 '문절망둑' 같은 고기를 낚아 올렸다. 밥알 몇 개만 뿌려도 고기들이 수십 마리씩 거품을 내뱉으며 해면에 솟구쳐 올랐다.

승현은 쏟아지는 햇살을 받으며 혼자 부두를 배회했다. 허한 마음은 다리가 붓도록 부두를 몇 바퀴씩 돌아도 가라앉지 않았다.

상륙비 남은 돈을 털어 우체국에서 이른 아침 시간에 맞춰 집으로 전화를 넣었다. 동생에게 조만간 귀국한다는 사실을 알렸다. 어머니는 아직도 식당 파출부 일을 나가고 있다 했다. 울컥 코끝이 시렸다. 김 군은 마땅히 전화 걸 곳도 없다며 주야장천 허리가 휘도록 낮잠에다 낚시질이었다.

입맛도 있을 리 없었다. 식사 때마다 통조림이나 컵라면으로 대충 때웠다. 부두를 걷고 낮잠을 자거나 선장 침실에 쌓여있는 철 지난 한국 신문을 읽었다. 김 군과 함께 악취가 진동하는 선장 침실을 말끔히 청소하고 환기를 위해 문을 열어뒀다. 아직 오징어 항차를 마치지 않은 한국 배들 입항도 언제일지 몰랐다.

저녁이면 퍼블릭 바에서 안면을 튼 현지 건달들이 오토바이나 고물 승용차를 끌고 와 경적을 울렸다. 실업수당을 수령했으니 맥주 한잔 사겠다며 승현을 찾기도 했다. 그들을 따라나서 퍼블릭 바에서 당구를 쳤다. 흑맥주 몇 잔을 얻어 마시고 돌아오는 밤늦은 부두 길은 또 그렇게 쓸쓸할 수 없었다.

인구 2천 명을 겨우 넘긴다는 부두 마을은 언제나 조용했다.

화창한 토요일, 옥스퍼드 거리에서 벼룩시장이 열렸다. 농장에서 직접 기른 채소와 신선한 과일잼에다, 깨끗하게 빨아 다린 중고 옷가지와 골동품들도 늘어놓고 있었다. 두 시간을 그곳에서 멍하니 시간을 보내다 배로 돌아왔다. 낮잠에서 깬 듯 부스스한 모습의 김 군이 기다리고 있었다. 사각으로 접힌 쪽지를 내밀었다.

"경적이 몇 번 울려서 나가봤더니 주황색 차에서 어떤 여자가…"

-저녁 여섯 시, 앨비언 스퀘어. 십 분간만 기다릴 것임. 타니화.

만년필 글씨였다. 초록색 잉크가 쪽지에 번져있었다.

담배를 피워 물고 선미 쪽으로 눈길을 돌렸다. 갈매기들이 부두 안까지 날아 들어와 자유롭게 창공을 훨훨 날았다. 무리와 떨어진 한 마리가 배의 마스트에 걸터앉아 허공을 노려보고 있었다.

혼잣말로 중얼거렸다. 바다는 갈매기들을 붙들지 않는구나. 날개를 가진 새는 어디든지 마음먹은 곳으로 날아갈 수 있구나.

보헤미안 랩소디 - 사랑은 없다

　말이 스퀘어지 광장이 아니라 미니공원이었다. 해거름 녘 공원 돌계단에는 몇 마리 비둘기들만이 구구대고 있었다.
　정각에 나타난 타니화는 역시 운동복 차림이었다. 어깨까지 늘어뜨렸던 검은 머리칼을 소년처럼 단발로 다듬은 모습이 싱그러웠다. 그는 생각했다. 그녀에게 보이는 내 모습은 어떤 것일까. 악수를 했다. 그녀가 웃으며 입을 열었다.
　"오랜만, 미스터 옐로우. 내 일자리를 잃게 만들뻔한 사람."
　배의 상황에 빗댄 농담이라 여겼다. 돌계단에 걸터앉았다. 배에서 들고나온 여섯 개 묶음 캔 맥주 종이 포장을 찢어 하나를 내밀었다.
　"알다시피 빈털터리고, 곧 떠나야 할 몸이야. 이걸로 내가 한 잔 산다는 셈 치지."
　"옵 코스!, 우린 둘 다 젊고 가난한 빈털터리네. 자, 우리 텅 빈 젊음을 위하여."

그녀가 건배하듯 캔을 부딪치고 하얀 이를 드러내며 웃었다.

"당신 배 어획이 부진해 회사가 머리 아팠어. 여하튼 계속 합작사업을 지속한다지만 선원들을 다 교체한다기에 왠지 마음이 쓰였지. …헤이, 황, 이거 알아? 찰스가 당신 근황을 미스터 안에게 물었어. '빛나는 눈'은 배에 남아 다음 팀들과 합류해 일을 계속할 수 있냐고."

승현이 뜨악한 표정을 지었다. 예민한 부분인 사망사고 건은 언급하지 않았지만, 의외의 말을 꺼내는 그녀를 물끄러미 건네다 보았다.

"사무실에서 본의 아니게 듣게 된 이야기야. 미스터 안의 대답은 '새 술은 새 부대에 담는다.'였어."

"…New wine into new bottle."

새 술은 새 부대에, 승현은 그녀 말을 따라 그대로 중얼거려 보았다.

애초부터 기지장은 그에게 연장 승선에 대한 의향을 묻지도 않았다. 기관장을 필두로 이 배 성능을 잘 아는 기관 사관들마저 모조리 새 인물로 교체하려 했다. 선박 수리 비용이나 선용품 청구서에 최 상무와 짜고 치는 이중장부 같은 비리를 승현과 기관장이 눈치채고 있다는 우려였을까. 상관없다. 나도 미련 없이 이 배를 떠나야 한다.

그녀가 진지하게 물었다. 귀국해서 다음에 또 이곳으로 오는 뱃자리를 구할 수 있느냐고. 잠시 머뭇대던 승현은 뱃놈 미래는 결코 알 수 없는 일이라고 건조하게 대답했다. 그녀가 눈을 지그시 감으며 고개를 숙였다. 둘은 한참을 말없이 앉아 있었다.

그녀가 맥주 몇 모금을 삼켰다. 애써 화제를 바꾸고 싶어 하는 표정이었다. 눈을 마주치지 않고 혼잣말하듯 중얼거렸다.

"찰스는 내게 은인이야. 나를 거두어 줬거든. 나비 돌보기 동호회에서 만났어. 그에게 들었지. 대양을 건너는 나비도 있다고. 내 팔의 거미 문신을 보고 나비였으면 좋았을 텐데 하며 수줍게 말을 걸어왔어. 워낙에 허세 없이 검소한 사람이라 큰 기업의 경영자인 줄도 몰랐지. 자신 회사에 일자리도 내주고 집도 구해주고. 후후, 나비가 거미를 구해준 거야…. 그렇게 베풀면서도 오히려 내 자존심을 건드릴까 봐 아주 주저하며 미안해했어. 벌써 이 년 전 일인데 삼촌이나 큰오빠처럼 날 돌봐준 사람이야….”

착잡한 마음과는 달리 엉뚱한 농담이 승현의 입에서 흘러나왔다.

“혹 주위의 오해 같은 건 없어? 한국식으로 말하자면 세컨드로 보던지.”

말을 뱉고 나자마자 아차 싶었다. 몇 모금 맥주를 벌컥댔다. 어둠이 스멀스멀 사위를 휘감고 있었다. 쓸데없는 말을 했다는 후회가 일었지만 그녀는 전혀 개의치 않았다. 두 손가락을 치켜세우고 무언가를 생각하듯 눈동자를 깜박이다 웃으며 대답했다.

“세컨드? 무슨 의미인지 알겠네. 영어식 표현은 미스트레스Mistress야. 후후, 그는 독신이야. 남녀 간 사랑에 아주 서툰…. 열셋이나 나보다 많지만 꼭 아이 같지. 돌봐주고 싶을 생각이 들 정도로….”

한적한 거리를 오토바이가 한 대가 부릉거리며 지나쳤다. 속도를 줄이고 이쪽을 흘끔거리던 가죽 재킷의 턱수염이 갑자기 오토바이를 세웠다. 고개를 돌린 그가 쌍욕을 내뱉었다.

“Fuck you. bitch엿 먹어라. 화냥년….”

동양인과 마주 앉아 맥주를 마시고 있는 여자가 제 딴에 눈에 거슬렸던 모양이었다. 지나쳐 온 퍼블릭 바 입구에 여러 대 세워둔 오토바이

들이 떠올랐다. 동호회에서 한잔 걸친 건달 중 하나일 거라 생각했다.

타니화가 벌떡 일어섰다. 놈을 향해 삿대질하며 상기된 얼굴로 소리쳤다. 비둘기들이 놀라 화들짝 공중으로 날아올랐다.

"What? shut up. bastard뭐라고, 닥쳐, 개자식아…."

그녀 입에서 심한 욕설이 나온 게 의외였지만 그걸 생각할 때가 아니었다. 이쪽을 노려보던 그가 오토바이 시동을 끄고 식식거리며 다가왔다. 옅은 술 냄새를 풍겼다. 움찔한 그녀가 몸을 일으킨 승현의 뒤로 물러섰다. 승현도 마른침을 삼켰다. 녀석이 왼손으로 자신의 턱수염을 쓸어내리며 내뱉었다.

"Stay where you are거기서 꼼짝 마라."

다가오는 녀석을 승현이 어깨를 붙들어 떠밀었다. 눈길이 마주치자마자 느닷없이 날아든 주먹이 승현의 턱을 후려쳤다. 눈앞이 번쩍했다. 놈이 다시 무어라 욕설을 내뱉으며 두 번째 주먹을 치켜올렸다. 반사적으로 녀석의 손목을 잡아 비틀어 당기며 발길질로 복부를 내질렀다. 술에 취한 놈은 다부진 구석 하나 없는 허우대뿐이었다. 커억, 하는 신음을 내며 그대로 땅바닥에 엎어졌다.

울컥 솟아오른 울화에 녀석의 멱살을 잡아 일으키려 했다. 그때 한 블록쯤 떨어진 곳에서 여러 대 오토바이가 부르릉거리는 소리가 들려왔다. 정신을 추슬렀다. 일행들이 몰려온다면 일이 커질 것이었다.

몸을 돌려 뒤에 선 타니화의 손을 잡았다. 두 눈이 마주쳤다. 다른 한쪽 손에 스포츠 백을 빼앗듯 받아 쥐었다. 그녀를 끌어당기며 캔터베리 거리 쪽으로 내달렸다. 성당 쪽으로 도망쳐 골목에 몸을 숨길 요량이었다. 뛰면서 녀석을 흘깃 뒤돌아보았다. 쓰러진 채 아직 몸을 못 가누고 꿈틀대면서 기침을 뱉어내고 있었다.

"아니야, 그쪽 말고 이리로."

한 블록을 위쪽으로 달려 지났다. 타니화가 숨을 헐떡거리며 키 작은 나무 덤불이 보이는 헬스센터 쪽을 가리켰다. 둘은 난간의 나무 뒤에 몸을 숨겼다. 서로의 손을 꼭 쥐었다.

승현이 자신도 모르게 그녀의 어깨를 감싸 안았다. 거친 숨을 고르는 그녀의 체온이 겨드랑이 쪽으로 전해져왔다. 예전부터 기억했듯이 그녀의 몸에서 옅은 민트향이 났다. 오토바이 소리에 그들이 내뱉는 말들을 승현은 잘 알아들을 수 없었다. 불안한 마음을 짓누르는 와중에 타니화가 키득거리며 귀엣말로 속삭였다.

"우리를 쫓으러 올 것 같지는 않아. 되레 그 자식을 비웃고 있네. 멍청한 놈이라고. 흡."

그리고 약간 가라앉은 음성으로 다시 말했다.

"아마 그 자식은 인종차별주의자Racist였을 거야. 나와 당신의 외모가…."

둘은 오토바이 소리가 멀어질 때까지 그 자리에 같은 자세로 엉거주춤 서 있었다. 어둠이 내리고 별들이 초롱거리며 이른 밤하늘에 매달려 있었다. 승현이 스르르 그녀의 어깨를 감쌌던 손을 내렸다. 그녀가 천천히 말했다.

"당신은 내게 해 줄 게 없다고 말했지만 이렇게 나를 보호해 줬네. 고마워…."

"…."

헬스센터 난간에 걸터앉았다. 거리에 다시 고요한 적막이 깔렸다.

그녀가 던힐 담뱃갑을 내밀었다. 같이 담배를 피워 물었다. 그녀가 엉뚱한 이야기를 꺼냈다. 옅은 어둠 속에 어느새 눈가가 젖어있었다.

"…엄마는 나를 낳다가 돌아가셨대. 아버지는 얼굴도 몰라, 미혼모였으니. 외할아버지와 외할머니가 날 키웠지. 어릴 적 이모가 나보고 그랬어, 욕심 많고 대담한 계집애라고. 좋아하는 건 물불 가리지 않고 다 차지하려는 혼자만 아는 나쁜 계집애라고."

이게 무슨 말들인가. 승현이 묵묵히 담배 연기를 내뿜었다.

"백인인 외할머니는 조신하게 날 키우려 했겠지만, 난 자유분방했던 외할아버지를 많이 닮았었나 봐. 다 돌아가시고 이모와 둘이 살 때 이모 남자 친구가 고등학생인 나에게 데이트 신청을 했어. 그 이유로 이모와 대판 싸우고 그 길로 집을 나왔지. 그리고는 바다를 찾아 이곳으로 떠나온 거야…."

담배를 피워 문 젊은 여자가 세상을 다 산 것 같은 말투로 자신의 이야기를 들려주고 있었다.

"…당신은 외할아버지를 많이 닮았어. 반쯤 곱슬한 머리에 구릿빛 살결, 검은 눈동자, 느릿느릿한 걸음에 허스키한 목소리. 대범하고 굳셀 것 같지만 감상적이고, 가끔 보이는 불안한 눈빛으로 연약했다가…."

도무지 종잡을 수 없는 말들이었다. 맥주 한 캔에 취할 만큼은 아닐 텐데. 아스팔트에 가로등 불빛이 길게 드러누웠다. 거리 정원의 향기를 품은 약한 바람이 둘을 스쳐 지나갔다.

"…당신은 아직 내 본명도, 정확한 나이도 묻지 않네."

듣고 보니 그랬다. 덤덤했다. 아무 말 않고 담배를 피우던 승현이 천천히 대답했다. 딱히 그녀에게 하는 말이 아니라 자신에게 하는 말 같은 것들.

"언젠가 물으려 했어. 알고 있는 것은 같이 외로운 젊음이고, 미래가 두렵고 그래서 아프고…. 나 자신에게 솔직해야겠네. 당신을 처음 볼 때 가슴에 약한 설렘이 일었어. 바다에서도 당신을 많이 떠올렸지. 혼란 같은 끌림이었거든. 낯설고 당혹스러운 느낌."

다시 마른침을 삼키고 말을 이었다.

"그렇게 짧은 시간에 당신을 생각할 때마다 가슴이 두근댔으니 이건 틀림없이 좋아한다는 감정이야. …책에서 읽었어. 사랑의 도구 네 가지. 서로를 인정하는 말, 함께하는 시간, 선물, 봉사. 이게 사랑이라면 네 가지 중에 내가 하나도 해 줄 게 없어서 안타까워…."

고백처럼 쏟아낸 사랑이라는 말에 타니화가 움찔하며 눈썹을 치켜 올렸다. 그의 말이 끝날 때까지 기다렸다가 씁쓸하게 웃었다.

"고백하면서도 역시 당신답게 보고서를 읽는 것 같이 기계적인 어투야."

"…외국어니까. 뜻대로 구사하기 어려우니까…. 내 마음을 정확히 표현했는지 모르겠어."

둘의 눈빛이 어둠 속에서 부딪혔다. 그녀가 갑자기 승현의 목을 끌어안았다. 그의 뒷머리를 쓰다듬으며 입맞춤했다. 곧바로 알아차렸다. 욕정에 들뜬 입술이 아닌, 마치 다친 애완동물이 가엾거나 안쓰러워 쓰다듬는 듯한 입술이었다.

입술을 뗀 둘은 참았던 심호흡을 뱉어내듯 깊은숨을 몰아쉬었다. 다시 담배를 피워 문 그녀가 밤하늘을 올려다보았다.

"…당신이 잘못 알았어. 사랑의 도구는 다섯 가지야. 거기서 하나를 더해야지, 육체적 접촉. …한 가지는 지금 했잖아, 바로 육체적 접촉…."

농담 같기도 한 말 뒤에 그녀가 서늘한 표정을 지었다.

"이해할지 모르겠어, 아니 이해했을 것 같네. 이 입맞춤은 내가 나한테 하는 입맞춤이기도…."

이상한 감정이 일어났다. 금지된 장난을 하고도 전혀 뉘우침이나 두려움이 없는 어린아이의 묘한 심정 같은 것, 그런 기분이었다.

"…어릴 적인데도 기억이 생생해. 외할아버지가 외할머니에게 했던 말. 당신의 사랑이 당신 자신을 불행하게 하거나 다른 누군가를 망칠 수 있다는 그 말. 백인 여성이 가족의 반대를 무릅쓰고, 인종이 다른 가난한 예술가인 자신을 사랑한 데 대한 미안함에서 하신 말이었을 거야."

이건 또 무슨 비유인가. 둘은 말없이 한참을 텅 빈 거리를 쳐다보며 앉아 있었다. 그녀가 몸을 일으켰다. 감정 기복이 심한 여자였다. 다시 냉정한 표정으로 돌아가 있었다. 정리된 생각을 내뱉듯 눈길을 마주치지 않고 낮은 목소리로 말했다.

"이제 가봐야겠어. 여기서 헤어져."

갑자기 검은 장막이 내려쳐지고, 납덩이가 가슴 한편을 억누르는 듯한 느낌이 일어났다. 그가 몸을 돌려 와락 그녀를 끌어안았다. 그의 팔이 그녀의 허리를 감쌌다. 따스한 체온이 전해져 왔다.

가슴이 뛰고 뜨거운 열기가 위로 치밀며 울컥 몸이 달아올랐다. 격하게 그녀의 입술을 찾았다. 그녀를 끌어안은 채 말했다.

"가만, 이대로 헤어지자고?"

그녀가 약하게 몸을 떨었다. 그에게 붙들린 손을 천천히 떼 냈다. 그의 몸을 가만히 밀쳐낸 그녀가 숨을 고르듯 밤하늘을 올려다보며 천천히 대답했다.

"…내일이 일요일, 내일 배로 들를게."

거칠게 토해내는 숨소리를 들키지 않으려 승현은 속으로 깊은숨을 들이마셨다. 타니화가 땅바닥에 눈길을 주고 단호하게 말했다.

"잘 가. 서로 뒤돌아보지 않기야. 약속해."

그가 고개를 흔들었다. 가슴이 계속 뛰고 있었다. 그러나 더 이상 무엇을 어떻게 해야 할지 몰랐다. 어쩌자는 말인가, 느닷없이 울컥 솟아오른 충동 같은 욕망이 승현은 부끄러웠다. 그녀가 그에게 했던 입맞춤과는 달랐다. 잠깐 숨을 고른 그가 나쁜 짓을 하다 들켜버린 아이처럼 고개를 숙였다.

잠시 어색한 침묵이 흘렀다. 밤하늘에 눈길을 줬던 그는 그녀를 다시 안았다. 타니화는 거부하지 않았으나 굳은 몸이었다. 그가 천천히 말했다.

"내일까지 너를 다시 기다려야 한다고?"

가슴 한편이 아련했다. 헤어질 때 언제나 그랬던 것처럼 그녀가 손을 들어 승현의 뺨을 어루만졌다.

"…그래, 내일."

"내일?"

자꾸만 맥박이 뛰며 무언가 잃거나 놓쳐버릴 것 같은 심경이었다. 다그치듯 승현이 그 말을 반복했다. 다시 그녀가 말했다.

"그래, 내일…."

눈가가 설핏 젖어있었다. 흠칫한 승현은 길길이 날뛰던 마음을 가라앉히려 했다. 한참을 그녀의 눈을 노려보며 서 있었다. 왠지 그녀의 말대로 하지 않으면 안 될 것 같다는 생각이 들었다.

고개를 끄덕거렸다. 다시 한번 그녀와 눈길을 마주치고, 뛰는 가슴을 억누르며 먼저 돌아섰다. 벌겋게 달궈졌던 몸과 마음의 전율은 쉬 누그러지지 않았다. 채워질 수 없는 마음속 상실감처럼, 별빛이 머리 위로 쏟아져 내리는 것 같았다.

그녀는 돌아서서 언덕을 오르고 있을까. 아니면 내 뒷모습을 지켜보고 있을까. 불현듯 우리는 서로에 대해 아무것도 모르고 있거나, 혹은 모든 것을 알고 있거나 둘 중의 하나일 거라는 생각을 했다. 언뜻 떠오른, 그녀가 말한 나비의 비행을 떠올리며 휘적휘적 부두 길을 천천히 걸어 내렸다.

배로 돌아오는 길, 어둑한 부두였다. 바닷새 두 마리가 불안정하게 공중으로 솟구쳤다가 다시 내려앉기를 반복하고 있었다. 가까이 다가가 보니 흰색과 검은색 비닐봉지였다. 약한 바람이 일면 솟아올랐다가 바람이 없으면 바닥으로 추락했다가, 바람에 조종당해 너풀거리는 것들의 움직임이었다. 스스로의 의지와는 전혀 상관없이 위태롭게 헤매는 자신의 처지 같아 왈칵 우울한 마음이 일었다.

일요일은 온종일 비가 흩뿌렸다. 잿빛 하늘에 부두는 적막하고 을씨년스러웠다. 타니화는 배에 들르지 않았다. 브릿지에서 계속 담배를 피워대며 그녀를 기다렸지만 끝내 그를 찾아오지 않았다.

저녁 무렵부터 빗발이 제법 거세졌다. 브릿지에 촛불을 켜놓고 우두커니 앉았던 승현은 혼자 위스키를 마셨다. 빗소리에 젖어 들이켜는 술은 아리고 쓰렸다. 어떤 짓이라도 해야 할 것 같았지만 그게 무엇인지 모르는 그런 허전함이었다.

비가 그친 월요일 아침, 후임 선장과 1차 선발대 선원들이 이틀 앞당겨 목요일 도착 한다는 대리점 전갈이 왔다. 삼 주가 걸릴 걸로 예상했던 교체를 선발대만이라도 하루빨리 승선시키려 서두른 것 같았다. 승현과 김 군의 귀국 일정은 이틀 뒤인 토요일이었다.

찬물을 뒤집어썼다. 기관장과 갑판장에게 받아 둔 부품 보유 목록을 정확한 영문 명칭으로 정리했다. 김 군의 도움을 받아 약품이며 문구류 같은 브릿지 용품과 처리실 포장자재 재고리스트를 작성했다. 따로 김 군을 시켜 부식 창고를 열어 식품 재고목록도 만들게 했다.

후임들이 참고할 만한 이 배의 운항 특성도 기록했다. 그물 도면과 해역별 어종별 어장도 목록도 빠트리지 않았다. 같이 작업할 한국 배들 특성과 고유 별명까지 언급한, 수리 후 곧바로 어장에 나가더라도 조업하기에 불편함이 없도록 참고매뉴얼 같은 노트도 따로 마련했다. 그것들을 인수인계서 형태로 묶어 준비했다.

통상 인수인계 절차는 선임과 후임 사관들이 함께 며칠씩 걸려 진행해야 했다. 하지만 서둘러 자신만을 남기고 모조리 귀국시켜 버렸다. 중도 계약 해지는 배가 '깨졌다'라는 표현을 썼다. 계약을 못 채우고 떠나는 마당이라 억하심정에 나 몰라라 했다는 소리를 들어서는 안 될 일이었다. 비록 혼자 남았지만 최소한 이 정도만이라도 준비해 두는 게 그나마 모셨던 '캡틴Q' 선장님 위신을 살리는 길이라 생각했다.

문득 어느 영국 해군 제독이 배를 여자She로 지칭하는 이유로 든 속설을 떠올렸다. 배에 오른 순간부터 그 배와 결혼한 것이므로 '그녀'라 칭한다는 그 말. 자신은 이 배를 떠나야 하지만, 1년 가까이 같이했던 배가 새롭게 좋은 남편을 만나 안전 운항과 대어 만선 하기를 바라는 마음이었다.

언뜻 타니화의 웃는 얼굴이 떠오르고는 했다. 가슴이 아렸다. 저녁이면 일과의 마침표처럼 텅 빈 브릿지에서 위스키를 마셨다.

수요일 오후였다. 아련한 공허감에 가슴을 앓던 승현은 무엇에 이끌린 듯 타니화의 집 근처 칼리지 로드 언덕을 걸어 올랐다.

간밤의 숙취로 식은땀이 흘렀다. 거리와 건물의 경계를 따라 좁고 길게 잘 가꿔진 미니정원에 원색의 꽃들이 어지러웠다.

전에 데려다줬을 때 쌍둥이같이 마주 보며 선 작은 집들 앞이었다. 어느 쪽이 그녀의 집일까 의문을 가졌던 지점에서 발을 멈췄다. 아이보리색으로 칠한 집들은 어둠 속에서 볼 때와 달리 낯설었다. 서너 개 원목을 잘라 묻어둔 디딤 계단 앞 갈색 키 작은 나무 우편함이 쓸쓸해 보였다.

선글라스를 벗었다. 언뜻 오른쪽 두 번째 계단에 납작한 돌로 눌러둔 하얀 편지 봉투가 눈에 들어왔다. 무심히 그 봉투를 집어 들었다. 초록색 잉크로 쓴 만년필 글씨.

-To Mr. Yellow.

아, 나에게 쓴 편지다. 승현은 깊은숨을 내뱉었다. 손아귀에 한번 힘을 주고 떨리는 손으로 천천히 봉투를 열었다. 석 장이었다. 허리가 접힌 종이를 펼쳤다. 바람에 책장이 넘어가듯 미세하게 사각거리는 소리가 났다. 시작 글귀 '황'의 스펠링에 W와 H가 바뀌어 있었다.

-황. 당신이 묻지 않아 내 본명을 아직도 모르듯, 내가 쓰는 당신의 이름에 철자가 맞는지 모르겠다. 당신이 찾아올 것이라 여긴다. -

첫 장 글은 그렇게 시작되고 있었다. 인쇄체와 필기체를 뒤섞어 남자의 그것처럼 굵고 힘찬 글씨체였다. 숨을 한 번 내뱉고 편지를 읽어 내려갔다.

'…우리는 이런 사이다. 아직 상대가 누구인지도 정확히 모른다. 당신과 나는 멀리 떨어지겠지. 당신은 당신의 나라로, 그리고 후에 다른 배로 당신의 바다로 떠나겠지. 전에 말한 적이 있다. 나는 이곳으로 흘러들어온 엽서 같은 존재라고, 이제 나는 떠나온 지 오래된 고향으로 다시 돌아간다.

7년 만에 유일한 혈육인 이모와 통화를 했다. 몹쓸 병으로 청력을 잃어간다 했다. 내 말을 잘 알아듣지 못해 일방적인 그녀의 말만 들어줘야 했다. 사나운 성격이지만, 아주 슬픈 이야기도 유머를 섞어 경쾌하게 말하는 재주를 가진 이모다.

그녀가 놀라지도 않고 어제 만났다 헤어진 것 사이같이 또 농담처럼 말했다. 난 주변 사람들을 망가뜨리는 운명을 타고났다고. 태어나면서 엄마를 죽게 하고, 결코 내 의지와 상관없었다지만 이모 자신의 애인까지 떠나게 하고, 속내를 내보이지 않으며 변명도 하지 않고 화해의 노력도 없이 말없이 떠나버리고…. 저 혼자만 자유로운 영혼에, 세상에 무책임하게 언제 어디서라도 떠날 채비를 차리고 있던 외할아버지의 나쁜 부분만을 물려받은 아이. 유쾌한 농담의 톤이었지만 혼자 소름이 돋았다.

긴 시간이 지나 이루어진 통화였다. 문득 유일한 혈육으로서 아련한 감정이 일었는지 이모가 애잔하게 덧붙였다. 아메리칸 인디언들에게는 사랑이라는 말은 없으며, 포용하고 이해한다는 'Kin'이란 단어만 존재한다고. '이해'를 넘어선 어떤 것들을 받아들이는 상태. 어렴풋이 알 것도 같은 말이다.

얼음 섞인 레몬수 몇 잔을 들이켜도 열에 들뜬 가슴이 가라앉지 않는다.
얼마 전부터 가슴에 꿈틀대던, 나 자신을 다시 찾고 싶은 마음에 이모가 불을 지폈다.
나를 돌봐 주는 찰스, 언젠가 내가 그를 배신하지 않을까 두렵고, 우연히 만난 당신과 규정지을 수 없는 모호한 관계가 무서웠다.

황, 당신은 주저하며 말했지만, 나는 내가 참아왔던 말을 당당히 해야겠다. 겨우 몇 번 마주치고도 당신에게 끌렸다는 말. 이제 기약도 없이 헤어져야 하므로 시제는 과거형이다.

우리는 무작정 정직해서 환상을 만들었을까.

불현듯 찾아온 사랑의 감정을 소중하게 다루는 법을 우리는 모른다. 서로 어떻게 해 줄 수 없다는 당신 말은 정확한 표현이다. 모든 게 두렵다면 그 누구도 사랑하지 않는 것이 약이 될 수 있을는지.

행여 나에게 미안한 감정은 가지지 마라. 언제라도 기억이 난다면 나를 위해 기도라도 한번 해 주는 것으로 족할 것이다.

각자에게 놓인 삶이 있을 것이다.

고향에 돌아가 심리 안정 프로그램에 등록할 것이다. 거기서 만약 지난 인연에 대한 스피치를 하게 된다면, 반드시 따뜻한 마음을 내게 베풀었던 찰스와 자유롭게 하늘을 나는 새의 영혼을 갖지 못하고, 미래에 대한 불안에 흔들리는 젊은 외국인 항해사인 당신과의 만남을 이야기할 것이다. 그리고 두 사람 모두를 그리워하겠지.

봉사 동아리에 가입할 것이다. 나보다 불행하거나 힘이 없는 사람들을 도울 것이다. 탭댄스와 목공 과목도 신청하고 싶다. 신나는 탭댄스에 노래를 부르며 주방도 내 손으로 고치고, 변기와 배관 수리에도 도전해 보고.

이모의 청각을 낮게 할 수 있다면, 내가 여기서 매일 들었던 파도 소리, 바람 소리, 그리고 해변에서 맨발로 밟았던 모래와 자갈들이 부드럽게 서걱거리는 소리를 들려주고 싶다.

우리 입맞춤을 기억할 것이다. 당신의 입술과 체취가, 그리고 나를 꼭 안아주던 당신을 그리워할 것이다.

번갈아 타올랐던 충동을 서로가 애써 자제했던 그날 밤 우리에게 칭찬을 보내고 싶다.

안녕, '빛나는 눈'. 바람처럼 짧게 스쳤던 우리 만남이 그대에게 주는, 신이 마련한 쓸쓸한 선물이기 되기를….

- 사람을 보호하는 수호신이었다가, 변심해서 잡아먹는 악마이기도 한 타니화.

언덕에서 작은 새 한 마리가 푸드덕하고 날아올랐다.

새는 멀리 날아가지 않고 금방 풀섶으로 다시 내려앉았다. 고개를 들었다. 정원에 흐드러지게 핀, 로도덴드론Rhododendron이라 부르는 철쭉들이 눈을 찔렀다. 나른한 햇살에 섞인 향기가 핑하니 어지럽고 아찔했다.

사라진 그녀가 남긴 향기일까. 독성이 있어 쉬 만질 수 없지만, '사랑의 기쁨'이라는 꽃말을 가졌다는 핏빛 진분홍의 꽃. 달착지근하고 몽롱한 향기.

승현은 계단에 주저앉아 담배를 피워 물었다.

그녀의 눈동자와 목소리, 그리고 미소를 떠올려 보려 했다. 그 기억들은 마치 오래전 만남같이 아득했다. 막 사라지는 하오의 햇살처럼, 모든 것들이 어느 순간으로 다가왔다가 얼핏 떠나버린 것 같았다.

철쭉 몇 송이를 움켜쥐듯 따서 입으로 후우, 하고 불었다. 흩어진 꽃잎들은 나비처럼 공중에 잠시 부유하다 정원 풀밭으로 흘러내렸다. 점점이 흩어진 꽃잎들은 그를 두고 떠난 그녀의 발자국 같았다.

불안과 갈등에 주저하면서도 첫눈에 끌리던 사랑. 그녀가 말했던, 재활을 거친 나비의 위태로운 비행이나 내 손에 뜯겨 추락하는 철쭉꽃잎처럼, 혼란과 두려움과 함께 왔던 풋사랑.

자신도 세상에 상처 입었으면서도 내가 품었던, 잔뜩 억누르고 있던 종잡을 수 없는 불안을 알아챈 것처럼 말하던 여자. 민트향이 나던 그녀의 몸 냄새, 왼손잡이였고 던힐 담배를 피웠고, 이런 것들을 기억하는 나를 두고 그녀는 이제 더 이상 내 곁에 존재하지 않는다.

우리는 왜 함께 한 발짝씩 더 나아가지 못했을까. 우리 앞에 놓인 청춘과 세상을 무너뜨리지 못한 우리는 서로를 얼마나 알고 있었을까. 손안에 쥐었다 흘린 꽃잎처럼, 아무것도 아닌 짧았던 그 사랑은 향기처럼 다가왔다가 이내 보이지 않는 세상으로 사라져 버렸다.

한참 후에 그는 일어섰다.

기약 없이 바다를 떠돌 항해사인 나를 두고 그녀가 먼저 떠나간 것인가, 아니면 갈매기를 붙들지 않는 바다처럼 나를 놓아준 것인가. 그녀는 그녀 자신을 찾기 위해 고향으로 돌아가고, 나는 나를 기다릴 또 다른 바다로 떠나야 하는 것일까.

가슴속에서 무엇인가 뜨겁게 치밀어 올랐다. 잘 가라 타니화. 그대 운명을 잘 다스려라. 나 또한 마찬가지, 우리 의지대로 아무것도 할 수 없는 아픈 청춘, 인생이 나를 어디로 끌고 가던 세상에서 이해받고 사랑받고 존중받을 자격이 있을지를 고민하리라. 시간이 흘러 내 어렴풋한 기억의 잔해가 희미해질지라도 나는 너를 아주 그리워할 것이다.

  다시 햇살에 눈이 부시고 다리가 후들거렸다. 낮잠 속 어슴푸레한 꿈속을 걷듯이 부두를 내려다보며 천천히 언덕을 내려왔다. 환청처럼 둘이서 이 언덕을 오르며 같이 불렀던 '포카레카레 아나'가 들리는 것 같았다.

쓸쓸한 퇴선 退船

후임 선장은 나이로 치면 승현보다 서너 해 위가 되는, 출신학교가 달랐지만 승현도 잘 아는 젊은 초임 선장이었다.

뉴질랜드어장 경험이 풍부했으나 모시던 선장이 한 어기 더 눌러앉는 바람에 기회를 잃었다가, 다른 회사지만 능력을 눈여겨본 기지장 천거로 최 상무 재가를 얻어 선원 구성이 일사천리로 진행된 것 같았다. 고급 사관들만 한국인들이고, 하급 선원들은 죄다 조선족과 베트남, 인도네시아인들로 채운다 했다. 노조 결성이다 뭐다 상승한 눈높이에, 말 많고 탈 많은 한국인 선원들보다 최종정산금도 없이 한국 선원 대비 삼분지 일 최저 생계비만으로 급여체계가 가능한 경제적인 조치이기도 했다.

그도 승현이 수락한다면 초사로 쓰고 싶다는 의견을 피력했지만, 최 상무와 기지장이 거부했다는 뒷말을 나중에 들었다. 소형버스로 선발대와 함께 도착한 후임 선장이 선글라스를 벗고 악수를 청했다.

"황 형, 고생 많았지요? 계약이 깨진 배라서 엉망이 될 줄 알았는데 그나마 황 형이 중심을 잡아줘서 무난히 인수인계되겠네요. 트롤 윈치 외에는 엔진이나 큰 트러블도 없으니 후발 선원들 도착하는 대로 서둘러 수리해서 출항할 계획이요."

저녁에 그와 부두 앞 레스토랑에서 와인을 곁들인 식사를 했다. 기지장은 승현과 얼굴을 맞대기 거북한지 참석하지 않았다. 이곳 어장 경험이 풍부한 사람이라 이 배 운항 특성 외에는 따로 전해 줄 조언은 별로 없었다. 젠틀한 사람이었다. 진심으로 승현의 처지를 안타까워하며 위로와 격려의 말도 건넸다.

"황 형, 특례 아직 안 끝났지요? 어이구 그놈의 노예계약. 이제 북태평양 어장이나 라스팔마스나 어디나 다 고기가 없어 원양 선사들이 고전하고 있습디다. 이광조 선장님 계약이 월등하게 좋았는데 이리 결과가 꼬여버렸네요. 안타까워요. 모두 뉴질랜드를 몇 안 되게 남은 황금어장으로 여기고 있고, 여러 선사가 진출하고 싶어 하니 귀국하면 또 좋은 자리가 나올 겁니다. 행운을 빕니다."

김 군과 닭장 같은 선원 여분 침실에서 이틀을 더 보냈다. 새로 주인이 된 후임들의 왁자지껄하고 희망에 찬 몸놀림이 부산했다. 잊힐 사람들은 잊히고 떠나야 하며 이 배는 새로운 임자를 만나지 않았나, 이들에게도 대어 만선의 좋은 결과가 있기를 진심으로 바랐다.

기지장 안상수의 예견대로 찰스는 묵묵히 기다려 주기로 한 것 같았다. 담배를 피우며 생각했다. 단 한 번 마주쳤던 사람이었다. 그는 타니화와의 이별을 어떻게 받아들였을까. 그의 손을 잡으며 '빛나는 눈'이라 불러줬던 찰스에게도 안녕과 행운이 오기를 마음속으로 기원했다.

토요일 오전 승현과 김 군은 배를 떠났다.

화창한 날이었다. 대리점에서 보낸 차가 경적을 울렸다. 차에 오르기 전 묶여있는 배를 돌아보았다.

잘 있어라, DS 호. 너의 품에서 일어났던 쓰라린 과거 일이랑 잊어버리고, 다시 네가 태우고 다닐 사내들의 투박한 얼굴에 미소가 돌게 하라.

정처 없이 파도에 떠도는 내 운명이지만, 너와 함께한 1년 가까운 시간도 나를 성장시키는 날들이었을 것이다. 나는 다시 나를 기다리고 있을, 무늬와 결이 다른 또 다른 바다를 찾아 떠날 것이다. 바다 위로 쏟아진 햇살이 찰랑거리는 해면에서 다글다글 보풀처럼 끓어오르고 있었다.

크라이쳐치 국제공항 활주로를 미끄러진 비행기가 순식간에 고도를 높였다. 창밖으로 만년설로 뒤덮인 뉴질랜드의 산맥들과 바다를 내려다보았다.

비행기가 뭉게구름 속으로 들어섰다. 이제 'AOTEAROA마오리 언어-길고 하얀 구름의 나라'와 이별이다. 지난 10개월의 기억들이 머리를 스치며 지나갔다.

경유지인 싱가포르 창이Changi 공항까지는 열 시간 긴 비행이었다. 김 군이 작은 수첩 속 세계지도를 들여다보고 있었다.

"초사님, 지도를 보면 그리 멀지도 않은데 뭔 비행이 이리 오래 걸리지요?"

기내 방송을 알아듣지 못해, 유일한 한국인 여승무원에게 비행시간을 물었던 김 군이 혀를 내두르며 물었다. 한국에서 출발을 배로 했으니 난생처음 비행 경험일 터였다.

승현은 공 모양 지구를 사각으로 펼친 일반 점장漸長도법 지도에서 나타나는 착시효과를 설명했다. 남북 극점이 좁게 모이고, 적도 부분이 공처럼 부풀어 올라 실제 거리가 훨씬 멀어지는 지구본 형태를 떠올리게 했다.

김 군이 고개를 끄덕였다. 그의 앳된 얼굴을 보며 암울했던 마음이 조금은 풀어지는 것 같았다. 구름 더미들을 내려다보았다. '캡틴Q'선장님과 정남철의 죽음, 그리고 타니화가 떠올라 쓸쓸한 마음이었다.

귀국이라. 또다시 노예계약이라 불리는, 1년 가까이 남은 선박 특례 종료 시점까지 허겁지겁 올라탈 배를 찾아야 한다.

먼저 귀국한 선장님과 선원들은 어쩌고 있을까. 육지에서의 실패를 뒤로하고, 천직이라 여겼던 바다로 돌아왔다 다시 좌절하며 쓸쓸히 귀국한 선장님 앞날은 어떻게 될까. 바다는 왜 고기잡이의 신神이라 불리던 그에게 씻지 못할 오명을 남기게 했을까.

후배 2항사와 3항사, 그리고 수산고등학교 졸업반이었던, 어린애 티를 벗지도 못한 막내 울보 실항사는 다시 어떤 배를 고르고 있을까. 내세울 것도 자랑할 것도 없는 밑바닥 인생에서, 가족들만은 굶기지 않겠다는 소박한 꿈을 품고 우리를 따랐던 선원들은 또 어떻게 자기 앞에 놓인 인생들을 살아갈까.

싱가포르 창이Changi국제공항이었다. 뉴질랜드와는 다섯 시간 시차였다. 손목시계를 조정했다. 한국으로 환승에 대기시간이 세 시간이었다. 세계 최고 공항답게 수많은 여행객들로 붐비고 있었다.

갑갑한 환승 대기 구역을 벗어나 입국장 라운지로 나왔다. 대학 시절 실습선으로 이 항구도시를 방문했던 기억을 떠올렸다. 비자 면제 국가였지만 무일푼에다 넉넉지도 않은 여유시간이라 공항 밖으로 나갈 수도 없었다. 그저 시간만 보내다 다시 출국장으로 들어갈 심산이었다.

상반신은 사자에, 하반신은 물고기 형상인 머라이언Merlion 조형물이 세워져 있었다. 공항 내부에 인공 실내 폭포와 수영장, 선인장 공원, 잉어 호수, 나비 정원을 건립한다는 안내판이 눈길을 끌었다.

커다란 원색의 나비 사진, 다시 뉴질랜드에서의 기억들이 스멀거리며 피어올랐다. 김 군은 공항 내부를 휘젓고 다니며 여기저기 구경에 나섰다.

남은 시간을 죽이려 타니화에게 받았던 영 단어 퍼즐 책자를 꺼내 들었다. 십자 네모 칸을 메워나가는 게 만만치 않았다. 어수선한 마음에 정확한 철자 하나하나가 또렷하게 떠오르지 않았다. 선물이라며 책자를 전해 주던 그녀의 검은 눈동자가 어른거렸다.

"초사님예…."

김 군이 난데없는 짐수레를 끌고 다가오며 그를 불렀다. 한국인으로 보이는 젊은 수녀 한 분이 또 하나 짐수레를 위태롭게 끌며 다가왔다.

"…."

눈길이 마주친 수녀가 두 손을 모으며 인사를 했다. 왠지 무안해하는 표정이었다.

두 개의 짐수레를 힘겹게 끌고 게이트를 빠져나오던 수녀가 짐가방을 떨어뜨렸고, 모두가 바쁜지 눈길도 주지 않으며 지나치자 쩔쩔매는 그녀를 김 군이 도와준 일이라 했다. 손끝이 매운 놈답게 흐트러진 짐가방들을 캐리어에 차곡차곡 잘 쌓아둔 게 눈에 들어왔다. 그녀가 김 군을 가리키며 말했다.

"이분께 감사드립니다. 제가 영어가 짧아 부탁 하나 드리려 염치 불고하고 따라왔습니다."

그녀의 어떤 부탁에 김 군이 저는 아무것도 모르겠다며 다짜고짜 승현에게 끌고 온 모양새였다.

세련된 표준말씨였다. 날씬한 몸매에 눈망울이 큰 서구형 얼굴이었다. 영화 「사운드 오브 뮤직」의 발랄한 젊은 수녀 주인공을 떠올리게 했다. 수줍게 미소를 짓고 선 그녀의 볼에 보조개가 패었다. 검은 눈동자와 보조개가 언뜻 타니화의 얼굴과 오버랩됐다.

약속된 누군가가 마중을 나오지 않았던지, 한국인 성당으로 전화해 자신의 도착을 알려달라는 부탁이었다. 승현이 겸연쩍게 피식 웃으며 말했다.

"죄송합니다만 우리가 동전 한 푼 없는 빈털터리라…."

그녀가 아, 하며 미안함과 난감이 겹친 표정을 지었다. 잠깐 기다리라 말했다. 옆자리 영어 신문을 읽고 있던 내국인으로 보이는 노신사에게 정중하게 사정을 설명하고 협조를 부탁했다. 그가 웃으며 이곳은 국내로 걸 때는 공중전화가 무료라 일러줬다.

"Thanks you."

피식 멋쩍은 웃음을 흘린 승현이 그녀에게서 넘겨받은 쪽지에 쓰인 번호로 전화를 넣었다. 몇 번 신호가 가고 중국어인지 말레이 언어인지 알아들을 수 없는 응답이 나왔다. 영어로 수녀를 칭하는 단어 'Nun'이 얼핏 떠오르지 않았다. 그대로 'Sister'라 언급하며 상황을 알렸다. 바로 영어로 한국인 수녀를 바꿔주겠다는 응답이 나왔다. 수화기를 그녀에게 건넸다. 그녀가 고개를 끄덕이며 한국어로 통화를 마쳤다. 얼굴에 안도의 빛이 서려 있었다.

"출발하셨는데 아마 교통체증일 거라며 잠시 기다리라고 하네요."

노신사가 계속 이쪽에 시선을 두고 있었다. 통화 내용을 일러주며 다시 고맙다는 인사를 했다. 그가 교통체증이 이 나라에서는 아주 드문 경우라며 웃었다. 노신사에게 목례를 한 수녀가 승현의 곁에 앉았다. 김 군은 또 어디론가 구경이라도 간 듯 보이지 않았다. 어색하게 앉았던 승현이 짐이 꽤 많군요, 하고 물었다.

"필리핀 오지 아이들에게 사용할 연고 같은 구호 약품과 옷가지들입니다."

한국에서 자원해 필리핀으로 떠나는 여정이라 했다. 한국교구의 서신 전달이 있어 경유지인 싱가포르 한인 성당에 들렀다가, 이틀 후 다시 최종목적지로 향하는 일정이었다. 외국 비행이 처음이라 했다.

꽃다운 나이에 어쩌자고 말도 잘 통하지 않는 오지로 떠날까. 뱃놈인 자신의 정처 없는 방랑과는 다른 무언가 크고 높은 가치가 있을 것이라 생각했다.

수녀가 무슨 일을 하시는 분이냐고 정중하게 물었다. 승현이 우리는 뱃사람이며, 예기치 않은 사고로 일 년 만에 귀국하는 길이라는 짧은 대답을 했다.

바다라면 위험한 곳인 줄로만 알았던지 눈빛에 측은함이 얼핏 스쳐 지나갔다. 자신이 아는 바다는 부산의 수녀원에 잠시 머물 때 들러본 바다가 전부라는 말을 했다. 그녀가 진지하게 물었다. 바다와 배에 대해서는 정말로 문외한이라며 그곳에서의 생활이 위험하지 않으냐고.

승현은 육지 교통사고에 비해 현저히 떨어지는 사고 발생률이지만, 한 번 났다 하면 규모가 비교가 안 될 정도로 크기에 바다가 공포의 대상으로 곡해된다는 원론적인 설명을 했다. 느닷없이 말문이 터졌다. 울컥해진 심사로 정남철의 사고까지 끄집어내며 자신도 인명사고를 겪었다는 이야기를 더했다.

가슴이 다시 쓰려왔다. 누군가를 보내고 떠나야 하는 일은 슬프지만 어쩔 도리가 없음을 받아들여야 했다는 말을 덧붙였다. 언뜻 뇌리를 스쳐가는 타니화를 떠올리며, 뱃사람들에게 줄기차게 이어지는 만남과 이별을 이야기했다.

그녀가 가슴에 성호^{聖號}를 그었다. 진심으로 안타까워하는 표정으로 기도문을 암송하듯 중얼거렸다.

"…버림받은 영혼을 돌보소서."

죄의 용서와 육신의 부활을 믿으며, 영원한 삶을 믿나이다…. 그녀가 살짝 감았던 눈을 떴을 때, 승현은 문득 이 수녀님과 초면이 아니라 전부터 알고 있던 친숙한 사이 같다는 생각을 했다.

무례할 수도 있다는 마음을 억누르며 내친김에 그녀에게 물었다. 어쩌다, 왜 그 길을 택하셨냐고. 번민이나 갈등 같은 것은 없었느냐고.

묻고 보니 내용보다 어투나 방식이 본데없었다 싶어 바로 후회를 했다. 잠시 서먹한 침묵이 흘렀다. 한참 후에 짓궂은 질문을 던진 선생님에게 모범답안을 진지하게 말하는 학생처럼 그녀가 천천히 대답했다.

"…운명 아닐까요."

우울과 평안이 섞인 묘한 낯빛이었다.

"…형제님, 아니 선생님도 지금 운명이 이끄는 대로 가고 계시잖아요."

눈도 마주치지 않은 채 그녀 또한 말문이 터진 아이처럼, 자신에게 하는 다짐 같은 혼잣말을 이어 나갔다.

"저도 평생을 천주님의 품 안에서 봉사하기로 택했던 운명이니 이러한 기회를 주심에 감사하며 제 길을 걸어가야지요…."

에어컨 바람이 서늘했다. 창밖으로 저녁 어스름이 내려앉고 있었다. 운전기사인 듯한 사복 차림 현지인 남자와 한국인 수녀님 몇 분이 입국장으로 황급히 들어섰다. 그들은 서로의 손을 붙들고 반갑게 인사를 나누었다. 맨얼굴의 나이 든 수녀님들 표정은 티 없이 해맑았다. 젊은 수녀에게 짧게 전해 들은 대로 모두 승현에게 감사 표시를 했다.

이제 헤어질 인사를 해야 했다. 입구까지 짐수레를 끌어다 줬다. 이제는 세상에서 결코 마주칠 일 없이, 외딴 타국 공항에서 우연히 만나 잠시 가슴을 열어 보였던 젊은 수녀와도 이별이었다. 그녀는 승현에게 몸조심하시라고, 후에 주님과 가족의 품 안에서 행복 하시라고 몇 번이고 되돌아보며 공항을 떠났다.

불현듯 승현은 그녀와 자신이 같은 길을 떠나는 동행同行이 아닐까 하는 생각을 했다. 세상의 인연들로부터 멀어지는 길. 돌이킬 수 없는 선택과 주어진 운명 때문에 언제나 두렵고도 먼, 알 수 없는 세상으로 항해하는 뱃길 위에서의 만남이 아니었을까.

탑승 시간이었다. 김 군을 찾아 환승 트랩으로 향했다. 다시 젊은 수녀의 얼굴을 떠올리며 혼잣말을 했다. 젊은 수녀님, 나도 당신을 위해 기도드리다. 그대 가시는 걸음 닿는 손길마다 주님의 은총이 함께하시기를, 희생과 사랑을 베풂으로 훗날 그대가 선택한 운명을 주님으로부터 보상받으시기를….

라운지를 돌아 면세점을 지날 때, 눈을 찌를 듯 새빨간 원피스 차림 서양 여자가 윙크하며 술잔을 들고 있는 광고 입간판과 마주쳤다.

-If you remember the taste of the first kiss, It is Cognac Hennesy.
당신이 첫 키스의 맛을 기억한다면, 그건 헤네시 코냑의 맛이다.

윙크, 첫 키스, 타니화…. 무엇인가 털어내듯 고개를 세차게 흔들며 발길을 재촉했다.

내가 머물 곳은 어디인가. 언제나 나를 짓누르는, 어디에 있어도 내가 있어야 할 곳이 아닌 것 같은 이 느낌은 무엇일까.

운명은 가늠할 수 없어서, 전혀 알 수 없는 곳으로 이끌어 혼돈에 젖게 했다가, 세월이 한참 지나 그제야 지난 것들이 각자의 삶에 스며들어 상처나 문신처럼 남아 숙명이었다고 여겨지는 것들 아닌가.

승현은 보이지는 않지만 분명히 존재하는 바람처럼, 형체도 없이 다시 바다를 떠돌 자신의 운명을 생각했다. 나는 나를 두고 뒤틀린 운명 속으로, 파도 속에서처럼 흔들리며 나아갈 것이다. 출렁대는 새로운 바다가 나를 기다릴 것이다.

바다에서처럼, 깨끗하게 번들거리는 공항 바닥이 조금씩 흔들리는 것 같았다.

에필로그

그해 여름은 그렇게 갔다. 제법 긴 시간을 나도 선원 하나를 수장시킨 무능한 항해사였다는 트라우마에 시달렸고, 그 바다를 떠올릴 때마다 심하게 가슴앓이를 했다.

'캡틴Q' 선장님은 모든 연락을 끊고 바다를 떠났다. 후의 종적은 알 수 없었다. 펄펄 끓으며 바다를 두들기던 저기압들이, 영원히 지속되는 것은 없어서 마침내 거세되어 소멸해 버리는 것처럼, 모든 것들은 스쳐 지나가며 잊히고 묻혀버렸다.

내 뱃놈으로서의 '역사'도 숨 가쁘고 고단했다.

특례기간 때문에 서둘러 올랐던, 1년 계약기간이 남았던 남대서양 포클랜드어장 트롤선에서 나는 계약을 마치고도 귀국하지 않았다. 연장 반년 만에 뱃놈 노릇 하나만은 확실하겠다 싶었던지 회사는 파격적으로 새파랗게 젊었던 나를 다른 배 선장으로 발령 냈다.

무거운 중압감이 어깨를 짓눌렀다. 선박이라는 엄청난 재산을 내게

맡긴 회사와 수십 명 선원 생계를 책임져야 하고, 거친 바다에서 해신의 가호를 간절히 바라며 내 능력과 판단만으로 모두를 이끌어야 하는 고독한 자리였으므로.

우연하게도 선장으로서의 첫 임무는, 뉴질랜드에서 계약을 종료한 배에 올라 포클랜드어장으로 이동하는 것이었다.

나는 쓰라린 사고와 아련한 풋사랑의 기억이 생생한 그 부두를 2년 만에 다시 밟았다. 그리고 '캡틴Q'와 '타니화'를 떠올리며 잠시 우울했다.

돌이켜 볼 수는 있지만 결코 되돌아갈 수 없으며, 붙들 수 없었던 그들은 더 이상 내 곁에 존재하지 않았다. 과거는 한낱 기억의 아련한 흔적일 뿐이었고, 미래는 보이지 않아 도무지 가늠할 수 없었다.

배를 전진시키는 힘은, 물보라를 일으켰다가 거품으로 소멸해 버리는 지나온 흔적이 아니라, 살아 숨 쉬는 심장의 박동 소리 같은 현재의 엔진 추진력뿐임을 나는 알았다. 서둘러 무지막지한 바람과 차가운 파도, 바다를 덮치는 저기압과 유빙의 출몰을 피하며 남태평양을 가로질러 마젤란 해협을 건너야 하는 대양 항해에 나섰다.

바다에서, 배 위에서 나는 어군魚群을 무찌르는 헌터나 파이터로 살기 위해 담대 하려 했다.

내 느낌과 직관을 철저히 믿으며 방심으로 인한 과실을 경계했다. 나를 바꾸지도 않았지만, 내 눈으로 볼 수 있는 것들보다 보이지 않는 것들을 중히 여겼다. 바다에서 몸과 감각이 터득한 대로, 파도와 바람에 거역하지 않고 나를 내맡기려 했다. 내가 할 수 있는 것에 최선을 다하려 했고, 내가 할 수 없는 것들은 기꺼이 포기하고 후회하지 않았다.

긴박한 상황에서는 그냥 그대로 침묵하면서 어서 그 상황이 지나쳐 주기만을 바랐다.

허세를 떨지 않으려 애쓰면서도 적당한 거짓으로 내면의 나약함을 숨겼다. 전력을 다해 물속에 숨은 어군을 찾아내려 했고, 만선으로 어장을 떠나거나 입항이라도 한다면 전력을 다해 그것들을 잊으려 했다.

항구의 밤거리, 질펀하게 끓어오르는 음산한 열기들을 나는 누리고 즐겼다. 어느 항구든 그곳은 다시 떠나기 위해 돌아온 것이라는 사실을 잊지 않았다.

내가 바다가 될 수 없음을 최선을 다해 받아들였고, 언제나 더 먼 곳의 바다를 동경했다.

세월이 한참 흘러 나도 바다를 떠났다. 불혹不惑을 훌쩍 넘기고 원양어업이 사양산업이라는 치욕적인 팻말을 목에 걸 때였다.

젊은 뱃놈 시절을 보냈던 그 리틀턴 부두와 크라이처치 시가 후에 지진으로 막대한 피해를 보았다는 소식을 들었다. 청춘의 아픈 기억을 떠올리며 안타까워했다.

그 끝이 너무도 아득하여 번번이 목적지가 바뀌었던 바다에서처럼, 언제 어느 곳에서나 내가 존재해야 할 곳이 아닌 것 같아 언제든지 떠날 준비를 하고 살았다. 살기 위해 일을 하고 사람들을 만나고 버티면서, 일과 사람들과 그 버틴 것들을 잊으면서 나이 들어갔다.

더 블루. 푸른색에 약했으므로 어쩌다 다시 바다를 마주하게 될 때면, 그곳에서 터무니없이 잔뜩 쌓인 은밀한 기억의 편린들이 떠오르고는 했다.

처음과 끝도 분명치 않아 그 가닥들이 뒤죽박죽으로 엉킨 기억들은 두렵고 비밀스러웠으며, 줄거리는 잊히거나 사라져 버리고 그저 선연하게 우울한 느낌만 생생하게 남은, 흑백영화 색조의 한바탕 꿈들 같았다.

-끝-

야만野蠻의 바다

초판 1쇄 발행 2025년 10월 15일

지은이 하동현
발행처 예미
발행인 황부현
편집 박진희
디자인 김민정

출판등록 2018년 5월 10일(제2018-000084호)
주소 경기도 고양시 일산서구 강성로 256 B102
전화 031-917-7270 **팩스** 031-911-5513
전자우편 yemmibooks@naver.com
홈페이지 www.yemmibooks.com

ⓒ 하동현, 2025

ISBN 979-11-92907-83-3   03810

- 책값은 뒤표지에 있습니다.
- 이 책의 저작권은 저자에게 있습니다.
- 이 책의 내용의 전부 또는 일부를 사용하려면 반드시 저자와 출판사의 서면동의가 필요합니다.